인공지능시대와 인문치유

인공지능시대와 인문치유

초판인쇄 | 2022년 6월 25일
초판발행 | 2022년 7월 1일

지은이 | 김진국
펴낸이 | 신우철
펴낸곳 | 뜻밖에

출판등록 : 제25100-2021-000005
주소 : 대구광역시 달서구 문화회관11안길 22-1(2층)
전화 : (053) 522~0700
팩스 : (053) 554~3433
전자우편 : book0700@naver.com

ISBN _ 979-11-974694-7-3 03800

· 이 책은 대구출판산업지원센터의 '2022년 대구지역 우수출판콘텐츠 제작 지원 사업' 에 선정되어 발행 되었습니다.

인공지능시대와 인문치유

주술·의술·예술에 대한 시론

김진국 지음

뜻밖에

인공지능시대의 인간성 구원을 위하여

2019년 11월, 중국 우한에서부터 시작된 신종코로나(Covid 19) 감염병 대유행이 3년째 지속되고 있다. 지상의 생명체 중에서도 미물 중의 미물이라고 할 수 있는 바이러스가 온 세상의 일상을 뒤집어 놓고 있는 것이다. 세계보건기구(WHO)가 일찌감치 21세기의 인류를 괴롭힐 질병의 하나로 바이러스 감염병을 지목하기도 했지만, 지구촌 전체의 일상이 이토록 오랫동안 마비되고, 국경 없는 세계화 시대의 국경에 금줄까지 둘러쳐질 거라고는 그 누구도 예상치를 못했다.

그나마 한국은 나름 초기방역에 성공하여 국제사회에서 'K 방역' 이라는 명성을 얻을 만큼 선방했지만, 3년째 진정세와 확산세가 되풀이되면서 언제쯤 잃어버린 얼굴 반쪽을 완전히 되찾을 수 있을지 예측하기 어려운 상황으로 치닫고 있다. 예방백신이 개발되고 접종률이 높아지면서 사태종식에 대한 기대를 잠시 품은 적도 있었지만, 변이 바이러스 출현에 이어 예방접종 효과를 무력화시키는 '돌파감염' 사례가 속출함에 따라 바이러스를 박멸, 퇴치시키는 수준의 '종식' 은 사실상 불가능해졌다고 해야 할 것 같다. 초기에 사태 종식을 장담하던 방역전문가들도 '코로나와 함께(With)' 를 주장하며 바이러스의 퇴치·박멸 대신 공존을 통한 적당한 타협을 모색하기도 했다. 하지만 이마저도 신종 변이 '오미크론' 이 등장하면서 바이러스가 먼저 공존을 거부하고 나선 꼴이 되고 말았다.

그런데 바이러스는 지상에 생명체가 나타난 이래로 인간은 물론 다른 생명체와 '함께(With)' 하지 않은 적이 없었다. 그런 점에서 사태종식을 호언장담하다가 별다른 설명도 없이 슬그머니 '위드 코로나' 를 선언하는 것은 지상의 많은 생명체와 공존, 공생하던 미생물들이 왜 이렇게 독성이 강해지고 변종들이 쏟아져 나오면서 인간들을 인정사정없이 공격하게 되었는지에 대한 성찰을 외면하는 것이기도 하다. 게다가 앞으로 델타, 오미크론뿐 아니라 변이의 변이, 또 다른 신종 바이러스, 그리고 모든 항생제를 무용지물로 만들어버리는 슈퍼 박테리아가 출현할 가능성은 얼마든지 열려있고, 그 출현 속도와 파괴력을 인간이 가진 기술과 지적 능력으로 대응하기에는 한계가 있음이 점점 더 분명해지고 있다.

불행 중 다행인 것은 코로나 감염병 대유행 사태를 겪으면서 우리 사회 전반에 의료체계의 공공성과 관련된 공론이 조성되었다는 것을 꼽을 수 있을 것 같다. 일회적 감염병 예방관리 수준을 넘어

코로나19뿐 아니라 보건위생상의 위기가 일상의 위협이 되어버린 시대상황에, 과연 지금 우리나라 의료체계가 국민들의 건강한 삶을 보장해 줄 만큼 건실하고 믿음직한 체계가 맞느냐는 의구심이 생겨나고 있는 것이다.

현재 한국의 의료수준은 세계 최고수준이라고 해도 틀린 말은 아니다. 전국민을 대상으로 하는 국민건강보험제도가 운용되고 있고, 질병의 예방, 조기발견을 위한 건강검진제도는 공사公私 부문에서 서로 경쟁하듯이 넘쳐나고 있다. 게다가 국내 암 환자의 5년 상대생존률은 70%가 넘는 수준이다. 이 수치는 우리나라에서 암은 더 이상 불치병이거나 중병이라고 할 수 없을 만큼 의료서비스의 양적, 질적 수준이 높아졌음을 증명하는 지표라고 할 수 있다. 게다가 객관적인 통계자료를 놓고 보더라도 코로나19의 방역 수준은 거의 세계 최고수준이라 평가해도 무리는 아니다.

*

그러나 우리나라 의료체계의 화려한 외형에도 불구하고 몇 가지

암울한 사실이 있다. 우리나라는 매년 100조 원이 넘는 돈을 의료비로 쏟아붓고 있다. 그런데도 자살률은 10년 넘어 세계 최고 수준을 유지하고 있고, 아동행복지수는 세계 꼴찌 수준이며, 5~60대의 우울·불안지수 역시 세계 최고수준이고, 코로나19에 대응하는 방역체계는 K 방역이라 포장하여 동네방네 떠들고 있지만, 정작 한 국가의 공공의료 서비스 수준을 반영하는 결핵 유병률·발생률·사망률은 세계 최고 수준이다. 일하다 죽는, 즉 산재사망률 또한 세계 최고 수준이다. 그리고 국가행복지수는 37개 OECD 국가 중에서 맨 꼴찌 수준(35위)에 머무르고 있다.

국가와 국민이 막대한 의료비를 쏟아붓고 있지만 국민들의 건강에 대한 주관적 만족도는 OECD 국가 최하위 수준이며, 불안과 우울의 정동精動은 우리 사회 전체를 무겁게 짓누르고 있다. 불안과 우울에 시달리다 자신의 몸을 스스로 해치는 것도 모자라 이웃의 생명을 앗아가는 사람들도 점점 늘어가고 있고, 동기를 알 수 없는 흉악범죄와 사회적 약자를 겨냥한 혐오범죄가 평범한 사람들의 평온한 일상을 위협하고 있다. 이런 현상들의 근본 원인은 무엇이며, 과연 이런 문제들이 의학기술의 진보, 아니면 의료체계의 공공성

강화만으로 해결할 수 있을까.

지금 인류의 삶을 위협하는 것은 미생물의 공격만이 아니다. 기후변화에 따른 대규모 환경재난은 많은 사람들의 삶의 기반을 무너뜨리고 있다. 지구가 점점 인간의 거주가 불가능한 상태의 황무지로 변해가고 있는데 예상보다 그 시기가 점점 당겨지는 추세다. 2050년이면 거의 파국에 이를 것이란 성급한 전망도 있다.

기상이변에 따른 환경재난은 예측도 예방도 어렵지만 그 피해는 사회하층부에 집중된다는 사실을 주목할 필요가 있다. 선진국일수록 탄소배출을 많이 하는 반면, 탄소배출에 따른 지구온난화의 피해는 탄소배출을 적게 하는 저개발국가와 저개발국가 중에서도 하층부에 집중되는 것이 현실이다. 하지만 이런 부조리한 현실을 바로잡을 대안이 뚜렷하지도 않다.

또 선진국을 중심으로 인구의 고령 추세가 뚜렷한 반면, 출산기피 현상까지 겹치면서 인구감소가 진행되고 있다. 그중에서도 전 세계에서 한국이 진행속도나 그 규모가 가장 심각한 수준이다. 인구감소 차원을 넘어 마침내 인구절벽 현상이 일어난다는 것은 현 사회 체제가 더 이상 지속될 수 없음을 의미한다.

2021년 7월, 유엔무역개발회의(UNCTAD)는 제68차 이사회 폐막 세션에서 만장일치로 한국을 개발도상국 지위에서 선진국의 지위로 변경했다. 여기에는 긍정적인 의미만 담겨있는 것이 아니다. 한국은 더 이상의 개발의 여지가 없는 나라라는 부정적 의미도 함께 읽어야 한다. 더 이상 개발이라는 명분으로 착취할 자연이 없다는 뜻이다. 남은 것은 착취당한 자연이 되돌려주는 보복을 어떻게 감당하느냐 하는 것뿐이다.

감염병은 원래 밀폐되거나 밀집된 공간에서 밀착된 생활을 하는 곳에서 창궐하는 특성이 있다. 그래서 밀폐된 공간에서의 밀집, 밀착이 일어나는 상황을 피해달라고 정부는 매일 국민들에게 간곡히 읍소하고 있는 것이다. 그런데 전체 국토의 10%가 조금 넘는 서울 중심의 수도권에 인구의 절반 이상이 모여 살고 있고, 그 나머지 인구도 지방 대도시 중심으로 밀집되어 살고 있는 것이 우리나라의 현재 인구분포다.

광역대도시에 오밀조밀 모여 살고 있는 사람들에게 감염병 예방을 위해 밀집, 밀접, 밀착을 피해달라는 주문이 과연 가당키나 한 소리인가? 진정세로 접어들 것 같던 코로나 감염병이 다시 확산세로 돌아서게 만든 것은 인구가 밀집된 서울과 수도권 일대의 확진자 증가 탓이다. 20세기 인류문명의 특징 중 한 가지만을 꼽으라면 인구 증가와 대도시 중심의 인구집중 현상이라고 할 수 있다. 그중에서도 한국은 가장 극단적인 형태의 인구집중 현상을 보이고 있다.

코로나19 대유행은 기후변화와 함께 인류 문명, 특히 대도시 중심으로 성장해 온 20세기 인류 문명에 대한 심각한 도전으로 받아들여야 한다. 하지만 우리나라 국토정책은 도시의 규모를 키우는데 혈안이 되어 있고, 여기에는 정파의 차이도 없다.

*

이성을 가진 인간만이 가질 수 있었던 과학기술이 인류문명을 중단 없는 진보의 길로 치달을 수 있게 한 원동력이었음을 부정할 수는 없다. 그런데 합리적이고 능률적이면서도 생산적인 문명생활이라는 것이 자연에 대한 가혹한 착취를 통해 얻은 성과물이라는 사실을 기억해야 한다. 지금 인류 전체가 부닥치고 있는 환경위기라는 것이 사실은 더 이상 개발의 대상으로 삼을 자연이 없어짐으로 해서 생긴 현상들이기 때문이다.

인간의 이성이 자연을 완전히 개발, 정복한 뒤 마지막으로 개발과 정복의 대상으로 겨냥한 것은 바로 인간의 '몸' 이다. 인간의 몸이 개발 대상이 되면서 의술의 성격도 바뀌게 된다. 건강이라는 것이 균형 잡힌 생활태도를 견지함으로써 몸이 조화롭고 평화로운 상태를 유지하는 상태가 아니라, 몸속의 고장 난 장기들을 기계부속품 다루듯 교정하고, 잘라내고, 끊어내고, 끼워넣는 식의 고치거나 제작하는 것으로 바뀌게 되었고, 건강이 삶의 가치가 아니라 공장에서 제조, 제작되어 시장에서 사고팔 수 있는 공산품이나 마찬가지가 된 것이다.

21세기에 들어와서는 인간의 몸 중에서도 뇌가 집중 공략의 대상이 되고 있다. 뇌가 '가장 숭고한 생물학적 미개척지' 라면서… 특히 인공지능 개발을 목표로 하는 첨단정보기술(IT)과 첨단생명공학(BT)의 융합연구는 4차 산업혁명을 선도할 산업으로 정부와 기업의 전폭적인 지원을 받아 육성되고 있다.

그러나 지금 인류가 부닥치고 있는 위기는 결코 과학기술의 수준이 뒤처져서 생긴 문제가 아니라 오히려 기술과 기계의 전횡이 불러

온 위기가 아닌지 살펴보아야 한다. 하지만 우리는 지금 현재의 기술수준에 만족하지 못하고 기술혁신에 대한 강박에 시달리고 있다. 특히 인공지능과 관련된 기술혁신은 눈이 어지러울 정도로 빠르게 진행되고 있고, 그 수준이 어디까지일지 예측하기조차 어렵다.

지금 학문을 비롯한 각 영역의 경계를 허무는 '융합'이 시대의 대세로 자리잡고 있다. 그 가운데 가장 혁신적인 융합은 인간과 기계의 융합이다. 인간의 능력과 한계를 훌쩍 넘어서는 기계인간이 출현하리라는 것은 미래사회의 공상이 아니라 우리 곁의 현실로 성큼 다가와 있다. 기계인간의 출현으로 사회에 어떤 편익이 생길지는 두고 보아야 하겠지만 이제 인간은 아무런 주체성도 자발적 의지도, 자유도 없는, 한갓 뇌라는 '영적인 기계'의 노예로 전락하고 있는 것만은 점점 더 분명해지고 있다. 마침내 인류의 문명사회를 가능케 했던 철학적 기반이라 할 수 있는 인문주의〔Humanism〕마저 시든 꽃과 같은 운명을 맞이할 것 같다. 그렇다면 인문주의 이후〔Post-Humanism〕의 인간을 위한 대안은 무엇이며, 그를 뒷받침하는 사상적 기반은 무엇일까.

*

신화의 시대에서부터 21세기 인공지능의 시대에 이르기까지 의술의 역사는 동서양의 구분 없이 근대 이전의 인간이 가진 종교적 심성에 기댄 주술의 시대와 근대 이후 과학적 사유에 기반한 의술의 시대로 양분할 수 있다.

소박한 기도와 주술에서 시작된 인류의 의술이 현대에 와서는 죽음을 유보하며 생명을 무한 연장시킬 수 있는 수준으로까지 발전하기도 했고, 아예 인간이라는 생명체를 실험실에서 제작해 낼 지경에 이르렀지만, 인간, 또는 인간성의 구원이라는 차원에서 되돌아보면 오히려 주술의 시대보다 더 나아진 것이 있는가에 대해서는 확신을 가지기 어렵다. 근대의학의 최대 성과 중의 하나로 꼽고 있는 감염병의 퇴치라는 성과조차 온 세계를 뒤덮은 코로나 대유행으로 빛이 바래고 말았고, 근대의학의 원조국가라고 할 수 있는 유럽 국가들은 한낱 미생물의 공격으로 의료체계가 붕괴될 지경에까지 이르기도 했다.

지금 우리가 당면한 시대의 위기를 넘어 인류라는 종의 지속 가능성을 위해서는 새로운 형식의 융합적 사유가 필요하다. 그런 사유의 목표는 기술혁신을 통한 시장규모의 확대와 새로운 수요창출을 추구하고자 함이 아니라, 이 시대의 과학과 기술에 대한 인문학적 사유에 의한 반성과 성찰이다. 이것은 과학과 기술 자체를 부정하고 무시하자는 것이 아니고, 인류가 이 지상에서 계속 생존하기 위해서는 보다 덜 효율적이고 덜 혁신적이면서도 조금 더 불편하더라도 보다 더 윤리적인 기술이 절실하기 때문이다. 또 인간이 기계의 노예가 아닌, 자유로운 인격체로서 온전히 남아 있기 위함이다.

이 책은 3부로 나뉘어져 있고 마지막 4부는 짤막한 결론이다. 1부에서는 주술의 시대라 할 수 있는 근대 이전의 우리 민족의 의료체계와 의료문화를 사상사, 문화사적인 측면에서 살펴보았다. 외세의 강압에 의해 시작된 근대의 거센 물결에 휩쓸려 떠내려가 버리고 군데군데 겨우 흔적만 남아 있는 우리 것들이 이 시대의 위기를 넘어설 대안으로 재생, 부활할 수 있을지를 타진해 보는 성격을 가진 글들이기도 하다.

서구사회로부터 근대의학이 한반도에 유입된 이후 지금까지 의술, 특히 첨단의술의 영향으로 인간과 함께 인간의 몸에 대한 가치관이 어떻게 달라졌을까. 몸에 대한 전통적 사유에서 탈피한 근대의학은 직선으로 빠르게 진보하여 현재의 첨단생명공학기술로 발전했다. 실험실에서 생명체를 제작해 낼 수준까지 발전한 첨단생명공학기술이 개개인의 삶은 물론 사회 전체에 던지는 함의를 생각해 보는 글들을 2부에 모았다.

3부는 현재 우리 사회에 팽배해 있는 인간과 인간성의 위기를 극복할 수 있는 대안이 무엇일지를 모색하는 이야기들이다. 한국은 이미 전 세계에서 로봇의 밀도가 제일 높은 나라이기도 하고, 한갓 기계에 불과한 로봇이 인간보다 더 대접받고 있는 현상들이 나타나고 있다. 그럼에도 기술혁신에 대한 강박증이 팽배해 있는 것이 우리의 현실이기도 하다. 이런 기계숭배, 기술과잉의 시대에 점점 황폐화되어 가는 인간성의 회복을 위한 대안이 무엇일까. 과연 주술과 의술의 시대를 넘어 인문예술이 위기에 빠진 21세기의 인간에게 구원의 힘이 될 수 있을까.

중세유럽이 페스트라는 감염병으로 절멸의 위기를 겪고 난 후에 생겨난 지적 풍토가 르네상스 문화로 이어진다. 그 르네상스 문화가 서구의 근대사회를 있게 만든 원동력이었고, 근대과학과 근대의학의 출발점이 된다. 르네상스는 고대 사회의 인문정신을 부활, 재생한다는 뜻을 담고 있다. 현재 우리 사회가 겪고 있는 몸과 삶의 위기를 극복하기 위해 우리의 과거에서 재생, 부활시켜야 할 것들이 무엇인지를 제시하는 것으로 글을 마친다.

이 글은 나의 박사논문 「뇌공학의 윤리적 쟁점에 대한 고찰」을 뼈대로 하여 국내외 작가들의 문학작품에서 인용된 글로 살을 붙인 글이다. 내가 문학작품을 다수 인용한 이유는 문학이 시대의 아픔과 눈물을 생생하게 기록하고 증언하는 살아있는 역사이기도 하거니와, 오늘의 상처를 어루만지면서 미래의 전망을 상상하게 하는 것은 학자들의 객관적인 논문보다는 작가들의 창작 혼이라고 믿기 때문이다.

지금 내가 머물며 이 글을 쓰고 있는 대구 땅에는 지난해 겨울부터 오늘까지 62일째 비 한 방울 내리지 않았다. 115년 만에 무강수 기록을 갈아치웠다는 소리도 들려온다. 바싹 마른 땅에는 매캐한 흙먼지가 풀풀 일어난다. 인간이 무슨 짓을 하더라도 새는 울고 꽃은 핀다는 사실만큼은 변함이 없었는데, 과연 앞으로도 계속 새가 울고 꽃이 필 수 있을지 걱정스럽다. 기후위기가 먼 훗날의 이야기가 아닌 것은 분명한 것 같다. 그래도 아파트 숲 사이로 호랑이해의 정월 보름달은 떴다. 저 환한 달빛이 그래도 희망이 아닐까. 그렇다. 희망은 나의 뇌 속에 입력되어 있는 것이 아니라 저 환한 달빛이 비추고 있는 거다.

임인년 정월대보름, 부럼을 깨물며
김진국

차례

2부. 의술

3부. 예술

1부

주술

첫 번째

의술의 원형

두 번째

외경·신명·해학

세 번째

종교문화와 의술

네 번째

민족의학

다섯 번째

감염법과 구시대

여섯 번째

근대의학과 식민지근대화론

의술의 원형

신화, 최초의 의술

우리 사회에서 신화가 가지는 의미는 월드컵 4강 신화라든지 부동산 불패 신화처럼, 불가능할 것 같은 일이 현실로 나타났을 때 은유적 표현으로만 사용될 뿐 신화 자체가 일상생활이나 사람들의 사고에 미치는 영향은 크지 않다. 게다가 신화라고 하면 그리스 로마 신화를 떠올리지 우리 민족의 고유 신화를 먼저 떠올리는 사람은 그리 많지 않은 것 같다.

그러나 신화가 객관적인 사실이라기보다는 허황한 옛날이야기인 것은 분명하지만, 입으로 전해져 온 세계창조의 흔적들이기도 하고 태초의 종교행위에 대한 이야기이기도 하기 때문에 신화적 사유에 의해 형성된 세계관이나 가치관은 쉽게 소멸되지 않고, 시대를 초월하여 현대인의 무의식 속에 잠재되어 있는 것도 분명한 사실이다.

『삼국유사』를 쓴 일연(一然, 1206~1289)은 단군신화를 '기괴하고 이상한 것의 기록'이라 하여 기이紀異라 하였는데, 태백산의 신단수神壇樹와 신시神市, 웅녀熊女, 그리고 단군왕검壇君王儉이 등장하는 기괴하고 이상한 이야기들이 사실에 근거한 역사인지 여부와는 상관없이 우리 민족의 시조가 단군왕검이란 '문화적 사실'을 부정하는 사람은 없다. 그 어떤 이념이나 종교도 모든 사람이 수용하거나 긍정할 수 있는 보편성을 가질 수는 없지만, 신화는 아무리 기괴하고 이상한 이야기라 하더라도 신화가 생산된 사회 안에서는 모두가 의심 없이 인정하는 이야기이며, 시공간의 경계 없이 전승됨으로써 사람들의 의식에 각인된다.

단군왕검을 신인으로 숭배하던 대종교는 일제의 핍박으로 지금의 교세는 미약하기 이를 데 없고, 백주대로에 단군상이 훼손되어 길바닥에 나뒹굴기도 하는 것이 우리 시대의 현실이긴 하다. 하지만 신화는 누가 부정한다고 해서 함부로 부정될 수 있는 것이 아니다.

신화가 현대인의 지성이나 감성으로는 쉽게 수긍하기도 어렵고, 현실적으로도 전혀 효용가치가 없고 믿거나 말거나 한 옛날이야기로 치부할 수도 있겠지만, 신화의 모티프가 되는 신화적 심상은 한 집단이 공유하는 정신세계의 원형(archetype)을 형성하는 것으로, 모든 인간에게 남아있는 태고의 잔재이며, 민족사적 현상이기도 하고, 눈에 보이지 않는 의식의 뿌리에 주어진 본능적인 것을 대변하거나 인격화하는 기능이 있다.

분석심리학자 칼 구스타브 융(Carl Gustav Jung, 1875~1961)의 개념인 이 원형은 "인간이 그 의미를 의식하지 않고 있으면서, 너무도 무의식적이어서 단 한 번도 그것에 대해 생각해 보지 않은 것"이지만, "순수하고 거짓 없는 성질"로서 "인간으로 하여금 말하도록 하고, 행동하게 하는 성질"을 가지고 있는 것이다.*

한국의 크고 작은 모든 공사현장에서는 착공 전에 공사장의 심장쯤 되는 자리에 상을 차려 돼지머리를 올려놓고 고사를 지낸다. 왜 그래야 하는지, 언제부터 그랬는지, 그 의미가 무엇인지, 고사를 지낸 것과 지내지 않은 것에 어떤 차이가 있는지 누가 묻지도 따지지도 않는다. 아무도 강요하지 않는데도 공사에 관계된 사람들이라면 누구라도 목이 잘렸으면서도 눈웃음치며 반쯤 히죽 벌어져 있는 돼지 입에 지폐 한두 장을 물리고서는 너부죽이 절을 한다. 그렇다고 해서 미신에 불과한 부질없는 짓이라고 손가락질 하는 사람은 아무도 없다. 사달 없고, 무탈한 공사를 바라는 건설 노동자들의 소박한 이 의례의 원형은 반만년을 거슬러 올라가 한민족의 신화적 심상에 가닿는다. 프랑스 사회학자, 뒤르켐(David Emile Durkheim, 1858~1917)은 이런 의례를 "행위로 실천된 신화"라고 정의했다.**

단군신화 속의 웅녀는 환웅으로부터 받은 마늘과 쑥을 먹으며 사람이 되기를 축원하는 한편, 100일 동안 햇빛을 피하라는 금기를 지킴으로써 사람으로 환생한다. 적극적 행위로서 기도와 축원, 그리고 소극적 행위로서 금기와 재계라는 이원구조로 구성된 단군신화의 신화소는 복을 구하고 화를 피하려는 우리 민족의 종교적 심

* C. G. 융 기본 저작집 2권, 『원형과 무의식』, 한국융연구원C.G.융저작번역위원회 옮김, 솔, 2006, 75쪽.
** 에밀 뒤르켐, 『종교생활의 원초적 형태』, 민혜숙·노치준 옮김, 한길사, 2020, 245쪽.

성의 원형을 형성하는 한편, 의술과 치유문화의 원형으로 반만년이 지난 지금까지 이어져 오고 있다.

해마다 입시철이 되면 팔공산 갓바위 돌부처는 수험생 자녀를 둔 전국의 학부모들을 끌어모은다. 해발 800m 고지를 올라야 하는 고행을 기꺼이 감당하는 학부모들의 행렬에는 반드시 불교 신자들만 있는 것은 아니다. 갓바위 돌부처가 언제부터 수험생 부모들의 성지가 되었는지 알 수 없지만 입시철의 신화와 전설로 굳어져 있는 것은 분명한 사실이다. 그리고 수능일이 다가오면 수험생의 식단에 미역국은 금기다. 그 대극에는 엿이나 찹쌀떡이 있다. 웅녀의 마늘과 쑥이 수험생에게는 엿이나 찹쌀떡으로, 웅녀가 피해야 했던 햇빛은 수험생에게는 미역국이 되는 셈이다. 과학적 근거가 있다거나 경험으로 입증된 것도 아니지만 수험생을 위한 음식과 금기음식은 아무런 의심이나 검증도 거치지 않은 채 세대를 거듭하여 전승되어 온 우리 사회의 독특한 문화현상 중의 하나다.

볕이 들지 않는 동굴에서 100일을 견디며 마늘과 쑥만 먹고 여인으로 환생했던 곰을 어머니로 둔 단군왕검. 단군은 고유명사가 아니다.* 뱀이 감고 올라가는 지팡이를 들고 있는 그리스 의술의 신, 아스클레피오스처럼 단壇 위에서 지팡이를 짚고〔尹〕 주문〔口〕을 외우던 제사장**을 일컫는 보통명사이다. 이들이 들고 있는 지팡이는

---

* 최남선은 하늘과 무(巫)를 뜻하는 몽고어 '당굴', '단골', 'ᄃᆼᄀ리' (Tengrl)의 우리말 음역이 단군(壇君)이라고 했다.(『불함문화론』, 정재승·이주현 역주, 우리역사연구재단, 2008, 55쪽.)

** 한자 君은 '尹'과 '口'이 조합된 글자로 지팡이를 짚고 주문을 외우는 사람이란 뜻이 담겨있다. 『설문해자』에는 백성의 우두머리(長民)를 일컫는 말로 존엄(尊)하다는 뜻으로 풀이한다.

보행 보장구가 아니라 하늘과 땅, 그 사이의 인간들과 서로 소통할 수 있는 신통력을 가진 제사장의 권위를 나타내는 상징이다.

원시사회의 인간들은 자연의 공격, 즉 온갖 질병과 홍수와 가뭄 같은 자연재해에 포위된 삶을 살면서도 그에 대응할 수 있는 마땅한 기술이나 지식이 없었다. 죽음에 대한 공포와 불안으로 가득 찬 일상을 근근이 버티어내던 사람들은 자신들을 보호해 줄 수 있는 신통력을 지닌 그 누군가가 절실했다. 그런 사람들 앞에 지도자로 나서는 사람은 당연히 반신반인의 전지전능한 인물이어야 한다. 그는 제사장으로서 자연을 위무하는 의례를 집전하는 역할 이외에도 고통과 수난의 치유자로서의 권능과 권위가 있어야 하고, 또 천문을 관측하고 기상변화를 예측할 정도의 신통력을 가진 예언자 역할까지 감당할 수 있어야 한다. 단군왕검은 그런 신통력을 가진 한반도 최초의 인물이었고, 그의 신통력은 마늘과 쑥을 먹고 인간으로 다시 태어난 곰 어미로부터 내려 받은 것이다.* 환웅이 곰에게 전해 준 마늘과 쑥은 주술에 뿌리를 둔 우리나라 최초의 의술이요 의약이라고 할 수 있다.

일제강점기에 우리 민족의 무속문화를 집대성한 이능화(尙玄, 1869~1943)는 "조선 최초의 왕은 단군"이라 하였고,** 또 "우리나라 무축巫祝을 살피면 단군신교, 제천사신祭天祀神의 종계에서 전해 온

* 단군왕검은 곰을 토템으로 숭배하는 집단의 지도자다. 토템 숭배는 "어떤 동물, 사람을 숭배하는 종교가 아니고, 일종의 익명적이고 비인격적인 힘을 숭배하는 종교"다.(에밀 뒤르켐, 같은 책, 418쪽.) 토템의 숭배에는 두려움이 바탕이 되는데, 그 두려움은 "적대적 세계에 대한 순수한 두려움"이 아니라, "환상과 상상이라는 가공 과정을 거친 두려움"이다.(장파, 『동양과 서양, 그리고 미학』, 유중하 외 옮김, 푸른숲, 2010, 204쪽.)

** 이능화, 『조선도교사』, 이종은 옮김, 보성문화사, 1977, 23쪽.

것"이라 하였다.* 다시 말하면 단군왕검은 제관祭官들을 거느리고 지팡이를 드리운 채 신단수 아래에서 주문을 외우던 주술사, 즉 큰 무당이었다는 것이고 제정이 분리되지 않았던 원시사회에서 세속의 권력까지 거머쥔 왕이었던 것이다.

온갖 좋다는 약 다 써 봐도…

단군신화에 버금가는 우리 신화 중의 하나인 바리데기 설화는 우리나라 사람들의 고유한 치병문화에 깊은 영향을 미친다. 바리데기 설화는 딸을 일곱 낳은 오구대왕과 길대부인의 이야기로, 딸을 여섯 둔 대왕부부가 아들을 바라던 끝에 일곱 번째도 또 딸을 낳게 되자 부부는 실망한 나머지 그 딸을 버린다. 버려졌다 해서 붙여진 이름이 바리데기다.

그런데 오구대왕은 일곱 번째 딸 바리데기를 버리고 난 뒤, 시름시름 병을 앓다 자리에 눕게 된다. "온갖 좋다는 약 다 써보고, 용하다는 의원 다 불러다 보았지만" 효험을 볼 수는 없었고, 결국 목숨이 위태로울 지경에 이르게 된다. 하지만 영 속수무책인 것은 아니다. 오구대왕을 소생시킬 수 있는 약이 딱 하나 있긴 있다. 바로 서천서역국의 약수다. 그런데 서천서역국으로 가는 길은 몇 년이 걸릴지조차도 알 수 없을 만큼 너무나도 멀고 험하다. 딸 여섯이 하나같이 약을 구해달라는 아비의 간청을 거절하는데, 기어코 아비

* 이능화, 『조선신사지』, 이재곤 옮김, 동문선, 2007, 224~225쪽.

를 살리는 약을 구해오리라 길을 나선 것은 버려진 막내딸 바리데기다.

온갖 수난과 곡절을 겪은 바리데기가 비로소 서천서역국에 도착하였지만 약수를 곧바로 손에 쥔 것은 아니다. 약수를 지키는 동자수의 아들 셋을 낳아주고, 100일 기도를 드린 끝에서야 비로소 약수를 얻는다. 길고도 혹독한 고행과 인고의 시간을 견뎌 낸 바리데기는 약수를 얻어 돌아와서 아버지를 소생시킨다.

여기서 주목할 것은 약수는 "온갖 좋다는 약 다 써보고, 용하다는 의원 다 불러" 본 뒤에도 효험이 없을 때 마지막 선택이라는 점이다. 바리데기 설화뿐 아니라 우리 민족의 전래 민담이나 설화 중에서 시름시름 앓으며 죽어가는 병자와 그 병자의 효자, 효녀가 등장하는 이야기에는 "온갖 좋다는 약 다 써보고, 용하다는 의원 다 불러 보았지만"이라는 단서가 붙고, 마지막 선택으로 고행을 감내하는 처방을 얻게 된다는 이야기들이 많다. 가장 극단적인 사례는 자식이 자신의 허벅지 살을 베어 죽어가는 부모에게 먹이는 것이다.*

〈아침이슬〉의 김민기가 만들고 부른 노래 중에 우리 전통 민요풍의 〈서울로 가는 길〉의 1절 도입부는 "우리 부모 병들어 누우신지 3년째/ 뒷산에 약초 뿌리 모두 캐어드렸지…"로 시작한다. 이

* 허벅지 살을 베어내는 것을 '할고(割股)'라 하는데, 의료행위로서 할고의 사실성 여부에 대해서는 이경록, 『조선전기의 의료제도와 의술』, 역사공간, 2020, 128~160쪽 참조. 저자는 자신의 허벅지살을 베어 효도하는 계층은 대부분 사회적 지위가 높지 않고, 지배층이나 양반사족, 왕실 가족 중에서는 할고의 사례가 없는 것으로 미루어 조선의 통치 이데올로기인 효의 실천을 강요하려는 성격이 강한 것으로 보았다. 무라야마 지준의 『조선의 귀신』에도 실지 할고의 사례들이 채록되어 있다.

노랫말의 화자는 백약이 소용이 없자 부모의 병을 고치기 위해 마지막 선택으로 좋은 약이 있다는 서울로 가게 된다. 산업화 물결에 농촌이 해체되면서 일터를 찾아 등 떠밀리듯 서울로 가게 되는 농촌 청년들의 애환을 노랫말로 표현한 것인데, 노랫말 속의 '좋은 약' 이란 곧 돈의 은유적 표현이다. 정든 고향을 떠나 무작정 돈 벌러 서울로 가긴 하지만 언제 다시 돌아와 늙은 부모들을 모시고 편히 살 수 있을지 기약도 할 수 없는 길…. 아버지를 살리기 위해 어디 있는지조차도 모르는 서천서역국으로 떠나는 바리데기의 심정을 현대적 감각으로 재현해 놓은 노래라고 볼 수 있다.

그런데 우리나라 사람들의 좋은 약에 대한 기대와 집착은 전설이나 노랫말 속에만 등장하는 것이 아니다. 지금도 진료현장에서는 얼마든지 만날 수 있는 우리나라만의 독특한 의료문화 중의 하나이기도 하다.

병의원의 진료실에서는 "엉덩이 주사도 여러 대 맞아보고, 뼈 주사도 맞아보고, 침도 맞아보고, 탕약湯藥도 지어 먹어보고, '링게루' 도 며칠씩 맞아봤는데도 별 효과가 없고, 종합검사도 해 보고 MRI도 여러 번 찍어 봤는데도 병이 안 나타나더라."라고 푸념하는 환자들을 쉽게 만날 수 있다. 이런 불평불만을 늘어놓는 사람들은 백약이 무효인 자신의 증세에 대해 의사가 아무리 설명하고 설득해도 체념하거나 운명으로 받아들이는 경우는 잘 없다.

자신의 증세를 낫게 해 줄 서천서역국의 약수와 같은 비방이 있을 것이라 굳게 믿고 있고, 서울에 있는 큰 병원에 가면 그런 비방을 구할 수 있을 것이라 고집을 피운다. 게다가 그 비방을 가진 사람은 서울에 있는 큰 병원에서 근무하는 아무 의사가 아니라 큰 병원의 과장님일 것이므로 서울에 있는 큰 병원에 가더라도 반드시 과장님한테 진료를 받아야 한다는, 확증편향에 가까운 신념을 가지고 있다. 현재 우리나라의 의료수요가 서울의 몇몇 큰 병원 중심으로 쏠림현상이 심각한 지경에 이른 데는 시장방임형 의료체계가 제일 큰 원인이기도 하겠지만, 서천서역국의 약수처럼 구하기 어려운 비방이나 몸에 좋은 약을 선호하는 정서와 의료문화도 결코 무시할 수 없다.

또 만성질환이나 말기암의 경우 서울에 있는 큰 병원에 가더라도 만족할 만한 결과를 얻지 못하는 사례도 많다. 이럴 때에도 경제적 형편만 되면 쉽게 포기하지 않는다. 전통 민간요법이나 대체의학에서 대안을 찾는다. 은밀하긴 하지만 치병을 위한 굿판이 벌어지기도 하고, 이런 환자들을 대상으로 한 주술에 가까운 성직자들의 의료행위도 그리 드문 풍경은 아니다.

아버지로부터 버려진 바리데기는 신통력을 가진 무녀가 되어 약수, 즉 생명수로 아버지를 살려 낸다. 길고도 긴 수난과 고행의 시간은 신내림을 위한 고통의 시간이었기도 하다. 그런 인고의 시간을 기꺼이 감내함으로써 바리데기는 자신이 버림받음으로써 세상을 구원하는 무당들의 신이요, 죽은 넋들의 아픔을 달래는 신으로 환생한 것이다. 삶의 의지가 너무나 쉽게 꺾이고 마는 이 삭막한 시대에 우리를 살릴 수 있는 생명수는 도대체 어디에 있으며, 바리데기는 어디서 만날 수 있을까.

> 희망을 버리면 살아 있어도 죽은 거나 다름없지. 네가 바라는 생명수가 어떤 것인지 모르겠다만, 사람은 스스로를 구원하기 위해서라

도 남을 위해 눈물을 흘려야 한다. 어떤 지독한 일을 겪을지라도 타인과 세상에 대한 희망을 버려서는 안 된다.

- 황석영, 「바리데기」 중에서

이 기계적이고 삭막한 시대에 "남을 위해 눈물을 흘"릴 수 있고, 그 어떤 역경 속에서도 "타인과 세상에 대한 희망"을 버리지 않는 사람… 그렇게 살아가기도 어렵거니와, 그렇게 살아가는 사람을 만나기는 점점 더 어려운 세상이다.

거칠고 혹독한 환경에서도 자신을 버려가면서까지 이복동생들을 살려내는 '몽실언니'의 삶은 이 시대의 여성주의 관점에서는 도저히 수용하기 힘든 서사다. 게다가 부족함을 모르고 자랐으면서도 몽실언니보다 더 많은 결핍에 시달리며 괴로워하고 있는 요즘 아이들로서는 몽실언니는 이해할 수 없는, 옛날이야기 중의 하나 아닐까.

병은 들고(入) 낫고(出), 약은 입고(服)…

한국 사람들은 누구나 몸이 아프면 병이 '들었다(入)'라고 하고, 치료가 되면 병이 '나았다(出)'라고 한다. 서구식 사고와 언어에 근거한 전문교육을 받은 의사들의 언어습관도 마찬가지다. 병이 생겼을 때는 "감기 들었네요(入)."라고 진단을 하고, 치료효과가 있을 때는 "많이 나으셨네요(出)."라고 설명한다. 이때 들고 나는 것은 세균이나 바이러스가 아니라 바로 역신이나 악귀가 들고 난다는 뜻이다. 병을 몸 안에서 병리적 소견이 생겨나는 것(patho-genesis)으로 이해하는 서구식 질병관과는 전혀 다른 개념이다.

'걸리다', '덧나다', '얹히다', '탈나다' 라는 말도 이런 질병관에서 나온 말들이다. 외부에서 들어온 무언가가 몸에 걸려 있다거나, 덧씌워져 있다거나, 바깥에서 뭔가가 침입하여 병이 '들었다'는 의미이며, '암에 걸리다', '속이 얹혔다', '피부병이 덧났다', '동티가 났다', '장에 탈났다' 와 같은 표현들도 우리나라 사람들이 몸에 병이 생길 때 너 나 할 것 없이 습관처럼 쓰는 말이다.

병과 관련된 우리나라 사람들의 언어습관은 교육수준이나 지역 차이가 거의 없다. "일종의 영적 존재물이 사람의 몸과 거처에 몰래 들어옴〔入〕"으로써 병이 들었다가, 원한을 풀고 나감〔出〕으로써 병이 낫는 것으로 생각했던 태곳적 질병관의 잔재가 지금까지 유지 전승되고 있는 것이다.*

우리나라 사람들은 먹는 약을 내복약內服藥이라 하고, 약사들은 환자들에게 약을 먹는 법이 아니라 입는 법을 가르친다〔服藥指導〕. 이런 언어습관 역시 약을 겉옷 안에 내복처럼 입어서 악귀나 역신의 공격으로부터 몸을 보호한다는 태고의 질병관에서 비롯된 언어습관이다. 그리고 약을 받아든 환자들은 대개 의사와 약사에게 약을 먹는〔服用〕 중에 돼지고기, 닭고기, 밀가루 음식, 술 같은 금기 음식이 있는지를 묻는다. 적극적 축원과 소극적 금기라는 우리 의술의 원형이 병을 앓게 되면서 본능적으로 표출된 것이다. 따라서 묻는 사람도 마찬가지고 질문을 받은 의사나 약사들은 답을 하긴 하

---

* 무라야마 지준(村山智順), 『조선의 귀신』, 김희승 옮김, 동문선, 1993, 212~213쪽.

지만 그 질문이나 답이 꼭 영양학 지식에 근거한 것은 아니다.

고기를 먹을 때 상추와 같은 야채에 마늘, 된장과 함께 쌈을 싸먹는 우리의 음식문화도 실상 그 뿌리는 우리 민족 고유의 질병관과 무관하지 않다.* 귀신들, 특히 몸 안으로 들어와 병을 일으키는 악귀나 역신이 제일 좋아하는 음식은 고기인 반면 귀신이 제일 싫어하는 것이 마늘과 고추장, 된장 같은 양념이다. 고기와 함께 혹시 몸 안으로 따라 들어올 역신, 악령의 사기邪氣를 마늘과 고추, 된장이 가진 벽사辟邪의 힘으로 상쇄할 수 있도록 마늘 된장과 함께 고기를 상추로 꼭 싸매서 먹는 것이 우리의 쌈 음식이다.

만약 내 몸 안의 악귀가 병을 일으킨 것이라면 악귀를 몸 밖으로 내치면 병은 자연스레 나을 것이다. 그래서 전통민간요법의 치료 형식은 대개 역신이나 악귀와 싸움이라는 형식을 취하고 있다. 간질발작을 일으켰다든지 실신을 한 환자들에게 가정에서 응급조치로 피가 나도록 바늘이나 칼로 인중이나 손톱 밑을 찔러대는 사례들은 요즘도 진료현장에서 가끔 목격할 수 있다. 이는 발작이나 실신을 일으키게 했던 귀신의 사기가 묻어있는 나쁜 피를 몸 밖으로 뽑아내려는 발상에서 나온 전통의 민간치료법이다〔刺傷法〕. 두통이 심한 사람이 머리띠로 머리를 질끈 동여매는 것은 신줄神繩로 두통을 일으키는 귀신을 꽁꽁 묶어 꼼짝 못 하게 한다는 의미이고〔封縛法〕, 곧 숨이 넘어가는 혈육에게 무명지를 잘라 피를 마시게 하여 살리게 했다는 전설의 이야기들은 현대의학의 수혈 개념과는 전혀 상관이 없다. 피가 인간의 생명을 지배하는 강력한 힘을 가지고 있

* 무라야마 지준, 같은 책, 402쪽

기도 하거니와, 귀신이 가장 싫어하는 붉은색을 띠고 있기 때문에 병을 불러온 악귀를 몰아내기 위한 마지막 수단으로 활용하는 것이다.

정신질환을 앓는 사람들에 대한 처방으로는 동남쪽으로 뻗은 복숭아 나뭇가지를 꺾어 인정사정없이 때리는 것인데, 굳이 복숭아 나뭇가지를 선택한 까닭은 붉은색을 띤 복숭아는 귀신이 싫어하는 과일 중의 하나이기 때문이다. 정신질환자에게 너무 가혹하고도 야만스러운 처방이라고도 볼 수 있다. 이런 사례들은 근대 이전까지 일본을 비롯한 제국주의자들이 우리 민족의 후진성과 미개함을 증명하는 증거로 삼기도 했다. 그러나 이것은 어디까지나 일제가 우리 민족에게 주입한 식민지 사관의 하나요, 식민지 근대화론의 명분일 뿐이다. 21세기에 접어든 지금도 일본은 전쟁의 귀신들을 신사(야스쿠니 신사)*에 정중하게 모셔두고 총리부터 각료들까지 온 세계에 보란 듯이 경건하고도 근엄한 자세로 머리를 조아린다.

페스트가 창궐했던 유럽에서는 페스트 환자들을 발가벗겨 놓고 채찍으로 죽도록 때리기도 했고, 프랑스를 비롯한 서구 유럽에서는 정신질환자들의 발에 쇠사슬을 채워 감금하여 고문하거나, 불태워 죽이기까지 했다. 마녀사냥이라는 광기가 온 천지를 뒤덮은 곳도 유럽이다. 그런데 유럽에서 이런 광기와 피로 범벅이 된 처방이 횡

---

* 야스쿠니 신사는 일본의 전통신앙이라기보다는 메이지 유신 이후 근대국가로 전환되는 과정에서 권력에 의해 기획된 국가신앙이다. "메이지 유신을 전후하여 1945년 패전까지의 전몰자를 신으로 모신 신사"이기 때문이다. 야스쿠니 신사의 제신 수는 246만 명에 이른다.(오에 시노부, 『야스쿠니 신사(靖國神社)』, 양현혜·이규태 옮김, 소화, 2002, 21쪽.) 단 야스쿠니 신사에 신으로 모셔지기 위해서는 생존 시 행적은 전혀 상관없고 "천황 폐하를 위해 전사"해야 한다는 조건이 있다.(같은 책, 25쪽.)

행했던 때는 교회가 가졌던 권력이 몰락을 하고, 인간이 가진 이성의 힘으로 계몽의 시대를 열면서부터 일어난 일이다. 한반도의 귀신은 두려움의 대상이긴 했지만 우리 민족은 이성의 힘을 믿었던 유럽의 백인들처럼 귀신을 잔혹하게 대하지는 않았다.

온 집안, 온 마을이 구신 천지라…

태초 이래로 한반도의 천지신명과 일월성신, 그리고 산과 들, 강과 바다, 나무와 풀잎, 그리고 집안 구석구석까지 귀신이 살지 않는 곳은 없었다. 나무 한 그루, 꽃 한 송이에도 귀신은 숨어 있고, 이 귀신들은 틈만 나면 사람들의 일상에 나타나 삶을 간섭하고 사람에게 해코지를 하고, 살煞을 뿌려 사람의 목숨을 앗아가기도 한다. 단군왕검이 태백산 신단수 아래에 신시를 펼친 까닭도 한반도의 온갖 귀신들과 교감함으로써 그들의 노여움을 달래고 가호를 구하여 백성들의 삶을 안정시키기 위함이었을 것이다.

한민족의 일상은 아침에 일어나서 잠자리에 들 때까지 귀신을 달래고 위무하기 위한 주술과 금기, 의례로 가득 차 있었다고 해도 지나친 말은 아니다. 집터, 마당의 장독대, 부엌과 마을 입구의 당산나무는 말할 것도 없고 논두렁에 아무렇게나 내동댕이쳐져 있던 돌덩어리에도 다소곳이 머리를 조아리던 것이 우리 어머니, 할머니들이 살아온 삶의 모습이다.

백석(白石, 본명 白夔行, 1912~1995)은 우리 어머니, 할머니들이 섬기던 그런 귀신들이 어린 육신을 해코지할까 호기심과 두려움으로 주변을 살피던 동심을 아득한 그리움으로 한 편의 시(「마을은 맨천 구신이 돼서」)에 담았다.

"나는 이 마을에 태어나기가 잘못이다/ 마을은 맨천 구신이 돼서 / 나는 무서워서 오력을 펼 수 없다"고 하면서 집 안팎의 귀신들을 있는 대로 주워섬긴다.

"자 방 안에는 성주님/ 토방에는 디운구신/ 부엌 부뚜막에는 조앙님/ 고방 시렁에는 데석님/ 굴통에는 굴대장군/ 얼흔이 나서 뒤울 안으로 가면 뒤울 안에는 곱새녕 아래 털능구신"… 이렇게 온 집안에 귀신이 득시글대는데, 집 대문 밖으로 나가면 "대문간에는 근력 세인 수문장/ 연자간에는 또 연자당 귀신/ … (중략) … 오나가나 발뒤축에 묻어 다니는 달걀구신"까지… 그래서 "마을은 온데간데 귀신이 돼서/ (무서워) 아무 데도 갈 수 없"었던, 어린 백석의 호기심과 두려움이 시 한 편에 오롯이 담겨 있다.

백석은 20세기의 인물이다. 따라서 그의 시는 옛날옛날 아주 먼 옛날 호랑이 담배 피던 시절의 이야기가 아니란 말이다. 사실 불과 한 세대 전까지만 해도 도시나 농촌 할 것 없이 우리나라 대부분의 가정에서는 가택신을 섬기고 살았다. 한국 사람들의 일상에서 가택신들이 어디론가 숨어든 것은 아파트가 들어서면서부터다. 남녀 구분 없이 서구식 교육의 수준이 높아진 것도 하나의 요인이겠지만.

우리 전통 가옥에서 안방이나 사랑채는 물론 대문, 마당, 부엌, 곳간, 우물, 변소에까지 귀신이 숨어 있지 않은 곳은 없었다. 그런 귀신들을 성주신, 터주신, 조왕신, 제석신, 수문신, 정신, 측신이라 불렀고, 장독대에 숨어 있는 귀신을 철륭신이라 하여 할머니들, 그리고 그 할머니의 딸과 며느리들은 장독과 장독대를 깨끗이 씻은 다음에는 정화수 한 사발을 올려놓고 정성을 바쳤다. 장맛이 변하면 가세가 기운다고 믿었던 어머니들이 장독과 장독대에 바치는 정성은 지극했고, 장독에 가득 담긴 장은 중요한 식재료일 뿐만 아니라 응급상황이 발생했을 때 가정상비약으로 중요한 역할을 했다.

어린 시절 우리 집 뒷마당 장독대에 가지런히 놓여있는 장독 중에서 간장, 고추장, 된장이 가득 담긴 장독 뚜껑을 열면 언제나 붉은 고추와 숯이 가득 담겨 있었던 기억이 있다. 부정한 기운이 장독 안으로 스며들지 않도록 하기 위한 어머니의 믿음과 정성이었을 게다. 장독대 근처에서 장난을 치다가는 야단맞기 일쑤였고.

디지털 체계로 세상이 재편되면서 전통이 숨 쉬고 있을 한 뼘의 빈틈도 보이지 않지만, 아직도 시골 마을의 고택으로 들어가면 대들보 위에 성주신을 모시고 있는 집들이 남아 있을 테고, 정월 대보름의 지신밟기와 달집태우기는 실낱같은 명맥을 유지하며 이어져 오고 있다. 아파트에서 스위치만 돌리면 가스불이 활활 타오르는 세상에 부엌에 불씨가 꺼지지 않게 도와 달라며 조왕신을 섬기는 사람은 없겠지만, 원래 부엌은 한 집안에서 생명의 불씨가 꺼지지 않는, 성스러운 공간이었다. 만약 그 불씨가 꺼지면서 부엌에 냉기가 돌고 굴뚝에 연기가 피어오르지 않으면 그 집은 멸문 폐가의 길로 치닫게 되는 것. 끝내 이웃들도 꺼려하여 에돌아가는, 흉가가 되고 마는 것이었기에 불씨가 꺼지지 않게 바라는 간절한 마음이 조왕신을 섬기게 된 것이리라.

조왕신 덕택으로 부엌의 불씨가 꺼지지 않더라도 그 불씨로 끓여낼 곡식이 있어야 하겠기에 집안 곳간에 곡식을 쌓아놓고〔露積嘉利〕

그 곡식을 지키는 업왕신業王嘉利을 모신다. 노적가리에 더러 구렁이가 숨어들었으니 옛 어른들은 구렁이를 수곡신守穀神이라 불렀고, 구렁이가 집밖을 빠져나가는 꿈이라도 꾸면 그 집안에는 재앙이 닥치는 것으로 여겼다. 내가 태어나서 대학을 졸업할 때까지 살던 집에서 아파트로 이사를 할 무렵, 아버지가 며칠 전 새벽에 마루밑에서 구렁이가 빠져나가는 꿈을 꾸셨다고 어머니가 내게 근심 어린 표정으로 속삭이듯 말씀하시던 기억이 선명하다.

향香, 혼을 부르는…

해가 기울면 온 천지가 암흑으로 변하고, 약도 귀했고, 의원의 진단법이라고는 음양오행으로 넘겨짚던 게 전부였던 시절, 부모로부터 물려받은 몸을 온전히 보전하는 길이 군왕에서부터 서인에 이르기까지 조심하고 또 조심하는 것 이외에 무슨 방법이 있었겠는가. 그리하여 '보이지 않는 것에 대해 스스로 경계하고 신중할 것이며, 들리지 않는 것을 두려워하며 경각심을 가지라'〔戒愼恐懼〕고 거듭거듭 가르친 것일 게다.*

그런데 수천 년을 이어오며 한반도 구석구석에 터 잡아 살아오던 그 많던 귀신들이 어느 한순간 감쪽같이 어디론가 다 사라져 버렸다. 이능화는 경성에서부터 귀신이 일시에 사라진 것은 전등이 생

---

* 도는 잠시도 떨어질 수 없고 떨어지면 도가 아니다. 그런 고로 군자는 보이지 않는 바를 삼가 조심하고 들리지 않는 바를 두려워한다.(『중용』 1장, 道也者 不可須臾離也 可離 非道也 是故 君子 戒愼乎其所不睹 恐懼乎其所不聞)

기면서부터라고 했다.[*] 밝은 곳을 두려워하고 어두운 곳을 즐겨 숨어드는 귀신이 전등불로 해서 밤이 대낮같이 환한데 어디에 숨어 있을 것인가. 사실 캄캄한 밤에만 활개를 치다가 날이 밝으면 흔적도 없이 어딘가로 숨어드는 귀신은 현대인들로서는 도저히 이해할 수 없는 옛 사람들이 가진 어둠에 대한 '비이성적 공포'[**]가 만들어낸 환영幻影이요, 환각, 환청인 것은 틀림없다.

요즘은 밤과 낮을 구별할 수 없을 정도로 밤이 밝다. 너무 밝아 고개를 들어도 별이 보이지 않는다. 밤을 밝히는 불빛이 그 도시의 수준을 가늠하는 척도라도 되는 듯이 빛공해란 말이 나올 정도로 밤을 환하게 밝힌다. 연말이 다가오면 가로수들까지 온갖 색색의 불을 뿜는다. 그러니 야광귀夜光鬼가 어찌 내려올 수 있을 것이며, 목신木神이 도대체 어디 숨어 있을 수 있겠는가. 세상이 밝아진 만큼 두려움이 없어졌고, 두려움이 없어진 만큼 또 절제와 그침이란 게 없어졌다. 문명사회란 어떤 면에서는 밤과 낮의 구분이 없고, 어둠이 무엇인지 모르고 살아가는 세상일지도 모른다.

자연의 힘이 강하고 어둠의 시간이 길던 시절에 인간은 서로 유대의 감정이 있었다. 먼 길 떠난 나그네가 날이 저물면 아무 집이나 문을 두드리며 지나가는 길손인데 헛간이라도 좋으니 하룻밤만 묵어가게 해 달라 청을 할 수 있었던 시절이 있었다. 밤이 낮보다 더 밝고 인간이 가진 기술의 힘 앞에 자연이 무력해지면서 인간에게 가장 두렵고 위협적인 대상은 자연이 아니라 인간으로 돌변했다.

---

* 이능화, 『조선무속고』, 이재곤 옮김, 동문선, 1995, 208쪽.
** 칼 구스타브 융, 같은 책, 259쪽.

"사람과 더불어 있는 것이 짐승들과 더불어 있는 것보다 더 위험" 한 세상이 된 것이다.* 귀신을 몰아낸 대가를 톡톡히 치르고 있는 셈이다. 계몽으로 귀신을 몰아낸 세상의 모습을 독일의 철학자 아도르노(Theodor W. Adorno, 1903~1969)는 아래와 같이 설명한다.**

> 진보적 사유라는 가장 포괄적 의미에서 계몽은 예로부터 인간에게서 공포를 몰아내고 인간을 주인으로 세운다는 목표를 추구해 왔다. 그러나 완전히 계몽된 지구에는 재앙만이 승리를 구가하고 있다. 계몽의 프로그램은 세계의 탈마법화였다. 계몽은 신화를 해체하고 지식에 의해 상상력을 붕괴시키려 한다.

계몽의 힘에 의해 신화가 해체되면서, 자연을 포함하여 이 세상을 구성하는 모든 것이 오로지 인간을 위한 단순한 객체의 지위로 전락하게 된다. 인간이 겸손하게 고개 숙일 대상이 없어진 것이다.

아도르노는 "계몽이 사물에 대해 취하는 형태는 독재자가 인간들에게 대해 취하는 행태와 같다."고 했다. 그러나 어떤 무지막지한 독재자도 인간을 완벽하게 통제할 수 없듯이 계몽도 세계를 완전히 탈마법화시키지는 못했다.

우리 주변에 귀신은 여전히 살아있다. 밤이 대낮보다 더 밝은 세상이 되다 보니 함부로 나서지 못하는 것일 뿐. 귀신을 달래기 위한 굿판도 여기저기서 펼쳐지고 있다. 단군의 시대가 저문 지 수천 년

---

* F. 니체, 『차라투스트라는 이렇게 말했다』, 정동호 옮김, 책세상, 2000, 34쪽.
** Th. W. 아도르노, M. 호르크하이머, 『계몽의 변증법』, 김유동 옮김, 문학과지성사, 2012, 21쪽.

이 지났지만 이 시대에 단군의 의례를 주재하는 반신반인을 우리는 만신萬神이라고 부른다. 어디 그뿐인가. 부적도 팔리고 있다. 벼락 맞은 대추나무는 장신구로 변신하여 백화점에서 비싼 값에 팔린다. 가뭄이 길어지면 공공기관의 수장이 직원들을 이끌고 기우제를 지내기도 한다. 코로나 대유행이 시작될 무렵, 한 지방자치단체의 장은 마을의 신목神木앞에서 무릎을 꿇고 코로나를 물리쳐 주십사 제를 올렸다. 이런 의례를 삿된 미신이라고 흠 잡는 사람은 없다. 오히려 언론에서 대서특필한다.*

종교생활을 하지 않는 사람이라 하더라도 한국사람이라면 누구나 1년에 한두 번은 향을 사르며 귀신이 된 조상신을 부른다. 설, 추석 명절이나 조상들의 제사 때! 자손들이 향을 사른 뒤 다소곳이 절을 하며 정성스레 차린 음식과 제물을 상향尙饗하면 저승에 머물던 조상은 그 향내를 맡고 이승으로 돌아와 흠향歆饗하는 것이다.

> 무릇 세상의 만물 가운데 그 형체나 빛깔이나 소리보다도 가장 멀리, 그리고 가장 빨리 가는 것을 향기라 하였으니 제사에 향을 사른 까닭은, 멀고먼 저승까지 이승에서 갈 수 있는 것은 오직 향기뿐이어서, 그리고 그 먼 기슭에 바로 가서 순식간에 닿을 수 있는 것은 향기뿐이어서 향기는 저승의 기슭으로 가서 혼백을 불러 이승으로 모시고 온다. 예로부터 향기는 신을 감동시키는 일이 많았다.
>
> - 최명희, 『혼불』 중에서

* 「"신종 코로나 물리치소서", 안동시 신목(神木)제사 통해 기원」, 〈매일신문〉, 2020. 02. 07.

외경·신명·해학

살煞, 두려움의 지혜

폴란드 출신의 유대계 사회학자 지그문트 바우만(Zygmunt Bauman, 1925~2017)은 "죽을 수밖에 없는 존재라는 사실을 알고 있는 인간"이 "논리와 이성에 반하여, 살아야 하는 삶을 견디게 해주는 장치"가 바로 문화라고 정의한다.* 그래서 바우만의 정의에 따라 문화를 재해석하면 문화란 생명체의 유한성에 따른 삶의 덧없음과 허무함을 극복하고 죽음에 저항하려는 인간의 지혜와 노력이 집단화되어 전승되어 온 것이라고 할 수 있다.

화를 피하는 대신 복을 구하고, 죽음을 멀리하고 삶을 이어가려 하는 것은 인종과 계급, 그리고 시공간을 초월하여 인간이면 누구나 가지는 본능적 속성이다. 하지만 대자연의 거대한 힘 앞에 혼자 내

* 지그문트 바우만, 『쓰레기가 되는 삶들』, 정일준 옮김, 새물결, 2008, 177쪽.

던져진 인간은 나약하기 이를 데 없다. 이런 나약한 인간의 살고자 하는 절박한 마음은 대개 종교적 형식을 띤 의례로 나타난다. 따라서 어느 민족이든 종교적 형식을 띤 고유한 의례가 있기 마련이다.

하지만 논리와 이성 중심의 과학적 사고에 길들여진 요즘 시대의 감각에 비추어 볼 때 전통문화, 특히 신화에 기반한 사고와 행위들은 대개 미신이라는 멸칭으로 폄하된다.*

한편 전통문화에 뿌리를 둔 민족 특유의 집단병리적 현상을 문화상대주의 관점에서는 문화연계증후군(Culture Associated disease)으로 분류하기도 한다.

한국 사람들의 문화연계증후군, 즉 문화적 질병 가운데 가장 흔한 것은 살煞이다. 살煞이란 귀신이 사람을 해칠 목적으로 사람의 몸에 끼치는 나쁜 기운을 뜻하는 말로, 홧병이나 신병神病이 한국 사람들 특유의 문화연계증후군이듯이, 살은 한국 사람들만이 앓는 갖가지 질병의 원인이기도 하다. 물론 현대의학의 관점에서 보면 허무맹랑한 소리인 것 같지만, 무의巫醫 중심의 비공식 의료체계에서는 여전히 깊은 의미를 지닌 채 통용되는 개념이며, 처방이 필요한 질병이다.

살은 한국 사람들의 일상 구석구석을 파고들기 때문에 그 종류도 다종다양하다. 한국 사람들이 제일 많이 앓는 병은 몸살(煞)이다. 살면서 누구나 한두 번은 몸살을 앓는다. 가벼운 감기를 앓을 때도 몸살 기운이 있다고 하고, 힘겨운 노동으로 거의 탈진상태에 이른

* '미신' 이라는 말은 근대 이후에, "무속의례뿐 아니라 조상숭배까지 모든 전통적 관습을 조롱하기 위해 만들어낸 신조어"다.(로렌 켄달, 『무당, 여성, 신령들』, 김성례·김동규 옮김, 일조각, 2016, 73쪽.)

상태가 되어도 몸살로 앓아누웠다고 한다. 몸살보다 좀 더 상태가 심각한 살에는 지살, 천살, 역마살, 주당살 같은 살이 있고, 겁살劫煞은 요즘 간혹 사회문제가 되기도 하는 돌연사처럼 특별할 이유도 없이 갑작스레 절명하는 경우를 말한다. 건전한 부부관계를 해치고 멀쩡하던 가정을 파탄으로 몰고 가게 만드는 도화살이 있는가 하면, 한국 사람들이면 살아가는 동안 누구라도 한두 번은 맞게 되는 살은 망신살亡身煞이다. 망신살이 뻗친 사람들은 대개 "그때 내가 아마 뭔가에 홀린 것 같다."라거나, "얼이 빠졌다.", "넋이 나갔다."라는 변명을 늘어놓는다. 그 '뭔가'는 당연히 귀신일 테고, 얼이 빠졌거나 넋이 나간 자리를 꿰찬 것도 귀신일 터이다.

물려줄 부동산도 주식도 없고 세습해 줄 권력이나 지위도 없던 지난 시절의 어른들이 이제 막 사회에 첫발을 내딛는 장성한 자식들에게 줄 수 있는 것이라고는 자신들의 경험으로 체득한 섭세의 방편뿐이었다. 그 방편이라는 것은 그저 살아가면서 부닥치게 되는 세상만사를 늘 경계하고 근신하고 저어하며 또 두려워하라는 것이다. 그것이 재력도 권력도 없고 가문의 영향력으로부터도 보호받기 힘든 사람들이 살을 피하는 유일한 방법이었을 테니까. 권력과 재물을 가진 자들도 마찬가지였다. 그들도 한평생을 살아가면서 수십 수백 가지의 살을 다 무탈하게 피해갈 수는 없는 법 아닌가. 그래서 어머니들은 자식들이 삼재三災*가 들 나이가 되면 특별히 근신, 자중자애를 신신당부했다.

---

* 삼재(三災): 도병재(刀兵災, 연장이나 무기로 입는 재난), 역려제(疫癘災, 감염병에 의한 재난), 기근재(饑饉災, 굶주림으로 입는 재해) 혹은 물, 불, 바람에 의한 재난. 9년 주기로 돌아와 3년 동안 머무는 것으로 생각했다.

공자도, 그리고 공자의 대척에 서 있던 노자도 한 목소리로 살을 피해가는 현명한 처세와 섭세의 방편은 그칠 바〔止〕를 알고 근본本으로 돌아가는 것이라고 했다. 여기서 '그친다'는 것은 "생성의 소멸, 음양의 정지를 뜻하는 것이 아니라 모든 사물이 충족된 상태"를 말하는 것으로, 그칠 바를 안다는 것은 결국 족足함을 안다는 다른 표현이다.*

족함을 알아야 하는 이유는 지나침〔過〕이 몰고 올 재앙에 대한 두려움 때문이다. 살은 근대의 과학적 사고로 인식 가능한 실체가 아니지만 아득한 전설의 시대로부터 우리 민족의 심성에 두려움을 불러일으켜서 언행의 절제를 강제하던 무형의 힘을 가지고 있었다. 살이 불러일으키는 두려움은 인간이 도덕적 행위를 하게 하는 가장 강력한 힘이었고, 주어진 한 삶을 무탈하게 사달 없이 오롯이 살아내게 할 수 있는 지혜였다.

> 너희가 두려움을 아는 것이 살아 있음의 뿌리이다. 너희가 두려움을 모르는 것은 죽음의 문턱에 있는 것이다. 평안과 위태로움은 너희의 몸에 있는 것이지, 다른 곳에 있지 않다.**

이런 두려움을 아는 사람이 세상 만물을 대하는 자세가 바로 외畏요, 경敬이다. 퇴계(退溪 이황, 1501~1570)는 선비가 사물의 이치를 궁구할 때에도 먼저 경에 머물라 했고〔居敬窮理〕, 다산(茶山 정약용,

---

* 윤찬원, 『도교철학의 이해』, 돌베개, 1998, 121쪽.
** 윤찬원, 같은 책, 166쪽.

1762~1836)은 자신이 태어나 성장기를 보내며 서책을 읽고 원대한 포부를 기르던 생가의 당호를 여유당與猶堂이라 지었다. 매사 겨울철에 살얼음이 낀 내를 건너듯 두려워하고, 사방의 이웃을 경계하듯 조심할 것이며, 손님이 주인을 대하듯 늘 엄숙하고 단정하게 스스로를 규율하겠다는 의지로 『도덕경』 15장 구절* 중에서 한 글자씩 따와서 지은 당호. 여유당與猶堂! 그러나 그렇게 신중하게 처신했음에도 조선사회를 개혁해 보려던 자신의 원대한 꿈은 좌절되고 유배지에 갇히는 처지가 된다. 미처 수옥살囚獄煞을 피하지 못한 게다.

살을 맞게 된 사람은 살에서 풀려나기 위해 굿을 한다. 그 굿에서 무당이 추는 춤을 살풀이 춤이라 한다. 현재 살풀이춤은 우리나라의 중요 무형문화재 중의 하나다. 살에 대한 공포와 두려움에서 벗어나기 위한 주술이 현대에 와서 예술로 승화된 것이다. 승화되었다기보다는 무대 위에 박제되어 있다고 하는 것이 옳을지도 모른다. 실생활 속에서 무속의 굿과 주술이 양지로 나오기 어려운 시대가 되었기 때문이다.

사실 인류의 오늘을 있게 한 종교, 예술, 과학의 뿌리는 모두 나약한 인간이 가졌던 두려움으로 귀결된다. 그것은 나약하고 무지한 인간들이 캄캄한 세계의 한복판에 내동댕이쳐졌을 때 느끼게

---

* "옛날에 도를 얻은 이는 미묘하고 그윽히 통달하여 그 깊이를 알 수 없었다. 알 수 없지만 억지로 말해자면 마치 얼음이 언 겨울 강을 건너듯 조심스럽고, 사방에서 쳐들어오는 적을 경계하듯 신중하며, 찾아온 손님처럼 엄숙하다가도 얼음이 녹듯이 포근하고, 다듬지 않은 통나무처럼 질박하여, 계곡같이 비고 혼탁한 듯 세속과 섞여 있다."…(古之善爲士者 微妙玄通 深可不識, 夫唯不可識 故强爲之容, 豫諺若冬涉川, 猶兮若畏四隣, 儼兮其若容, 渙兮若氷之將釋, 敦兮其若樸 曠兮其若谷 混兮其若濁…), 왕필, 『노자주』, 임채우 옮김, 한길사, 2009, 90~91쪽.

되는 막막함과 막연함에서 오는 두려움이다. 그 두려움을 극복하려는 인간의 의지와 지혜가 집단으로 전승, 발전해 온 것이 인류의 문화요 문명이다.

지금 살의 기운을 느끼는 사람은 없다. 당연히 사람들의 마음에도 두려움이란 게 없어졌다. 기계와 기술의 힘을 맹종하는 문명사회의 인간들은 두려움이라는 감정을 잃어버렸고, 그침과 족함은 진보의 걸림돌로 여기게 되었다. 신화적 사유가 만들어 놓은 오랜 금기와 터부가 과학적 사고에 의해 소멸되면서 귀신이 사라지고, 두려움이 없는 밝고 화려한 세상으로 변했다. 그리하여 법과 원칙만을 입에 달고 사는 권력자들에게 핍박받던 민초들이 마지막으로 기대며 위안을 얻던 천벌天罰까지 사라졌다.

그렇게 두려움이 사라져 버린 세상의 모습은 어떤가? 전쟁이 벌어진 것도 아닌데도 너무 거칠고 난폭하고 잔인하다. 천벌을 두려워 않는 세상이 되다 보니 인륜을 넘어 천륜이 무너지고 있다. 친족을 대상으로 하는 잔혹한 범죄가 기승을 부리고 있고, 온 천지가 보듬어 안아야 할 어린 생명조차 친부모의 무자비한 폭력에 스러지고 있는 세상으로 변했다. 하늘을 경배하고 사람을 하늘처럼 섬기던 시대는 가고, 하여 하늘에 대한 두려움이 사라진 대신 경제적 공포와 실직의 두려움만 온 세상에 가득하다. 단군 이래 최고로 화려하고 풍요로운 삶을 살면서도 살과는 비교조차 할 수 없는 경제적 두려움이 사람들의 목을 조르고 있는 세상이다. 경제적 공포가 만연한 곳에서는 어디든 극우, 파시스트들의 활동 반경이 넓어지고 혐오범죄는 기승을 부린다.

과학적 사고를 기반으로 한 근대문명은 신화적 사유에 근거한 금기와 터부를 무력화시켰다. 신화학자 조지프 캠벨(Joseph Campbell, 1904~1987)은 신화에 뿌리를 둔 금기와 터부가 효력을 잃는 순간, 악덕과 질병이 횡행한다고 하였다.* 근대문명 사회에서 금기와 터부가 무력화되면서 생긴 제일 심각한 질병은 정신질환이다. 특히 불안과 우울증은 문명사회의 고질병이라고 해야 할 정도로 심각한 수준이다.

> … 민속신앙은 신화와 단절되어 합리지상적 기계주의에 사로잡힌 현대인에게 의식의 뿌리를 다시 만날 기회를 부여하는 촉매 기능을 한다. '자기' 와의 일치, 전일의 정신을 실현하는 것이 가장 중요한 윤리적 행위라면 의식과 무의식의 단절, 자아의식의 뿌리로부터의 근절 등 정신적 해리는 윤리적으로 가장 위험한 상태라고 할 수 있다.**

신명神明을 부르는 모성애, 바가지와 정화수

> 마누라 바가지 긁는 소리에 밤새도록 잠 한숨 못 잤다

이 말은 우리나라에서 제법 나이가 든 기혼 남성이라면 누구든 한두 번 이상 직접 내뱉어 보았을 수도 있고, 자신의 직접 경험이 아닐지라도 신세 한탄을 하는 주변의 남성 친구

* 조지프 캠벨, 『다시, 신화를 읽는 시간』, 권영주 옮김, 길벗, 2020, 26쪽.
** 이부영, 『한국의 샤머니즘과 분석심리학』, 한길사, 2012, 644쪽.

들의 푸념 속에서 흔히 들을 수 있는 말이다. 우리의 언어 습속에서 여자가 바가지 긁는다는 말은 흔히 부부관계에서 다툼이 일어났을 때, 아내가 남편에게 불편한 감정을 품고 오랜 시간 격렬하게 따지고 다그친다는 의미로 통용되고 있다. 그런데, 사실 우리 전통사회에서 여인들이 바가지 긁는 행위는 부부 사이의 갈등이나 다툼과는 전혀 관계없는 말이었지만, 근대사회로 넘어오면서 그 행위의 성격은 물론 의미조차 변성된 대표적인 사례라고 할 수 있다.

원래 바가지 긁는다는 말은 돌림병이나 열병을 앓고 있는 자녀가 있을 때 어머니가 바가지를 두드리거나 긁어대며 주문을 읊조리면서 어린 자녀의 쾌유를 축원하는 자가굿의 일종이었다. 예나 지금이나 축귀逐鬼를 위한 의례의 주재자는 당연히 무당이지만 가난한 서민들의 처지에서는 무당들을 불러들일 재력이 있을 리가 없다. 그래서 자녀 양육은 물론 간병의 책임까지도 혼자서 감당해야 했던 어머니들이 밤을 새워가며 병든 아이 곁에서 부엌칼로 바가지를 긁어 소리를 내고, 주문을 흥얼거리며 병든 아이의 신명神明을 깨웠던 것이다. 그러고 보면 마누라 바가지 긁는 소리에 밤잠을 못 잤다는 남성들의 푸념은 가부장 사회의 남성들이 얼마나 무책임하게 살았던가를 고백하는 생생한 문화적 증거이기도 하다.

신명은 한국 사람들의 내면에 숨어있는 삶의 원동력과도 같은 것으로 "신이라 일컫는 존재와 통하는 밝고 큰 기운"이며 그 기운이 활짝 피면 "삶은 살아나고 액운은 소멸" 되면서 "죽음은 어느새 삶으로 역전" 된다는 것이 "우리 신화의 기본철학이다."*

---

* 신동흔, 『살아있는 한국 신화』, 한겨레출판, 2020, 166쪽.

역귀의 위력에 눌린 병자의 신명을 이끌어내는 방식은 무당의 가무와 춤, 즉 굿이다. 무당의 가무에는 소리와 추임새가 곁들여져야 하므로 풍물패는 굿의 필수불가결한 구성이다. 굿판에 북, 장구, 꽹과리, 징으로 구성된 풍물이 동원되는 것은 무당의 가무를 돕기 위한 것이기도 하지만, 귀신이 싫어하는 시끄러운 소리를 냄으로써 귀신의 사기邪氣를 물리치고 신명을 살려내기 위한 목적도 있다. 살풀이춤이 실생활에서는 수면 밑으로 가라앉은 대신 무대 위에서 전통예술이란 형식으로 살아남았듯이 무당의 굿판도 심산유곡으로 숨어들었지만, 무당의 가무를 돕던 잽이들의 풍물소리는 사물놀이라는, 어느 민족도 함부로 흉내 낼 수 없는 한민족 특유의 예술로 승화되어 지구촌 곳곳의 공연장을 누비고 있다.

온 세계가 격찬하는 비디오 아티스트 백남준(1932~2006)의 예술혼 역시 한민족 고유의 굿판에서 일어나는 신명에 뿌리를 두고 있다. 생전에 그는 예술을 굿이라고 했고, 자신은 사람들이 신명나게 소리를 지르고 춤을 추게 만드는 굿쟁이이라고 자평했다.

> 한국의 무속은 신과 인간을 연결시켜 주는, 한마디로 소통이고 커뮤니케이션이다. 점과 점을 이어주면 선이 되고, 선과 선을 이으면 면이 되고, 면은 오브제가 되고, 결국 오브제가 세상이 되는 것이다. 신과 인간을 연결시켜 주는 한국의 무속은 따지고 보면 세상의 시작이다.*

---

* 구보타 시게코, 『나의 사랑 백남준』, 남정호 옮김, 이순, 2010, 246쪽.

바가지와 함께 또 한 가지 먹이고 기르는 모성의 상징과도 같은 것이 정화수井華水다. 옛 어른들은 첫닭이 울고 난 이른 새벽에 길어낸 맑고 정갈한 우물물을 정화수라 했고, 어머니들은 부엌에서 밥을 짓기 전에 이 정화수 한 사발을 소반에다 받쳐 놓고 천지신명님께 식구들의 안녕과 건강, 가정의 평화를 빌며 자신의 신명을 다 바쳤다. 그러므로 부뚜막은 요리나 상차림의 편의를 위해 만들어진 것이 아니라 엄숙한 제단과도 같은 것이므로 누가 함부로 걸터앉거나 올라앉을 수도 없는 법. 그래서 '얌전한 고양이 부뚜막에 먼저 올라간다' 는 말이 만들어진 것일 게다. 최명희의 대하소설 『혼불』에는 한반도의 여인네들이 이른 새벽에 정화수를 떠다놓고 조왕신에게 신명을 바쳐 치성을 드리던 모습이 절절하게 묘사되어 있다

부엌이 어찌 단순히 밥을 짓고 반찬을 만들며 먹은 그릇 설거지만 하는 곳인가. 이곳은 성소였다. 한 집안의 생·사·화·복의 근원이 부엌이었다. 인간이 나서부터 죽을 때까지 그 입으로 들어가는 밥이 아니면 무엇으로 목숨을 이어갈 수 있을 것인가.

그래서 조왕신은 온 가족의 수명을 지켜주고 다치거나 병들지 않게 살펴주는 신이며, 불은 곧 재물을 뜻하는 것이리라. 조왕님의 조화 여하에 따라 집안의 재운이 움직인다고 하였다.

이 부엌의 아궁이에 때마다 끼니마다 붉은 불길 가득하고 솥전에는 더운 김 뿜어나는 것이나, 불 꺼진 재 써늘히 쌓여 빈 솥단지가 아가리를 벌리고 있는 것이 다 조왕신의 바른 뜻에 달린 것이었다. 효원은 정화수를 올리고 나서 아궁이 앞에 단정히 앉았다.

- 최명희, 『혼불』 중에서

이것이 아득하고도 아득한 시대의 전설 같은 이야기가 아니다. 우리나라 베이비붐 세대를 길러낸 어머니들에게 정화수는 자녀양육의 필수품이었다. 이제 무대의 전면에서 물러나기 시작한 베이비붐 세대가 단군 이래 가장 풍요로운 삶을 살았다는 평가를 받을 수 있었던 것은 정화수 한 사발을 놓고 자신의 신명을 바치던 어머니들의 헌신과 공덕이 있었기 때문이리라.

이 글을 쓰는 나 역시 한밤중에 뒷마당에서 소반 위에 정화수 한 사발을 떠다 놓고 치성을 드리던 어머니의 치맛자락을 붙들고 칭얼대던 기억과, 열이 올라 축 늘어진 어린 나를 들쳐 업고 마당을 서성이며 쉴 새 없이 무언가를 웅얼거리던 어머니의 음성이 아직도 귓전에서 울리고 있다. 어린 자식의 몸을 괴롭히는 역귀를 쫓아내려는 모성의 주문이요, 푸념이며, 타령이었던 게다. 또 한편으로는 어린 자식의 칭얼대는 소리와 어머니의 푸념 소리에 행여 아버지가 잠을 설치시지는 않을까 저어하여 쏟아지는 잠을 쫓아가며 깜깜한 밤중에 아픈 자식을 들쳐 업고 마당으로 나서셨을 게다.

어머니의 주문과 푸념, 타령은 어머니의 어머니, 그 어머니의 어머니… 아득하고도 아득한 그 시절, 곰이 여인으로 환생했던 그 시절부터 전해져 내려오던 것이었겠지만, 스위치만 돌리면 가스불이 활활 피어오르고, 이른 새벽에 정화수보다 더 맑아 보이는 생수가 박스째 택배로 배달되는 '배달의 왕국' 국민들에게 조왕신이 무엇이며 정화수가 웬 말인가. 하지만 수천 년을 이어져 온 정성과 의례가 쉽게 소멸할 리야 있으랴. 정화수를 떠다 놓고 새벽별 바라보던 사람들을 절에서는 새벽 예불로, 교회에서는 새벽 기도로 불러들였다.

장승벅수와 해학

온갖 가택신들이 한 가정의 안녕과 평화를 보장해 주는 귀신이라면 장승벅수는 마을 공동체 전체의 안녕과 평화를 보장해 주는 수호신 같은 것이다. 옛사람들이 마을 어귀에 장승을 세운 뜻을 실용성이란 면에서만 보면 마을 입구나 갈림길에서 이정표나 경계표 같은 기능을 하는 것이지만, 보다 깊은 속내는 역시 재앙에 대한 두려움 때문이다. 재앙 중에서도 역병에 대한 옛사람들의 두려움은 길목마다 병의원이 촘촘히 들어서 있고, 전화만 하면 119 구급대가 달려오는 곳에서 사는 현대인들로서는 도저히 공감할 수 없는 공포다.

장승벅수의 가장 중요한 기능은 마을 방역이다. 역병을 몰고 오는 객귀나 역귀들이 장승의 흉측하고 기괴한 몰골에 놀라 달아날 것이라는 옛사람들의 소박한 믿음이 마을 어귀마다 장승 벅수를 세우도록 한 것이다. 또 장승의 둘레에 돌을 쌓아 돌무지〔石積〕를 만들어 소망을 기원하기도 한다. 요즘 도심에서 장승이나 벅수를 만나기란 쉬운 일이 아니지만, 산행을 즐기는 사람들의 눈에 돌무지는 그리 낯설지 않은 조형물이다. 산행을 하다 갈림길이나 모롱이, 목적지 언저리에 가면 어김없이 돌들이 무더기로 쌓여 있음을 보게 된다. 돌무지를 만나게 되면 누구든 그저 보고 지나치는 정도가 아니라 자녀들의 합격이나 가족들의 건강을 빌면서 직접 작은 돌 몇 개를 주워 조심스럽게 얹어 놓게 마련이다. 등산용 스틱을 양 옆구리에 끼고 정성스럽게 손비빔까지 하면서 고개를 주억거리는 사람들도 있다.

공자가 괴력난신에 대해서는 아무 말도 하지 않았다고 했지만 귀신의 존재까지 부정했을까? 그건 아니다. "귀신은 보이지도 들리지도 않지만 만물에 깃들어 있으니 함부로 버릴 수 없을" 만큼, 그 "덕이 크다."라고 한 사람이 공자다.* 그리고 귀신의 내림을 헤아릴 수도 없지만 또 꺼려할 수도 없는 것이어서, 귀신의 은미함을 드러내는 것은 오로지 성誠이라 했다. 성誠은 하늘의 길이지만, 사람이 성誠을 실천함으로써 하늘의 길을 사람의 길로 만들 수 있다. 장승벅수는 드러나지 않게 사람의 길에 드나들려고 하는 역귀와 객귀를 구축하는 대신, 그 길에는 늘 선신의 가호만이 있기를 비는 옛사람들의 정성이 만들어낸 투박한 조형물이다.

치료제가 없는 코로나19에 의한 감염병이 창궐하고 있는 지금, 가장 강력하면서도 확실한 예방과 치료책이 사회적 거리두기와 확진자, 밀접 접촉자의 격리 아닌가. 치료제도 없었고, 세균이나 바이러스의 존재조차 몰랐던 시절, 전염병을 역귀의 소행으로 알았던 사람들은 장승이나 벅수의 몸에 금줄을 둘러 사회적 거리두기와 환자격리를 실천했다. 이것이 바로 끝없이 되풀이되는 역병에도 불구하고 우리 민족의 역사가 반만년을 이어져 올 수 있게 한 소박한 지혜요, 문화의 힘이라 생각한다.

그런데 장승벅수를 언뜻 보면 그 모습은 조형미나 균형미도 없고, 경건함이나 신성함은 찾아볼 수도 없다. 그냥 되통스럽게 서 있을 뿐이다. 오죽했으면 "장승처럼 서 있다."는 핀잔이 나왔을까. 지

---

* 『중용(中庸)』 16장, "子曰鬼神之爲德 其盛矣乎 視之而弗見 聽之而弗聞 體物而不可遺 使天下之人 齊明盛服 以承祭祀 洋洋乎如在其上 如在其左右"

나다니면서 어찌 저렇게도 협수룩한 허깨비한테 고개를 숙여 절을 했나 싶을 정도다. 얼굴은 하나같이 못생겼고 얼굴에 비해 코는 크고, 표정은 웃는 것도 아니요 화난 것도 아닌 데다 대개 입을 헤 벌리고 눈알은 툭 튀어나온 채 멍청하게 서 있다. 그 모습을 지켜보고 있는 사람들에게는 입가에 소리 없는 웃음기가 맺힌다. 장승벅수의 얼굴은 상대를 협박하고 을러대는 표정이 아니라 소박한 웃음으로 상대를 환대하는 표정이다. 마을에 재앙을 몰고 올지 모를 역귀를 웃음으로 환대하여 스스로 물러나게 만드는 힘, 바로 해학의 표정이다.

해학과 익살! 장승벅수가 우리 민족에게 준 것은 모진 세월을 이겨낼 수 있는 웃음이다. 해학諧謔은 설문의 뜻에 따르면 모두가 조화를 이루어 즐겁게 논다는 의미가 된다.* 신명과 홍을 부르는 마을굿이 펼쳐지는 곳도 장승벅수가 내려다보고 있는 마을 공터였고, 마을 동제를 지내고 술판이 펼쳐지는 곳도 장승벅수가 지키고 섰던 작은 광장이었다.

요즘 장승벅수는 고유의 신앙기능은 사라졌지만 문화재나 조형예술품으로서 생명을 이어가고 있고, 도시에서는 말 그대로 장승처럼 멀뚱하게 선 채로 문화예술의 거리임을 알리는 이정표 용도로 쓰이고 있다. 하지만 도심의 장승벅수는 마천루 같은 고층빌딩들에 둘러싸여 있어 주변 경관과 전혀 어울리지 않아 초라하기도 하고, 고개를 숙인 채 손바닥 안에 스마트폰만 들여다보고 길을 걷는 요즘 젊은이들은 장승벅수의 신통력은커녕 존재감조차 느끼지 못할

* 『설문해자』, 諧, 合也, 調也., 謔, 戲也.

것이다. 그러니 그 앞에 머리를 조아리며 경배를 할 사람이 뉘 있으랴. 그나마 있던 것마저 거의 철거되고 유적지 같은 곳이 아니면 장승을 만나기는 쉽지 않다.

장수벅수가 우리 주변에서 사라지면서 같이 사라진 것이 있다. 해학과 익살이다. 장승과 함께 해학이 사라진 도시를 오가는 사람들의 얼굴은 잔뜩 찌푸려져 있다. 누군가의 눈에 비친 내 얼굴도 그렇게 찌푸려져 있으리라. 하나같이 화가 난 듯, 불안한 듯, 피곤한 듯, 지친 듯, 불쾌한 듯, 짜증 난 듯한 표정이고, 게다가 낯선 것, 약한 것, 이질적인 것들에 대한 혐오가 기승을 부리고 무지막지한 범죄로 이어지기도 한다.

하지만 우리는 웃음을 빼앗긴 것이지 웃을 줄 모르는 사람들이 아니었다. 언제든지 이웃들과 웃음을 나누며 살 수 있는 사람들이었다. 홍興이라는 한자말에는 '같이, 더불어' 라는 뜻의 동同 자가 가운데 들어있다. 우리는 하루하루의 일상을 늘 잔치판 같은 홍과 신명으로 같이, 더불어 살아갈 수 있는 사람들이었다. 단지 기계도시와 기계문명의 부속품으로 살아가야 하는 처지에 내몰림으로써 기계에게 신명과 혼을 빼앗긴 탓에 몸은 지치고 마음이 피폐해진 것일 뿐, 어떤 계기에 의해 신명과 홍이 되살아나면 짜증 섞인 목소리들이 한순간에 지축을 흔드는 함성 소리로 변한다. 2002년 붉은 악마들의 함성이 그랬고, 2017년 촛불 시민들의 아우성이 그랬다.

풍류와 저항

세상에는 아예 웃을 줄도 모르고 웃는 것이 불가능한 사람들이 있다. 부도덕한 권력과 그 권력의 우산 밑에서 기생하려고 기웃거리는 이들이 바로 그들이다. 그들의 얼굴은 근엄함과 엄숙함으로 포장되어 있고, 대중들의 굴종과 예속을 강제하려는 모략과 간계의 눈빛만 번득일 뿐, 몸에서 저절로 터져 나오는 웃음이 없다. 웃음기 머금은 표정을 지을 때도 있긴 하지만, 그 웃음은 억지로 만들어낸 웃음이지 몸에서 터져 나오는 자연스런 웃음이 아니다. 다만 모략과 간계가 성공했을 때는 그들도 웃음을 터트린다. 혼자, 밀실에서 낄낄거리며 웃는다. 혹 남이 들을세라 주변을 살피면서. 바로 그때 밀실 밖에서 웃으며 살던 사람들은 울음을 터뜨린다.

권력이 지어내는 말들은 원래 엄숙함과 경건함, 그리고 가식적인 권위로 포장되어 있는 말이기 때문에 상대방과 서로 경계와 격의 없는 소통을 하기 위한 말이라기보다는 일방적인 강제와 지시, 훈계, 협박에 더 가까운 말들이다. 당연히 웃음과는 거리가 멀다.

가끔 이들이 광장에서 웃을 때도 있긴 하다. 바로 선거철이다. 권위로 칠갑을 한 권력자도 선거철만 되면 신명과 해학이 넘쳐나는 선거판 분위기에 편승하기 위해 발버둥을 친다. 자신이 한평생 살아온 삶의 모습들과는 전혀 어울리지 않는 몸짓을 하기도 하고, 주변 보좌관이나 측근들만 킬킬댈 뿐 아무도 웃어 주지 않는 썰렁한 농담을 뇌까리기도 하고, 꾸미지 않은 자연스러운 모습을 드러내 보이기 위해 더 열심히 꾸며대는 중노동을 기꺼이 감수하기도 한다. 시류를 따라잡기 위해 '말춤' 을 추며 깔깔 허허 웃어도 보지만, 광장에 모여든 자유로운 몸들이 만들어내는 몸짓과는 격과 결이 다를 뿐 아니라 뭔가 몸에 어울리지 않는 어색한 몸짓이다. 그 웃음에는 힘도 없고 여운도 없고, 자신도 없다.

원래 광장에 모인 건강한 몸들의 몸짓은 권력이 만든 기성의 질서와 규율에 대한 조롱과 경멸, 나아가 그 질서로부터 해방을 갈구하는 자유로운 몸짓이기 때문에 거리낌이 없고 신명과 해학이 넘쳐난다. 웃음에는 힘과 자신감들이 넘친다. 광장에 모인 자유로운 영혼들은 그 순간만큼은 해방과 자유를 만끽하지만, 권력은 대중들, 특히 젊은 영혼들의 자유와 해방을 가장 두려워한다. 광장에 대한 본능적인 공포가 있어 밀실을 선호한다. 하여 선거라는 잔치판이 거두어지고 나면 권력은 밀실로 그 몸을 숨기고, 표정에는 웃음기가 사라지며, 말에는 강제와 지시, 훈계, 협박에 가까운 엄숙함으로 칠갑을 하게 된다. 이들의 몸짓은 세련되었고 몸에는 윤기마저 찰찰 흘러넘치지만 속은 텅 비어 몹시 허약하다. 걸핏하면 병원 신세를 지고 병실 문 앞에는 '절대 안정', '면회 사절' 이라는 팻말이 나붙는다. 그러다가 대중들 앞에 모습을 드러내야 할 때는 휠체어를 탄다.

저항과 풍류… 이 두 가지는 아주 상반되어 보인다. 그러나 이미 이루어 가진 자는 저항하지 않으며, 억울할 일이 없는 자, 혹은 세상을 거머쥐려는 욕망으로 들끓는 걸쭉한 혈관에는 풍류가 깃들지 못한다. 풍류는 빈자리에 고이고, 빈자리에서 우러나며 비켜 선 언덕의 서늘한 바람닫이 이만큼에서 멀리 앉은 세상을 바라보는 마음이 아니면 울리지 않는 것이기 때문이다. 그래서 이 둘은 한 바탕 한 뿌리에서 뻗은 두 가쟁이다.

- 최명희, 『혼불』 중에서

최남선(六堂, 1890~1957)은 『삼국사기』에 "나라에 신통한 도道가 있으니 '풍류風流' 의 가르침이 그것이다."라고 시작하는 최치원의 난랑비 서문〔鸞郎碑序〕을 해석하면서, 광명세계를 뜻하는 '붉은 뉘' 가 변하여 '부루' 가 되었고 '부루' 의 음을 한자로 표기한 것이 풍류風流라고 했다.* 국조 단군으로부터 시작된 부류교단은 풍류, 즉 '가무음악에 신비한 힘' 이 있다는 믿음을 가지고 있었고, 풍류에서 분출되는 것이 바로 유대와 연대의 감정을 고양하는 흥이나 신명이다.

언제부터인지는 모르겠지만 우리는 흥, 신명, 신바람과 함께 터져 나오던 환한 웃음을 잃어버렸다. 풍류도 해학도 찾기 어렵다. '인간 영혼의 건강한 섭생법' **인 해학을 잃어버림으로써 영혼이 병들어 가고 있다. 기계가 주인이 되는 세상이 되면서 사람들은 자발성과 상상력을 발휘할 여지가 없어졌고, 상상력이 고갈되면서 이웃과 함께 울고 웃는 공감능력도 잃어버렸다. 웃음소리 대신 살기를 부추기는 층간소음과 온 천지에 폭주족들과 배달 라이더들이 내는 굉음만 요란하다.

---

* 최남선, 『조선상식문답』, 이영화 옮김, 경인문화사, 2013, 49쪽, 121~127쪽.
** 윤병렬, 『한국해학의 예술과 철학』, 아카넷, 2013, 28쪽.

종교문화와 의술

무교

• 종교적 인간과 집단무의식

내면의 너무 깊숙한 곳에 뿌리를 박고 있어서 겉으로는 잘 드러나지 않지만 한 민족 전체의 공통된 종교적 심성이나 사유체계의 핵심을 구성하는 것을 '집단무의식'이라 한다. "인종의 차이를 넘어 모든 인간의 육체가 공통의 해부학을 가지고 있듯이, 정신 역시 모든 문화 및 의식의 차이를 넘어 하나의 공통된 토대를 가지는데" 이를 분석심리학자 칼 융이 집단무의식이라고 정의한 것이다.*

집단무의식은 개인의 경험에서 생긴 것은 아니며 개인적인 능력으로 얻을 수 있는 것도 아니다. 어떤 요인에 의해서 잊혔거나 억압

---

* 카를 구스타프 융·리하르트 빌헬름, 『황금꽃의 비밀』, 이유경 옮김, 문학동네, 2014, 44쪽.

되어서 의식 밑으로 가라앉아 있는 것이라고 설명하는 프로이트(Sigmund Freud, 1856~1939)의 무의식과 달리 신화적 심상에서 비롯된 원형과 절대적인 상관관계를 가지고 있는 것이다. 원형을 만드는 신화는 "최초에 일어난 원초적 사건으로 계시되면 누구나 함부로 거역할 수 없는 진리"이며,* 니체(Friedrich Wilhelm Nietzsche, 1844~1900)는 신화를 한 국가의 가장 "강력한 불문법"이라고도 했다.**

융은 신화란 누군가가 지어낸 이야기가 아니라 한 집단 전체가 체험했던 사실이라고 설명한다. 체험했던 사실들에 대한 해석이 현시대 사람들과는 수준과 차원이 달랐던 것이니 신화라는 것이 이성과 논리로 구성된 합리적 세계관을 가진 현대인들에게는 황당하고 현실성 없는, 하나의 이야기로 치부될 수밖에 없다. 하지만 신화적 심상에 뿌리를 둔 집단무의식은 '의식의 합리적 세계와 본능의 세계를 연결하는 다리' 역할을 하는 것이어서 그 집단의 사고체계는 물론 행동양식에도 중요한 역할을 한다.

한국사회는 7대 종교 이외에도 수많은 종교들이 아무런 제약 없이 신앙과 포교의 자유를 누릴 수 있는 사회이지만 종교가 없다고 하는 사람들도 많다. 하지만 종교가 없는 사람이라고 해서 종교적 심성이 없는 것은 아니다. 인간은 누구나 죽을 수밖에 없는 존재이기 때문에 죽음에 대한 두려움에서 벗어날 수가 없고, 또 누구나 죽음 이후를 생각하기 마련이다. 따라서 자신은 종교에 대한 믿음이 없다고 주장하는 사람도 죽음을 떠올려야 하는 상황이나 스스로의 힘으로 극복하기 힘든 수난에 부닥치게 되면 돌아가신 부모님을 부

* M. 엘리아데, 『성과 속』, 이은봉 옮김, 한길사, 2014, 122쪽.
** 니체 전집 2, 『비극의 탄생·반시대적 고찰』, 이진우 옮김, 책세상, 2007, 178쪽.

르든지 하늘을 찾는 것과 같은 종교적 태도를 보이게 된다. 하다못해 혼잣말로 속삭이듯 내뱉는 '제발' 이라는 말 속에도 논리와 이성이 설명할 수 없는 간절한 종교적 희구가 담겨있다.

인간은 누구나 살면서 자신의 실력이나 능력, 노력으로 해결되지 않는 일을 맞닥뜨리게 된다. 한 인생을 오롯이 살아내는 동안에 자신의 굳건한 의지만으로는 극복하기 어려운 무수한 장벽에 부닥치게 마련이다. 이때 인간이면 누구나 종교적 인간이 될 수밖에 없다. 그런 종교적 인간이 제일 쉽게 제일 흔하게 기도와 숭배의 대상으로 삼는 것은 하늘이다. 특히 한민족은 부처와 공자, 예수를 믿고 섬기기 훨씬 전에는 하늘을 이고 하늘을 섬기며 하늘과 함께 살아온 민족이었다. 우리 민족의 집단무의식을 지배하는 것은 하늘이다.

> 창공은 단지 고개 들어 그것을 바라보는 것만으로 벌써 종교적 체험을 불러일으킨다. 하늘은 그 자신을 무한한 것, 초월적인 것으로 보여준다. 그것은 인간과 그 환경에 의하여 표상된 그 어떤 것과도 비교할 수 없는 전적으로 '다른' 뛰어난 것이다.*

• 디오니소스적 격정과 신바람

니체가 『비극의 탄생』에서 언급한 디오니소스적 격정은 흥분과 격정에 사로잡혀 망아지경에서 인간을 노래하고 춤추게 만들고, 가장 가혹한 환경에 내몰린 처지의 인간들조차 삶을 긍정하게 만들고 삶의 의지를 다지게 만드는 힘이다. 그 힘은

---

* M. 엘리아데, 같은 책, 122쪽

개인적 차원에 머무는 것이 아니다. 공동체의 유대감을 확인하게 할 뿐 아니라, 자연과 신비주의적 일체감을 느끼게 만든다. 디오니소스 격정을 통해 인간은 예술가가 되는 것이 아니라 하나의 예술 작품이 되는 것이다.*

이 디오니소스 격정은 "모든 문명의 배후에서 부단히 살아 있어 근절할 수 없으며, 세대와 민족사의 온갖 변천에도 남아 있는 것"으로 모든 예술의 밑바탕이 되어 인간에게 "형이상학적 위안"을 준다.**

니체가 말하는 디오니소스적 격정이란 바로 무교의 전통에 뿌리를 둔 한민족의 특유의 신바람이나 신명과 같은 것이다. 종교가 없다고 하는 사람들도 한국 사람이라면 신바람이나 신명으로부터 자유로울 수는 없다. 이 신바람은 우리 민족의 집단무의식 속에 각인되어 잠재되어 있는 삶의 격정과도 같은 것으로 어떤 동기에 의해 촉발이 되면 태풍처럼 불어닥치는 신비의 바람이다.

유교와 불교, 기독교와 천주교는 우리 민족의 신화와는 거리가 멀다. 우리 신화에 뿌리를 둔 종교라면 당연히 단군왕검에서부터 면면히 이어져 오는 무교다.*** 그런데 과학과 이성이 지배하는 현대와 와서 전통 무교의 정신은 사라졌는가? 그건 아니다.

무교의 사제라 할 수 있는 무격은 조선시대에는 8천賤 중의 하나로 천대받아 오기도 했고, 이성과 논리로 무장된 근대적 사유체계

---

* 니체 전집 2, 같은 책, 35쪽.
** 니체 전집 2, 같은 책, 66쪽.
*** 우리나라 단군은 동방의 시조로서 타고난 성지(聖地)로 성지(聖智)를, 신도(神道)의 가르침을 베풀어서 하늘을 신앙의 대상으로 삼고 해를 칭호의 표준을 삼았다.(이능화, 『조선신사지』, 이재곤 옮김, 동문선, 2007, 269쪽.)

에서 볼 때는 꼼수나 사술이나 부리는 사기꾼처럼 매도되기도 한다. 그러나 무교와 무당은 현재도 우리나라의 구체적인 현실로 엄연히 존재하고 있고, 이와 관련된 연구도 다양한 분야에서 활발히 이루어지고 있다.

그런데 대부분 학계의 연구에서 사용되는 용어는 무당과 무교 대신 '샤먼' 이나 '샤머니즘' 이라는 외국어를 채택한다. 무교와 무당에 대한 대중들의 거부감을 희석시키려는 의도인지는 모르겠으나 한편으로는 우리나라 지식인 사회의 언어사대주의의 표본적인 사례라고도 할 수 있을 것 같다. 재력가들이 소장한 미술품은 '컬렉션' 이라고 하고, 가난한 노인들이 길거리에서 폐지를 모으는 행위는 '수집' 이라고 하는 것이나, 그저 그런 동네 할머니들의 말은 '이야기' 이고, 젊은 '콘텐츠 크리에이터' 가 하는 말은 '스토리텔링' 이라고 하는 것과 같은 어법이다. 샤먼이 몽골 지방의 무당을 일컫는 살만(薩滿, 撒蠻) 혹은 사문(沙門, 娑門, 桑門)의 영어식 발음임을 생각해 보면 그런 혐의는 더욱 짙어진다.*

고통과 질병의 치유자, 재앙과 수난의 해결사로서 초인적 존재인 샤먼의 성격과 무당의 성격에는 그 어떤 차이도 없고, 무교와 샤머니즘 사이의 차이도 확인하기 어렵다. 그런데도 왜 지식인들은 무교 대신 샤머니즘이란 외국어로 무교를 대체할까.

아무리 무시하고 천대를 해도 무교는 모습과 표정을 달리하며 사고의 원형으로서 여전히 우리들의 무의식, 특히 집단무의식을 지배하고 있다. 무교는 모든 예술의 모태이기도 하고, "통시적으로는

---

* 최남선, 『불함문화론』, 전성곤 옮김, 경인문화사, 2013, 105쪽.

가장 원초적이며, 공시적으로는 가장 보편적인 종교현상" 이기 때문이다.*

불교

• 약사신앙

불교가 중국으로부터 한반도에 유입될 때의 과정은 『삼국유사』에 기록되어 있는데, 이 역시 단군신화처럼 기이한 이야기다. 일연一然은 『삼국유사』에서 고대 삼국 중에서 중국으로부터 제일 먼저 불교를 받아들인 것은 고구려이고, 신라가 고구려로부터 불교를 받아들이게 되는 것은 고구려 출신의 승려, 아도我道가 신라 미추왕 3년에 성덕공주의 병을 치료하게 되면서부터라고 기록하고 있다.

『삼국유사』에서 전진의 승려 순도順道가 고구려에 불법을 전한 것이 소수림왕 2년(372년)이라 하였으니 그 이전에 한반도의 고대 국가를 지배했던 종교는 단군 신화에서부터 시작된 무교였다고 할 수 있다. 그 시대에 무교 이외 달리 무슨 종교가 있었겠는가.

『삼국유사』에 기록된 단군의 통치 기간은 1500년이고, 그 이후 권좌에서 물러나 산신령이 된 단군의 나이가 1908세라 하였으니, 한반도 반만년 역사 중에서 초기 2,000년은 무교의 제사장인 단골, 즉 무당이 통치했던 기간이었다고 생각하면 될 것 같다. 그러므로

---

* 김열규, 『동북아시아 샤머니즘과 신화론』, 아카넷, 2003, 61쪽.

아도가 나타나기 전까지 고대 신라의 의료체계 역시 무당의 주술과 주문으로 유지되었을 것으로 짐작할 수 있다.

성덕공주의 병이 온갖 주술과 의약으로도 효험이 없어 곤경에 처했을 때, 고구려 승려 아도가 홀연히 나타나서 공주의 병을 치료하였고, 그 대가로 미추왕은 "천경림에 절을 짓고 불교를 크게 일으켜 나라의 복을 빌고자" 하는 아도의 소원을 허락한다. 당시로는 신흥 외래종교인 불교가 토착 신앙인 무교가 득세하던 땅에 틈을 벌리고 첫발을 내디딜 수 있었던 것은 아도의 탁월한 의술 때문이었다고 할 수 있다. 그렇다면 무당의 주술과 처방을 뛰어넘어 공주의 병을 단박에 치료할 수 있었던 아도의 의술은 어떤 의술이었을까. 그 의술의 성격 역시 『삼국유사』에서 단서를 찾을 수 있다.

> 선덕왕 덕만(德曼)이 질병에 걸려 오랫동안 낫지 않자, 홍륜사 승려 법척이 조서를 받들어 질병을 돌보았으나 시간이 흘러도 효험이 없었다. 당시 밀본법사 덕행이 온 나라에 널리 알려져 주위의 신하들이 법척 대신 밀본법사로 바꿀 것을 청하자 왕이 조서를 내려 궁궐로 불러들였다.
>
> 밀본이 왕의 침실 밖에서 약사경을 다 읽자, 가지고 있던 육환장이 침실 안으로 날아들어 늙은 여우 한 마리와 법척을 찔러 뜰 아래에 거꾸로 내던지니 왕의 병이 나았다.
>
> - 『삼국유사』, 신주(神呪)

선덕왕 덕만의 병도 밀본법사가 등장하기 전까지 온갖 주술과 약을 써도 효험이 없었다. 이는 바리데기가 서천 서역국의 약수를 구해오기 전까지 어떤 치료도 오구대왕의 병에는 효험이 없더라는 바리데기 설화의 서사구조와 일치하고, 마침내 등장한 밀본법사의 치료법도 사실은 의술이 아니라 주술이다. 선덕왕 덕만의 병은 늙은 여우를 거느리고 승려로 변장한 악귀惡鬼의 요술 탓이었던 셈이다. 악귀를 단박에 거꾸러트린 밀본법사의 육환장은 신단수 아래에서 신시를 건설했던 단군의 지팡이, 그리고 그리스 의술의 신인 아스클레피우스의 뱀이 휘감고 올라가는 지팡이, 황건적의 난을 일으켰던 장각의 구절장처럼 주술사의 권위와 신통력을 증명하는 상징과도 같은 지팡이다.

이처럼 밀본법사의 치료법은 귀신이 병을 일으킨다는 우리 민족의 전통적 질병관에 따른 전형적 치료형식을 따르고 있지만, 무교의 주술과 다른 것이 있다면 딱 한 가지! 경전이 있다는 거다. 약사경은 불교경전 중에서도 가장 기본적인 경전이며 보편적으로 전해진 경전이다. 그 이유는 약사불이 중생의 병을 치료하는 대의왕大醫王이기 때문에 경전을 암송하는 것만으로도 치료 효과가 나타나는 것으로 믿었던 탓이다.*

경전을 암송함으로써 나타나는 치료 효과에 대해서는 삼국유사 신주神呪 편에 기록되어 있다. 승상丞相 김양도가 중병에 걸린 데다 그 집에는 큰 귀신이 작은 귀신을 여럿 데리고 와서 집안의 모든 음식을 탐하는데, 무당이 와서 굿을 해도 물리칠 수 없었으나 법류사의 승려가 경을 암송하니 귀신들이 피를 토하고 죽더라는 이야기다. 그 경이 바로 약사경이다.

---

* 남회근, 『약사경 강의』, 설순남 옮김, 부키, 2020, 19쪽.

불교가 원시 토착신앙이던 무교를 대체하여 한반도에 정착할 수 있었던 배경에는 고대 사람들의 가장 소박하면서도 절실하고 간절하기까지 한 기원이요, 소망이라고 할 수 있는 무병식재無病息災, 즉 병들지 않게 하고 재앙이 없기를 바라는 마음에 대한 해답을 가지고 있었기 때문이고, 그 해답이 바로 약사신앙이다. 게다가 약사불은 질병구제뿐 아니라 여아를 남아로 바꿀 수 있는 신통력까지 겸비하고 있었으니 그 시절 어느 누군들 약사불의 염력에 기대지 않을 수 있었으랴.*

약사신앙은 치료자의 성격도 초인격적 존재가 아니라 인격적 존재라고 할 수 있는 약사유리광여래藥師瑠璃光如來를 내세운다. 약사여래불 혹은 대의왕불大醫王佛은 귀신이 아니라 사람의 모습을 갖추고 있으면서 한 손에는 병자를 살릴 수 있는 약병을 들고 있다.

한반도의 모든 사찰에 주존불을 모시는 법당을 대웅전 또는 대웅보전이라고 부른다. 부처 중에서 주존불이라 함은 당연히 석가모니불일 터인데, 법당의 명칭은 석가모니와는 전혀 상관없는 대웅을 모시는 법당이라 부르고 있다. 한반도에 불교가 유입되기 전의 사당에 모셔져 있던 인물들은 환인, 환웅, 단군이었고, 이를 환웅전桓雄殿이라고 했다. 불교가 유입되면서 한민족 전통신앙인 무교의 성전이었던 환웅전에서 '桓' 자를 '大' 자로 고쳐서 대웅전大雄殿이라 하고, 그 신전에 석가모니불을 모셔 놓았다. 대웅전과 함께 사

* 12대원(大願) 중 6번째 대원은 열등한 몸으로 말미암은 질병의 고통에서 벗어나게 하는 것이고 8번째 대원은 여성의 몸을 남성의 몸으로 바꾸어 주는 것이다. 이것으로 남존여비 사상이 극심했던 고대사회의 민중들에게 엄청난 호소력이 있었을 걸로 짐작할 수 있다.

찰에서 빠질 수 없는 것이 약사여래불을 모셔 놓은 약사전이다. 신흥종교가 포교를 위해 한층 고급화된 의술을 앞세운 것이다. 불교에서 이야기하는 제석천의 여러 이름 중에서 제석환인도 마찬가지. 환웅의 아버지인 환인의 이름이다. 이렇듯 토착신앙과 외래종교가 서로 조화를 이루면서 수천 년을 공존해 온 것이 우리 전통사찰의 모습이다.

불교는 원래 신을 섬기는 신앙이 아님에도 한민족 고유의 신을 포용했다. 절마다 한쪽 귀퉁이에 자그마하게 산신각이나 칠성당을 만들어두는 것도 불교가 토속 무교신앙을 수용한 결과다. 아니 토속 무교신앙이 불교를 흡수한 것일지도 모른다.

> 불교에는 성스런 십자군이나 종교재판, 마녀 화형이 없다. 원시신앙은 지역마다 다르기는 하지만 자연의 정령들이나 산신령들을 믿는데, 불교는 기독교와는 달리 이런 원시신앙의 습관이나 형상들을 몰아내고 그 자리를 차지한다거나 아예 말살해 버리는 일에는 흥미가 없다.*

최남선은 한반도에 불교가 유입되면서 생긴 변화로 첫째, 불교를 통해 비로소 철학을 알게 되었고, 둘째, 주술이 예술로 바뀌면서 신앙생활이 한층 더 장엄해졌으며, 셋째, 한민족이 국제사회로 나아가는 활달할 기상을 얻게 되었다고 평가한다.** 『삼국유사』-의해義

---

* 요헨 힐트만, 『미륵』, 이경재 · 위상복 · 김경연 옮김, 학고재, 1997, 74쪽.
** 최남선, 같은 책, 165~166쪽.

解에는 한반도에서 최초로 당나라에 유학을 간 원광법사의 이야기가 기록되어 있다.

• 미륵신앙

경주 분황사에는 신라 경덕왕 14년(775) 때 삼십만 근이 넘는 구리로 만든 약사여래불좌상이 안치되어 있었다고 한다. 약사신앙은 신라가 삼국통일을 이룬 뒤에 가장 융성했다고 하는데, 지금은 소실되고 없는 분황사의 어마어마한 크기의 약사여래불이 그 증거라고도 할 수 있겠다. 삼국이 통일되면서 통치의 범위와 대상이 넓어지게 됨에 따라 통치자의 입장에서는 그 체제를 유지할 수 있는 이념이 필요했을 것이다. 그런 이유로 약사신앙은 질병구제 수준을 넘어 불교가 호국종교로 자리를 잡는 데 중요한 역할을 한 것으로 보인다.

그런데 신분제 사회에서 국교의 위상을 가진 종교에 대한 믿음으로 가호나 가피를 받는 것은 권력층이나 그 주변의 지배계층, 상류귀족층에서나 누릴 수 있는 특권이지 너나없이 누릴 수 있는 권리는 아니다. 하층계급은 약사전을 건립하거나 약사불을 조성하는 일에 부역 동원되어 혹사와 착취를 당했을지언정 황금옷을 입은 약사불이 모셔져 있는 약사전에 흙 묻은 옷차림으로 함부로 발을 디디진 못하였을 것이다. 그러므로 약사여래불의 손에 든 약병에서 약을 꺼내 가피를 입을 수 있는 계층은 상류층으로 제한될 수밖에 없다.

그렇다면 중생, 당시 민중들의 고통과 질곡을 구제했던 부처는 어디에 있었을까. 그 부처는 황금옷을 걸치고 거대한 법당 안에 모셔져 있는 약사불이 아니라 장승벅수처럼 산에 들판에, 마을 어귀에 아무렇게나 나뒹굴고 있는 돌덩어리나 바윗돌에 새겨진 미륵불이다. 미륵불은 산에 들판에 온 천지에 신령함이 깃들어 있다고 믿었던 토착신앙인 무교와 불교가 습합하여 만들어진 민간신앙이다.

760년, 신라 경덕왕 19년에 갑자기 해가 둘이 나타나는 변괴가 나타나자 지나가던 월명月明이 왕 앞에 불려간다. 산화공덕散花功德으로 변괴를 해결하라는 왕명을 받던 월명은 왕의 기대와는 달리 자신은 "국선지도國仙之道에 속해 있어 향가鄕歌만 알 뿐, 범성梵聲은 익숙하지 않다〔不可閑梵〕."라고 답한다. 범梵이란 불佛과 통하는 글자다. 월명의 이 말은 자신은 토착신앙에 뿌리를 둔 주술을 부릴 줄은 알지만, 불교의 설법은 할 줄 모른다는 뜻이다. 그러자 왕이 향가라도 좋다 하여 지어 바친 노래가 도솔가兜率歌다.

> 오늘 여기에 산화가를 부를 제
> 솟아나는 한 꽃이여
> 곧은 마음의 명을 받들어
> 미륵좌주를 모셔라

이 도솔가는 월명이 꽃으로 주술을 부리며 읊조리던 주문을 기록한 것인데, 토착 민간신앙이 신흥 고급종교인 불교와 결합하면서 미륵신앙으로 나타난 것이라고 볼 수 있다.

단군이 신단수 아래에서 주문과 설법을 하여 민중들의 질병구제에 나섰듯이 미륵은 웅장한 법당 안에서가 아니라 용화수 아래에서 비바람을 견뎌 내며 민중들의 애환을 구제하는 부처다. 가장 간절하고 절실한 고민을 가진 사람들이 한달음에 달려가서 머리를 조아리는 것은 법당 안에 금칠을 한 부처가 아니라 들판 위의 돌부처였다. 백성들의 가장 절실하면서 현실적인 고민이란 치병식재일 것이고, 특히 젊은 부부에게는 득남 아니겠는가.

미륵불은 여근곡이나 남근석과 함께 우리 민족의 기자신앙祈子信仰을 상징하는 유물이기도 하다. 지금 박물관이나 절터에 모셔져 있는 미륵불을 보면 코가 문드러진 미륵불을 흔히 볼 수 있다. 천년의 세월을 거치는 동안에 일어난 풍화작용의 결과라고 보기에는 다른 신체 부위의 마모현상과 달리 코의 손상이 너무 도드라진다. 이런 현상은 자연현상이 아니라 미륵불의 코를 깎아 감초와 함께 끓여 마시면 수태를 한다고 믿었던 기자신앙의 결과다.

한편 미륵신앙은 민중들의 신앙인 만큼 개인의 기복 수준을 넘어 정토淨土 즉 계급도 없고 차별도 없는, 누구나 평등한 이상사회를 꿈꾸는 민중들의 간절한 소망을 실현시켜 준다는 부처다. 갑오년 농민들의 봉기를 촉발시킨 힘도 민중들의 미륵신앙과 무관하지 않다.

> 이 절(고창 선운사) 서남쪽 5리쯤 되는 곳에 도솔암이라는 암자가 있고, 거기 아득히 쳐다보이는 절벽에 미륵이 하나 새겨져 있는데, 이 미륵에는 예로부터 아주 괴이쩍은 전설이 하나 전해 내려오고 있었다. 이 미륵의 배꼽에는 신비스런 비결이 하나 숨겨져 있다는 것으로, 그 비결이 세상에 나오는 날에는 한양이 망한다는 것이다. 한양이 망한다는 것은 조선왕조가 망한다는 것이니, 이것은 나라가 뒤집힌다는 어마어마한 소리였다. 한데, 거기에는 비결과 함께 벼락살이 함께

봉해져 있어 누가 그 비결을 꺼내려고 거기 손을 대기만 하면 대번에 우광꽝 벼락이 떨어져 그 벼락에 맞아 죽고 만다는 것이다.

- 송기숙, 『녹두장군』 중에서

송기숙의 『녹두장군』은 동학접주 손화중이 기어코 선운사 미륵불의 배꼽에 들어있는 비결을 꺼냄으로써 농민군의 봉기가 시작되는 이야기로부터 전개된다. 관군에게 패퇴한 장길산(황석영 대하소설 『장길산』 주인공)이 무리를 이끌고 숨어든 곳도 하룻밤 사이에 천 개의 미륵불과 천 개의 탑이 세워졌다는 운주사였다. 소설의 대장정은 운주사로 숨어든 민초들이 비탈에서 땀을 뻘뻘 흘리고 누워 있는, 집채보다 더 큰 바위에 미륵의 형상을 새겨 일으켜 세우다가 실패하는 것으로 마무리된다. 그 이후로 와불臥佛이 된 미륵불은 "구렁에 처박힌 채 기다림의 장소에 머물게 되었다." 언젠가 일어설 날을 기다리며…

유교

• 유교와 한漢의학

고대 삼국시대에 불교가 유입될 그 시기에 유교도 같이 한반도에 유입이 되었는데, 고대 중국의 한漢의학이 한반도에 소개된 것도 아마 그 무렵이었을 것으로 추정된다. 한漢의학 자체가 고대 중국의 유교철학과 떼려야 뗄 수도 없는 관계에 있기도 하였지만, 유교가 가장 강조하는 덕목 중의 하나가 수신修身

인 이상 유학자들이 수신을 실천하는 수단으로서 한의학의 경전을 궁구하지 않을 수 없었다. 유교문화권에서 직업 의료인이 아닌 유의儒醫의 존재 이유가 바로 이 때문이다.

한의학이 한중일 동아시아 문화권에서 토착 민간요법이나 전통의학과 다른 점은 그 시대의 관점으로는 가장 객관적이며 합리적인 인식을 바탕으로 한 음양오행설과 경락설로 사람의 몸과 병을 이해하고 살폈다는 점과 그런 한 차원 높은 인식을 배경으로 무격들의 주술을 배척하고 격하했다는 사실이다. 유교문화권에서는 그리스의 히포크라테스와 필적할 만한 인물이기도 한 편작(扁鵲, BC 401~BC 310)이 육불치六不治 중의 하나로 무의에 의탁하는 것을 꼽은 것을 보면* 고대 중국의 한의학의 수준은 축귀逐鬼, 양귀讓鬼에 의존하는 무격의 치료 수준을 넘어섰던 것이라고 볼 수 있다.

고대 중국 사람들은 일찌감치 신비주의로 무장한 비결이나 주술 중심의 무당들의 의술에 대해서는 일정 부분 불신을 안고 있었던 것 같다. 그 사실은 한자의 기원에서 확인할 수 있다. 숨긴다는 뜻의 닉匿 자는 만일 약若 자와 숨길 혜匸가 합쳐진 글자인데, 약若 자의 원래 자형은 머리를 풀어헤치고 두 손을 높이 올린, 엑스터시 상태의 무녀의 형상이다. 따라서 숨길 닉匿 자는 어느 심산유곡에 숨어 주문을 외우거나 주술을 부리고 있는 무녀의 모습이 된다. 그 밑에 마음 심心을 갖다 붙이면 간사할 특慝 자로 읽게 된다. 다시 풀어보면 '은밀한 공간에서 주술을 부리는 무당의 마음'을 간사하다는 글자(慝)로 만들었으니,** 무당들에 대한 불신의 깊이가 어느 정도

* 사마천, 『사기열전 2』, 「편작·창공열전」, 김원중 옮김, 민음사, 2010, 214쪽.
** 시라카와 시즈카, 『한자의 세계』, 고인덕 옮김, 솔, 2008, 292~293쪽.

였을지 짐작할 수 있다.

그런 중국의 한의학도 한 겹 더 파고 들어가면 그 출발은 신농, 복희, 여와와 같은 신화와 전설 속의 인물들이 가진 신통력에서 비롯되는 것인 만큼 한의학이라고 해서 주술의학과 완전히 결별한 것도 아니고 결별할 수도 없다. 공자가 무당과 의원을 같은 반열에 놓고 천한 일을 하는 사람들이라 지적한 것으로 당시 의원의 뿌리가 무당에 있었던 사실을 짐작할 수 있다.* 한의학의 초기 이론서로 인정받고 있는 『황제내경』에는 무당들의 주술呪術과 축유逐由의 치료 효과를 인정하는 대목들이 눈에 띈다.

황제가 기백에게 상고시대의 병은 축유祝由로써 고칠 수 있었는데, 지금의 병을 치료하는 데는 독약과 침으로 다스려야 하는 이유를 묻자, 기백은 상고시대 사람들은 자연에 순응하는 삶을 살았기에 사기邪氣가 몸 안에 깊이 들어오지 않아서 축유만으로 충분히 치료가 가능했다라고 답한다.** 또 사기邪氣를 만난 적도 없고 겁에 질린 적도 없는데 갑자기 병이 나는 까닭에 대해서 묻자, 기백은 그 원인을 귀신 탓이라고 답하고 옛 무당들은 백 가지 병을 이겨내는 방법을 알고 있었으니 귀신에 의한 병은 축유祝由로써 치유가 가능했다고 답을 한다.***

공자가 괴력난신怪力亂神에 대해 아무 말도 하지 않았다는 것은

---

* 『논어』, 「자로」, "사람이 항심이 없으면 무당이나 의원도 될 수 없다.(人而無恒不可以作巫醫)" 에 대한 주자의 집주: "무(巫)는 귀신과 사귀는 것이요, 의(醫)는 생사를 맡기는 것이다. 그러므로 비록 비천한 일을 하지만 그래도 일정한 마음이 없어서는 안 된다." (『논어 2』-논어의 주자집주, 최영갑 옮김, 펭귄클래식코리아, 2009, 139쪽.)

** 홍원식 옮김, 『황제내경-소문』, 「이정변기론」, 전통문화연구회, 1995, 81~82쪽.

*** 홍원식 옮김, 『황제내경-영추』, 「적풍」, 전통문화연구회, 1995, 383쪽.

괴력난신을 해석하는 토속신앙의 논리를 묵인한 것이 아닐까. 자연현상을 설명할 수 있는 과학적 인식 수준이 낮은 고대사회에서 천문현상은 종교적 해석에 의지할 수밖에 없다. 아는 것을 안다 하고 모르는 것을 모른다고 하는 것이 앎이라고 했던 공자였으니 자신의 앎의 수준을 넘어선 괴력난신에 대해 입을 다물 수밖에 없었을 것이다.*

유교는 삼국시대부터 한반도에 유입되어 무교, 불교와 별다른 갈등이나 분쟁 없이 공존, 공생해 왔다. 태조 이성계가 조선을 건국하면서 유교를 국교로 채택함으로써 무교의 무격이나 불교의 승려들의 지위가 천민으로 낮아졌다는 것일 뿐, 신앙이나 그 신앙을 믿는 신도들이 모진 박해를 받거나 핍박받은 것은 아니다. 이 때문에 조선시대의 종교체계는 남성 사대부 계층의 유교와 여성과 상민들의 무교, 불교로 이원화되어 있었다.

종교와 마찬가지로 의료체계 역시 한의학은 왕족을 중심으로 한 귀족층·상류층의 의료서비스로, 하층민·상민들의 의료서비스는 토착신앙에 뿌리를 둔 주술로 이원화되어 있었다. 조선시대의 의료체계를 삼의사제도라 하는데, 전의감과 내의원은 의원漢醫들이 상주하면서 주로 왕족과 그 가족, 양반 사대부층의 건강을 담당하는 곳이었으며, 일반 백성들을 위한 의료시설로는 혜민서와 활인서로 이곳은 감염병에 걸린 사람들이나 행려병자들을 격리 수용하고 주로 무당들을 불러 굿을 하는 곳이었다.

조선사회를 지배했던 유교는 사실 순수 학문이라기보다는 토속

* 『논어』, 「자로」, "知之爲知之 不知爲不知 是知也", 「술이」, "子不語 怪力亂神"

신앙인 무교와 유교가 습합된 종교였고, 군왕은 국가 차원의 의례를 집전하는 제사장이었다. 그 의례의 본 바탕은 토착 민간신앙이라고 할 수 있는 무교의례다. 조상 제사 때 신위 앞에서 후손들이 무릎을 꿇은 채 '유세차維歲次'로 시작하는 축문을 읽는 것도 유교의 고유한 의례가 아니라 무교의 주술문화에서 뿌리를 둔 것이다. 한반도의 종교문화는 유불선儒佛仙이 서로의 빈자리를 채우며 조화를 이룬 체계였지 유럽처럼 피비린내 나는 분쟁은 없었다. 이단자들을 골라내어 잔혹하게 공공연히 화형을 하던 유럽과는 차원이 달랐다. 피를 부르는 유럽 사회의 종교 갈등은 21세기인 지금도 진행 중이다.

• **유교와 천주교**

18세기 천주교가 서학西學이란 이름으로 한반도에 전래될 때는 피를 부르는 갈등이 있었고, 갈등 끝에 천주교는 불교나 유교와는 달리 한반도에 쉽게 안착을 하지 못했다.

그런데 당시 서학은 조선 왕실은 물론 지배계급 사이에서는 전혀 낯선 문명이 아니었다. 청일전쟁 이후 볼모로 잡혀간 소현세자(昭顯世子, 1612~1645)는 청나라 심양에서 만난 선교사 아담 샬(Adam Schall von Bell, 1591~1666)과 교분을 나누면서 서양문물에 해박한 식견을 얻을 수 있었고, 개혁군주라 평가받고 있는 정조 역시 천주교를 비롯한 서양문물에 깊은 관심을 가지고 있었기 때문이다.

정약용(茶山, 1762~1836)과 같은 실학파들과 개혁적인 지식인들 사이에서 서학은 연구의 대상이었지 배척하거나 경계해야 할 이단사상이 아니었다. 그런데도 한반도 5천 년 역사에서 유례를 찾아보기 힘든 종교박해가 일어난다. 이는 정조가 죽고 난 이후 훈구세력들의 반격이라는 내부 정쟁으로 촉발된 사건이라고 볼 수도 있지만 무엇보다 도그마에 빠진 천주교 자체의 독선과 아집에 더 큰 원인이 있다.

천주교가 한반도에 들어올 때는 다른 종교와 달리 의술이라는 포교의 수단이 없었다. 대신 로마교황청은 조선왕조를 떠받치던 통치이념과 정면충돌하게 하는 무모한 결정을 내린다. 조선의 민중들이 끼니를 거르는 한이 있어도 조상에 대한 제사만큼은 함부로 거부할 수 없도록 한 것은 단순한 예법의 문제가 아니라 왕조의 중요한 통치이념 중의 하나였다. 수신제가치국평천하修身齊家治國平天下로 압축할 수 있는 유교의 통치이념에서 제가를 실천하는 것 중에 가장 중요한 것이 조상의 제사를 받들어 모시는 봉제사奉祭祀이다.

조선시대에 예禮라는 것은 요즘의 헌법보다도 더 지엄한 강제력을 가지고 있었다. 그런데도 로마교황청은 당시 조선에 파견 나와 있던 선교사들과 조선의 천주교인들에게 조상숭배가 곧 우상숭배라는 이유로 제사 금지를 명한다. 게다가 천주를 아버지라 부르라고 하는, 당시 유교의 가치관으로는 도저히 수용할 수 없는 패륜적인 요구를 강요했다. 자신의 통치기반을 문란하게 하는 외부세력들을 두 손 놓고 쳐다만 보고 있을 권력은 과거에도 없었고, 앞으로도 없을 것이다.

당시 조선의 조정이나 지식인들은 서학, 즉 천주교로부터 비롯된 서양 문화에 대한 학문적 호기심은 있었을지 몰라도 그 문화를 전폭 수용해야 할 절박한 사정이 있었던 것은 아니었다. 사실 조선왕조 500년을 돌아보면 왕실 내부와 지배층의 권력다툼은 처절했지만 세계사에서 유래가 없을 정도로 지극히 평화로운 국가였다. 건국 이후 임진왜란, 병자호란 두 전란을 겪기 전이나, 또 겪은 뒤에도 19세기 끝 무렵 동학농민전쟁이 일어나기 전까지 체제를 위협할 만한 내란이나 외환이 없었던 안정적인 사회였다. 당연히 보건위생상의 큰 위기도 없었다. 그런 체제를 유지하게 하는 데 상당한 역할을 했던 조선의 예법을 낯선 외래종교인 천주교가 정면공격했으니 사달이 나지 않을 리가 있겠는가. 여기에 결정적인 도화선이 된 것은 '황사영백서' 사건이다. 신유박해로 와해된 천주교 교단의 재건을 위해 황사영(德紹, 1775~1801)이 북경의 주교에게 건의문 형식으로 보낸 서찰이 발각된 것인데, 그중에는 천주교의 포교를 위해 중국의 속국이 되기를 원한다거나, 프랑스군의 출병을 통해 무력으로 조선왕실이 천주교를 받아들이도록 강요하자는 내용까지 담겨 있었다.* 국기를 뒤흔드는 이런 발상을 수수방관할 권력은 동서고금 어디에도 없을 것이다.

18세기 유교와 천주교의 충돌에 대해 캐나다 브리티시 콜럼비아 대학교 아시아학과 도널드 베이커Donald Baker 교수는 '존재와 행위의 대립'이라는 개념으로 설명한다.** 서양에서는 절대적이면서 초월적 존재인 신이 존재하므로 그 신의 계시에 따라 행동하고 처신하고 사유하는 인간의 도덕적 의무가 도출되는 반면, 동아시아 문

---

* 백서 내용에는 성교(聖敎, 천주교)의 안정을 위해 "전선 수백 척과 프랑스 정예병 5~6만을 얻어 대포 등 날카로운 무기를 싣고, 겸하여 글 잘하고 사리에 밝은 중국 선비 서너 명을 데리고 바로 이 나라 해변에 이르러 국왕에게 글을 보내어 선교사를 받아들이라."고 하자는 내용이 들어있다.(황사영, 『황사영백서』, 김영주 옮김, 성황석두루가서원, 1998, 101~102쪽.)

** 도널드 베이커, 『조선 후기 유교와 천주교의 대립』, 김세윤 옮김, 일조각, 1997, 115~116쪽.

화권에서는 인간으로서 마땅히 해야 할 당위(도덕적 의무)를 실천함으로써 인간이란 존재의 정당성이 확보된다고 생각한다. 따라서 동아시아 문화권에서는 신은 존재하지 않는 반면, 도덕적으로 완성된, 도덕적으로 행위하는 성인成人이 있을 뿐이다. 그런 성인이 되는 과정에 가장 중요한 것이 효일진데, 이를 우상숭배라 폄하하였으니 어찌 충돌이 일어나지 않을 수 있었겠는가.

기독교

• 선교의학

19세기 말, 한반도에 기독교가 유입되는 과정은 바리데기가 오구대왕을 살려내고, 밀본법사가 선덕왕 만덕을 살려내는 과정과 비슷하다. 갑신정변으로 괴한들의 피습을 받은 명성황후의 친족 민영익(芸楣, 1860~1914)이 빈사상태에 빠졌을 때 당시 한양에 와 있었던 의사이며 선교사인 알렌(Horace Newton Allen, 1858~1932)이 외과술로 살려내자 고종은 알렌의 요청을 받아들여 최초의 서양식 의료기관인 제중원 설립을 허가한다. 이를 계기로 기독교는 아무런 저항을 받지 않고 근대식 의술을 갖춘 선교사들과 함께 한반도에 상륙하게 된다.

천주교와 달리 기독교 유입 과정에서는 별다른 충돌이 없었던 이유는 먼저 당시 한반도 전역에 창궐하는 콜레라로 말미암은 보건위생의 문제로 사회 전체가 절체절명의 위기 상황에 놓여 있었던 사정을 들 수 있다. 그리고 지식인들이나 조정 관료들이 기독교를 침략세력과 연관시키지 않은 대신, 개화의 한 수단으로 수용해야 한다는 분위기가 강했기 때문이다. 그리고 침략국 일본과는 달리 선교사들 스스로 정치적 목적이 없는, 순수한 신앙심을 실천하는 수단으로 의료서비스를 제공했다. 최초의 선교사이자 의사였던 알렌은 "한국이 기독교 국가가 될 날을 보기 위해 살아가기를 원한다."라고 할 정도였다.*

은둔의 국가였던 조선을 기독교 국가로 만들기 위한 수단이 된 근대식 의료서비스는 엄청난 효과를 발휘했다. 단발령과 함께 서구식 근대의술이 도입되었다는 것은 조선왕조 500년을 지탱해 왔던 유교 이데올로기가 붕괴되었음을 의미한다. '털끝 하나라도 다치지 않는 것이 효의 시작〔身體髮膚受之父母 不敢毁傷孝之始也〕' 이라는 유교의 신체관이 부정된 것은 말할 것도 없고, '남녀는 일곱 살만 되어도 한 자리에 앉지 않는다〔男女七歲不同席〕' 던 나라에서 제중원 설립 이후 1년 만에 800여 명의 여성환자가 남성의사에게 진료를 받고, 여성간호사로부터 남자환자가 간병 서비스를 받는 일이 일어난 것이다.**

당시 국가차원의 보건위생상의 위기를 겪고 있는 한반도에서 선교사들의 의술은 반만년 이상 무당 판수와 함께 의원漢醫들이 꾸려왔던 한민족의 의료체계를 주변부로 밀어낼 만큼 강력한 힘을 가지고 있었다. 처방의 효능은 곧바로 무당의 굿과 푸념 대신 하나님 아버지에 대한 기도와 믿음으로 이어졌다. 의료서비스가 조선을 하나

* 이만열, 『한국기독교의료사』, 아카넷, 2003, 35쪽.
** 김상태, 『제중원 이야기』, 웅진지식하우스, 2010, 172쪽.

님의 나라로 바꾸는 도구가 된 것이다. 이 과정에서 한자로 가득한 불교, 유교 경전과 달리 일찌감치 한글번역판 성서가 보급되었다는 점이 개신교가 확장되는 네 지대한 역할을 하게 된다. 최남선은 기독교 유입이 민족 문화에 끼친 영향으로 미신의 타파와 함께 국어국문의 발달에 지대한 영향을 끼쳤다고 평가한다. "기독교 선교사가 경전 번역과 책 출판을 위하여 조선 어법과 조선 문체를 연구하여 종래에 향언, 언문이라고 경시되던 국어국문이 새로운 생명과 가치를 가지게 되었다. 조선 어문에 대한 기독교 선교사들의 공적은 진실로 영원한 감사를 받을 것"이라 할 정도로 높이 평가했다.* 나라는 망했지만, 나랏말씀은 "조선이 무너지고 불과 20~30년이 지나지 않아 겨레의 주류 언어"가 될 수 있었던 것은 기독교와 기독교서회의 공로로 돌려도 무리는 없을 것 같다.**

그런데 기독교는 불교, 유교와는 달리 한반도 한민족과 반만년을 함께 살아온 토착 종교인 무교와 공존 공생을 거부했다. 낯선 나라에서 온 파란 눈의 낯선 사람들은 '오직' 하나님만이 병자를 구원할 수 있고, '오로지' 성경만이 진실을 담고 있고, '오직' 하나님의 은총과 가호만이 나와 내 집을 구원할 수 있다는 믿음을 강요했다.

> 무당과 판수를 믿는 것은 거룩거룩하시고 절대적 하나밖에 없는 우리 아버지께 죄가 됩니다. 무당이 무슨 능력이 있습니까. 보십시오. 무당은 썩어빠진 고목나무나 듣도 보도 못한 돌미륵한테도 빌고 절

---

* 최남선, 같은 책, 196쪽.
** "한글은 기독교 선교 최고의 무기" - 대한기독교서회 130주년 심포지엄, 〈조선일보〉, 2021. 10. 04.

을 하지 않습니까. 판수가 무슨 능력이 있습니까. 보십시오. 제 앞도 못 보아 지팡이로 더듬거리는 그가 어떻게 눈 밝은 사람을 구원할 수 있겠습니까. 우리 인생을 만든 것은 절대적 하나밖에 없는 하나님 아버지올시다. 그러므로 아버지께서 말씀하셨습니다. 내 앞에 다른 신을 두지 말라….

- 김동리, 「무녀도」 중에서

기독교와 함께 들어온 근대의학은 과학이었겠지만, 선교사들이 전하는 하나님 아버지의 말씀이나 복음도 정녕 과학으로 검증된 객관적 사실이었을까. 정말 하나님 아버지께 간절한 기도만 올리면 "소경이 눈을 뜨고, 앉은뱅이가 걷고, 귀머거리가 듣고, 벙어리가 말하고, 반신불수와 지랄병까지" '죄 씻음' 을 받아 쾌차된다는 것이 객관적으로 검증된 사실인가. 무당과 판수가 치료능력이 없는데, 하나님은 어떻게 치료능력을 갖게 되었는가?

이런 의문에 대해 당시 기독교 선교사들은 "하나님을 믿는 의사는 육체적 심리적 치료와 함께 기도라는 위대한 수단을 사용할 수 있"으며, 이를 통해 "의사는 환자의 긴장을 풀어주고 자연법칙이 작동하도록 만드는 힘에 대한 신뢰 즉 의사 자신뿐 아니라 하나님에 대한 신뢰를 가질 수 있게" 되므로 "초자연적인 방법에 의해 질병의 치료"가 가능하다고 설득했다. 의사와 "근대의학 자체가 바로 기적" 이라는 뜻이다.*

* 이만열, 같은 책, 586쪽.

• 형이상학적 돌연변이

형이상학적 돌연변이는 일단 일어났다고 하면, 이렇다 할 저항에 부딪히지 않고 궁극적인 귀결에 이를 때까지 발전해 간다. 그러면서 정치·경제체제며 심미적 판단이며 사회적 위계질서를 가차없이 휩쓸어 간다. 인간의 어떤 힘도 그 흐름을 중단할 수 없다. 그 흐름을 중단시킬 수 있는 것이 있다면 그것은 새로운 형이상학적 돌연변이의 출현뿐이다.… (중략)

근대과학이 등장했을 때, 중세 기독교는 인간과 세계에 대한 완벽한 이해체계를 구성하고 있었다. 기독교는 국민통치의 바탕을 이루고 있었고, 학문과 예술을 지배했으며, 전쟁과 평화를 좌지우지하였고, 부의 생산과 분배를 조직하였다. 그럼에도 기독교가 무너지는 것을 막을 수 있는 것은 아무것도 없었다.

- 미셸 우엘벡, 『소립자』 중에서

현대 프랑스 문단에서 가장 주목받는 소설가인 미셸 우엘벡(Michel Houellebecq, 1958~)의 『소립자』 서문에 나오는 문장이다. 위의 문장에서 기독교를 유교로 바꾸어 놓으면 우리나라 근대화 과정과 정확하게 일치한다. 19세기, 한민족 반만년의 역사에 들이닥친 형이상학적 돌연변이는 두 가지, 기독교와 과학에 기반한 근대의학이었다. 500년 국교의 위상을 누렸던 유교와 반만년의 역사를 가진 무교는 과학을 앞세운 기독교라는 형이상학적 돌연변이의 힘에 눌려 제대로 저항 한번 하지 못하고 순식간에 무너지고 말았다. 그나마 서구사회의 경우 과학적 사고의 빗장을 연

코페르니쿠스와 베살리우스가 등장한 뒤 기독교 권력이 몰락하고 니체가 신의 죽음을 선언하기까지에는 수백 년의 시간이 흘러야 했지만 유교로 지탱되던 조선사회는 그야말로 한순간에 그 뿌리가 흔들리고 말았다.

개신교는 한반도에 유입되면서부터 전통의 무교는 물론 불교, 유교와도 대립했고 지금까지 대립과 갈등 속에 있다. 불상의 목을 자르기도 하고 불상의 몸에 붉은 색으로 십자가를 덧칠하고, 초등학교에 세워진 단군상까지 훼손하기도 한다. 일부 목사들의 오만과 독선, 배타와 저주의 신앙심은 거리로 뛰쳐나와 제정이 분리된 민주공화국의 헌법질서까지 뒤흔들고 있고, 온 나라를 바이러스 공포에 몰아넣기까지 했다.

개신교는 한민족이 반만년 동안이나 경배와 섬김의 대상으로 삼았던 하느(늘)님, 한울님을 하나님으로 대체했다. '절대적으로 하나밖에 없다' 하여 하나님이겠으나, 어찌 인간 세상의 신이 오직, 오로지 예수 그리스도 하나밖에 없을 수가 있겠는가. 오직 오로지 하나님을 고집할 때 만신을 섬기는 무당들, 조상신을 섬기는 것이 자신들의 삶의 이유로 생각해 왔던 유자儒者들, 화엄정토를 꿈꾸며 용맹정진하는 불교도까지 다 이단이 될 수밖에 없다. 한반도에 들어와서 형이상학적 돌연변이를 일으킨 하나님에 대해서 종교학자 정진홍은 다음과 같은 평가를 내린다.*

> '하느님' 을 파기하면서 이룬 '하나님' 의 확보는 비록 유일신을 뜻

---

* 정진홍, 『경험과 기억』, 당대, 2003, 154쪽.

하는 것으로 신학화되었음에도 불구하고 그것이 치른 대가는 전통의 상실이라는 엄청난 것이었습니다. 우리의 아득한 문화가 전승해 준 신의 초월적이고 보편적인 특성을 배타적인 유일신적 개념 안으로 축소한 것과 다르지 않기 때문입니다.

하지만 개신교의 신앙형식은 한반도에서 반만년 이상 생명줄을 이어 온 무교의 기복신앙을 고스란히 모방했다고 할 수 있고, 그 힘으로 교세를 넓혀왔다고 해도 무방하다. 한국교회의 독특한 신앙형식인 새벽기도회는 새벽에 정화수를 떠놓고 하늘님, 천지신명께 가족의 건강과 안녕을 기원하던 우리 어머니들의 의례를 교회로 끌어들인 것이고, 신도들 전체가 통성기도를 외치고 찬송가를 부르며 몰아지경에 빠지는 부흥회 같은 의례행사는 대규모 굿판과 다를 바가 없다.*

21세기에 접어든 지금도 일부 개신교 목사들은 무교에서 비롯된 한국의 질병관에서 벗어나지 못하고, 치유자로서의 역할까지 감당하다가 종종 사회적 물의를 일으키기도 한다. 개신교 목사들의 안찰기도는 종교시설 내에서 펼치는 공공연한 무면허 의료행위이지만, 극단적인 경우가 아니면 겉으로 잘 드러나지 않는다. 한국 개신교 특유의 안찰기도는 정신질환자를 고치겠다면서 동남쪽으로 뻗은 복숭아 나뭇가지를 꺾어 병자를 무자비하게 두들겨 패던 무교의 의술과 다를 바 없다. 개신교 내에 치료자의 역할을 하는 은사들

* 이만열, 같은 책, 300~301쪽.

이 유난히 많은 것도 무교의 영향으로 보아야 한다.

사실 일부 목사들의 의료행위는 우리 사회의 공공연한 비밀이기도 하다. 목사가 정신지체 장애를 앓고 있는 30대 여성을 악귀를 물러 낫게 하겠다며 5시간씩이나 때려 숨지게 한 사건이 있는가 하면, 독감에 걸린 어린 세 자녀를 금식기도로 낫게 하겠다며 굶기고 폭행하여 숨지게 한 목사 부부도 있었고, 코로나19 대유행이 시작된 뒤 교회를 찾아온 신도들의 입에 소금물을 뿌려 집단감염을 유발시킨 목사까지 있었다.*

이런 무지막지한 의료행위를 기독교에서는 '기적치료' 라고 부르기도 한다. 그렇다면 기적치료는 무당의 주술치료와 어떤 차이가 있을까?

한반도에 기독교가 유입될 당시 선교사들은 기적치료란 "합리적인 존재인 하나님 이성의 법칙을 따라 우주를 만들고 사랑이라는 영적 합리적 목적을 위해 우주를 만든 합리적 최고의 존재가 과학적 지식의 근거가 되므로 기적은 현존 질서와 모순되는 것이 아니라 인간이 아직 다 발견하지 못한 질서의 일부"라고 설교했다.**

견강부회라고 볼 수밖에 없는 이 주장은 결국 주술이나 미신과의 전쟁을 선포하다시피 하며 한반도에 상륙했던 개신교가 오히려 한민족 특유의 질기고도 강한 무교의 영향력에 포섭되고 만 꼴이 되

* 「악귀 나가라, 30대 여, 5시간 때려 숨지게 한 목사, 어머니」, 〈동아일보〉, 2018. 03. 13., 「'잡귀' 몰아낸다며 강제 금식, 가혹행위로 3남매 숨져」, 〈노컷뉴스〉, 2012. 02. 13., 「확진 48명, 소금물 입에 뿌린 은혜의강 교회 목사 울먹이며 사죄」, 〈서울신문〉, 2020. 03. 16.

** 이만열, 같은 책, 299쪽.

었음을 자인하는 것이라고 할 수 있고, 결국 한 세기가 지나면서 '껍데기만 기독교이고 속알맹이는 완전히 무교' 가 되었다는 평가를 받기도 한다.* 기도를 통한 기적치료가 가능하다면, 굿을 통한 주술치료는 왜 부정되어야 하나?

한편 우리나라가 근대식의료체계를 채 갖추기도 전에 주권을 상실한 상태에서 미국식 개인병원 체계가 들어선 탓에 환자는 병이 들어야 병원을 찾고 그것도 돈이 있어야 병원을 찾아 치료받을 수 있는, 개인주의적·자본주의적 의료체계가 굳어진 것과, 빈곤층은 의료진의 봉사에 의지할 수밖에 없도록 하여 근대국가에서 '국민의 건강권' 이 주권자의 정당한 권리로 인정받지 못하게 된 것은 기독교 선교의학의 부정적 영향이라고 보아야 한다.** 국민의 건강권은 1997년 국민의 정부가 들어선 뒤에야 비로소 헌법상의 기본권으로 거론되기 시작했다.

병듦과 종교

지금 우리는 다 죽어가는 사람도 장기를 갈아 끼워 살릴 수 있고, 배우자 없이 혼자 사는 여자가 혼자서 아기를 낳을 수도 있고, 원한다면 내 몸을 구성하는 유전자까지도 속속들이 파헤쳐 볼 수 있는 세상에 살고 있지만 그래도 여전히 중병에

* 최준식, 『한국 종교 이야기』, 한울, 1995, 63쪽.
** 이만열, 같은 책, 586쪽.

걸린 사람들은 '왜' 라고 묻는다. 내가 또는 내 가족이 몹쓸 병에 걸리게 되었을 때 반사적으로 묻게 되는 '왜' 라는 물음은 질병의 병리학적, 유전학적 발병 기전에 대한 물음이 아니다. 혼잣말과도 같은 물음이지만, 그 물음에 누군가 선명한 답을 해주기를 바라는 간절함과 함께 울음기 섞여 있는 그런 물음이다,

그 물음에 울음이 섞여 있는 이유는 내가 또는 내 혈육이 살아온 삶의 궤적에 대한 성찰이 담겨 있고, 삶의 도덕성에 대한 점검이기도 하고, 역귀의 응징이나 천벌을 받을 만큼 잘못 살았거나 헛되이 살지 않았다는 확신에서 오는 원망이 담겨 있는 물음이기 때문이다. 그러나 이 간절한 물음에 대해 의사들은 답을 할 수가 없다. 아는 것이 없고 생각해 보지 않았으므로. 의사들의 친절하고도 자상한 설명에는 질병의 병리학적 기전 이외에 덧붙일 것도 뺄 것도 없다.

몸에 병이 든다는 것은 병들기 전까지 까맣게 잊고 살던 내 몸을 내가 의식함과 동시에 내 몸이 자유롭지 않게 된다는 것을 뜻한다. 나를 둘러싼 세계가 낯설어지고 이웃은 물론 혈육 사이의 관계마저 어색해지고 거칠어지고 불편해지는 상태가 바로 병이 든 상태다. 병으로 말미암은 아픔은 부차적인 문제다. 몸이 견딜 수 없는 아픔이란 게 있을까. 효능을 자랑하는 약들이 넘쳐나는 이 시대에.

결국 병으로 말미암은 아픔은 내가 지금까지 맺어왔던 모든 관계의 변화나 단절에서 오는 아픔이다. 이대로 존재의 소멸로 이어질지도 모른다는 불안과 공포가 유발하는 고통이다. 현대의 첨단의술은 불가능이란 것이 없는 것처럼 보이지만 의술이 병든 사람들의 헝클어진 관계를 복원해 낼 수는 없고, 그로 말미암은 아픔에는

어떤 진통제도 효능이 없다.

이때 인간은 누구나 종교적 인간으로 변신한다. 병듦으로 해서 새삼스럽게 삶을 자각하게 되고 죽음을 두려워하는 한편, 지나가 버린 시간에 대한 회한과 죄책감으로 눈가에 이슬이 맺히게 되면 그는 자연스럽게 종교적 인간으로 변신하게 된다.

과학의 발달로 인간이 신 놀이(God Play)를 하는 세상이 되었지만, 인간의 몸과 마음에 시간이 할퀴고 가면서 남겨놓은 상처를 과학기술로는 치유할 수가 없다. 그래서 첨단기술의 시대에도 여전히 종교의 역할은 남아 있다. 믿는 종교가 없다고 하는 비종교적 인간도 가끔은 신화의 세계에서 위안을 얻는다. "모든 종교의 필연적 전제는 신화"이기 때문이다.*

> 생각하면, 한을 피할 수 없고 죄를 면할 수 없는 것이 우리네 삶이다. 그 힘들고 쓰라린 삶 뒤에 또 다시 냉엄한 단죄가 우리를 맞이한다면 이는 얼마나 가혹한 일일지, 떠나는 이들에게 너그러운 안식과 영원한 평화를, 그것이 바리의 박애의 형상에 담은 우리 겨레의 소망이었다. 죽은 이를 떠나보내는 이들의 갸륵한 마음이었다. 바리공주를 불러 망자의 영혼을 맡기는 그 한판 씻음의 굿을 두고 누가 그것을 미신이라 칭할 수 있으랴.**

---

* 니체 전집 2, 같은 책, 136쪽.
** 신동흔, 같은 책, 259쪽.

민족의학

한韓의학과 한漢의학

의학계와 한의학계의 갈등은 19세기 말 서구식 근대의학이 한반도에 유입될 무렵부터 시작된 것으로 요즘은 그 갈등의 골이 점점 깊어지고 있다. 공식 의료체계가 의사단체와 한의사단체로 이원화되어 있는 이상 두 직능집단의 갈등은 해결의 실마리를 좀처럼 찾기 어려울 것 같다.

의사들과 의학 관련 단체는 과학을 근거로 전통 민간요법은 물론 한의학까지도 그 수준과 효능을 폄하해 왔다. 여기에 마땅한 대응 수단이 없었던 한의학계는 한의학을 우리 민족의 반만년 역사와 함께한 우리 고유의학이요, 민족의학이라고 부르며, 국민들의 민족정서에 기대어 대응해 왔다고도 할 수 있다.

민족의학 논쟁은 일제 강점기 때부터, 일제가 의학계를 중심으로 의료체계를 재편할 당시 한의사들의 위기의식에서부터 촉발된 것인데, 1930년대의 민족의학 논쟁*을 살펴보면 의사와 한의사 사이의 치열한 논박이 오갔다기보다는 한의사들의 일방적인 호소에 가깝다는 생각이 들게 된다. 이미 시대가 달라짐으로써 의사는 피식민지 백성이긴 하지만 한의사에 비해 의료시장에서 막강한 경쟁력을 가진 채 최상층의 지위를 누리고 있었기에 굳이 한의학계와 논쟁을 거쳐 입지를 구축해야 할 필요성을 느끼지 못했을 것이다. 게다가 지식층 사이에 피식민지 국가가 되었다는 자괴감으로 말미암아 우리 것에 대한 자학과 폄하가 내면화되고 있던 시대, 효과에 있어 우리 것과 비교가 되지 않는 새로운 의술이 도입되었는데, 단지 우리 민족의학이라는 이유만으로 애착을 가질 식자층이 그리 많지는 않았을 것 같다. 한의학과 의학이 대립하고, 민족의학 논쟁이 다시 관심을 끌게 된 것은 한의사와 약사들의 분쟁에서부터 시작된 의료계 직종 간의 이권다툼이 치열해지기 시작하는 1990년대 중반 이후부터라고 할 수 있다.

그런데 민족의학이라고 할 때는 그 민족 모두가 공감하는 선명한 실체가 있어야 할 터인데 한의학계에서 주장하는 민족의학의 실체나 정의가 무엇인지 불투명하기도 하고, 한국의 의술을 상징하는 민족의학이 무엇인가라는 의문에 속 시원한 답을 찾기는 어렵다. 돌아오는 대답은 '한반도에서, 수천 년 동안' 이라는 지역성과 역사성뿐이다. 그렇다면 서구 근대의학이나 현대 첨단의학, 그리고 중국의 중中의학 즉 한漢의학과는 성격이 다른 신화·전설의 시대에서부터 지금까지 수천 년 동안 이어져 온, 우리 민족만의 고유한 의술

* 조헌영 외, 『한의학의 비판과 해설』, 소나무, 1997 참조.

이 분명히 있었을 것이다. '고유'라는 말뜻에 대해 조지훈(趙東卓, 1920~1968)은 "본디부터 있었다는 뜻이 아니라 다른 것과 같으면서 다른 것과 구별되는, 다른 곳에는 있을 수 없는 것"이라 명쾌하게 설명한다.* 이 고유의 개념에 비추어 효능 효과와 상관없이 다른 나라와는 다르면서 우리한테만 있는 그런 의술의 실체와 그 이론이나 문화적 배경이 밝혀진다면 우리 민족의학의 개념과 실체가 선명해지지 않을까.

의료인류학자들은 비서구식 의료체계를 통칭하여 민족의학〔Ethnomedicine〕, 민속의학〔Folk Medicine〕, 토착의학이라 부르고 미개의학 또는 원시의학〔Primitive Medicine〕이라는 멸칭으로 폄하하기도 한다. 이런 기준에서 보면 한漢의학은 비서구식 의료체계이므로 당연히 민족의학의 범주에 들어갈 수 있지만 한자가 뜻하는 바와 같이 그것은 어디까지나 중국의 민족의학이다. 그렇다면 반만년 역사를 가진 우리 민족의학의 뿌리는 어디에 가 닿을까?

한의학계는 아주 오랫동안 한의학의 한자를 漢의학으로 표기해 왔고, 韓의학으로 바꾼 것은 1986년의 일이다. 그리고 영문 표기는 Oriental Medicine이라고 표기해왔는데, 최근에 와서야 Korean Medicine이라고 바꾸게 된다. Orient라는 단어가 동양에 대한 서구의 우월적 시각에서 나온 표현이라는 비판이 있기도 하고, 무엇보다 서구사회에서 바라보는 Orient라는 지형학적 위치가 이집트를 비롯한 지금의 중동지역을 말하는 것이지 한중일 삼국이 속한 동아시아가 아니기 때문이다. 그래서 Korean Oriental Medicine이라

* 조지훈, 『한국학연구』, 나남, 1996, 276쪽.

고 했을 때는 우선 지리상 위치부터 서구사회에 제대로 전달되기 어렵다.

한의학을 Korean Medicine이라고 고쳐 부른다 하더라도 결과는 마찬가지일 것 같다. 서구사회에서 아시아의 전통의술이라고 하면 중국의 중의학이나 인도의 아유르베다의학을 먼저 떠올릴 것이기 때문이다. 그리고 한의사들이 아닌 비제도권 의료인들로 구성된 한국전통의학협회가 있고 협회의 영문 표기는 Korean Traditional Medicine으로 쓰고 있다. 한국 사람들조차 갸우뚱할 지경인데 외국 사람들이 과연 Korean Medicine과 Korean Traditional Medicine을 구별하여 이해할 수 있을까? 또 국제사회에서 한의학계에서 양방이라 부르는 의학〔Medicine〕과 한방〔Korean Medicine〕을 구별하여 이해할지도 의문이다. 의사들은 자신들의 학문과 의술을 보편적인 의학〔Medicine〕이라고 하거나 한국의 의료체계〔Korean Medical care system〕라 설명하지 양방 혹은 서양의학〔Western Medicine〕이라고 부르지 않는다.

특히 '한방' 이라는 용어는 중국에서 "일본에 들어와 일본적 토착화과정을 거치면서 (일본의) 현재에 이른 중국의 전통의학"을 지칭하는 것*이므로 일본 한漢의학의 다른 표현이라고 할 수 있다. 그러므로 양의, 양약, 양방과 함께 한방이란 말도 우리 전통의학의 정체성 회복과 일제 잔재의 청산을 위해서라도 쓰지 말아야 할 용어다. 양옥, 양식, 양장과 같이 일제강점기 때 만들어진 단어는 이미 사어가 된 지 오래인데 유독 양의, 양약, 양방이란 용어가 한의사들

---

* 오쓰카 야스오, 『일본의 동양 의학』, 이광준 옮김, 소화, 2000, 31쪽.

사이에서만 유통되고 있다.

중국의 의학과는 다른, 동의東醫와 향약鄕藥

전통의학이란 서구식 근현대의학과 대립되는 모든 의료체계를 가리키는 용어로, 그 사회의 환경과 문화와 밀착하여 자생적으로 발전해 옴으로써 민중들 스스로 쉽게 받아들이고 활용하는, 서구식 의학이론이나 전문가에 의존하지 않는 민중 자신들의 고유한 의료체계를 말한다. 이런 의료체계를 주류 의료체계를 보완하는 대체의학, 보완의학이라고 부르기도 한다. 원래 전통의술이란 생명의 위협을 초래하는 자연현상 앞에서 자신을 방어하려는 방어본능이 한 집단의 문화로 구축된 것이기 때문에 당연히 그 사회의 자연관이나 세계관이 전통의학 이론의 기초토대가 된다.

중의학의 뿌리가 되는 한漢의학도 지역의 풍토와 기후에 따라 기원이 구별된다. 침구학의 기초이론이 되는 경락설은 황하강 문화권에서 태동한다. 이 지역은 홍수가 자주 발생하였던 지역 특성으로 물의 관리와 물의 원활한 소통이 인간의 삶을 유지하는 데 필수 조건이 될 수밖에 없었고 이로 인해 고대시대부터 관개사업이 활발했던 지역이다. 인체생리학 지식이 없던 그 시기에 이런 수리공학에서 이룬 성과를 인간의 생명현상과 연관시켜 생각〔Associative thinking〕*을 했기 때문에 경락설이 생겨날 수 있었다.

* 연관적 사고(Associative thinking), 혹은 조정적 사고(Co-ordinate thinking).

양자강 유역은 본초학의 원조격으로 추앙받는 신농神農 씨의 주 활동무대다. 이 지역은 기후가 비교적 온난하고 토지가 비옥하며 천연사원과 식물이 풍부했던 까닭에 약재가 풍부했다.

그리고 강남지역은 탕액계 의학의 태동지로 알려져 있고 그 이론서는 장중경(張仲景, 150~219)의 『상한잡병론傷寒雜病論』이다. 이 지역은 고온다습한 기후풍토로 전염병이 창궐하던 곳이었고, 인도의 기후풍토와 유사한 특성으로 인해 고대부터 약물에 관한 화학지식이 풍부했던 인도로부터도 영향을 받았을 것으로 추정하기도 한다. 여기에 인체의 생리를 음양오행으로 설명하는 유교철학과 도교의 양생술이 결합하면서 중의학의 근간을 이룬다.

만약 근대 이전 우리나라 의원들이 본초학에 근거해서 처방을 했다면 그 약재는 중국의 토양에서 자란 중국의 약초일 것이며, 침을 놓았다면 경락설에 따라, 탕약을 지었다면 『상한잡병론』에 근거해서 처방했을 것이고, 진맥을 했다면 음양오행에 따라 진단했을 것이다. 이 모든 것들은 중국에서 들어와 우리 의학이 된 것이지 우리 민족의 토착의술이라고 주장하기는 어렵다. 게다가 의원들이 처방한 약재나 탕약의 재료는 중국에서 수입되었을 것이므로, 그 수요층은 당연히 사대부 이상의 상층계급이었을 것이다. 이런 고가의 중국 수입약에 대응하여 한반도 토양에서 자생한 고유의 약재를 선별하여 실지 질병치료를 위해 처방한 약들을 향약鄕藥이라고 했다.

"연관과 직관에 의해서 작용하는 체계이고, 그 자체의 논리와 그 자체의 인과 법칙을 가진다. 그것은 단순한 미신이 아니며, 그것이 외부의 원인들이 강조하는 근대과학의 특징적 사고방식과는 물론 다르지만, 그 자체의 기준으로는 완전히 합리적인 사고의 형태이다."(조셉 니덤, 콜린 로넌 축약, 『중국의 과학과 문명: 사상적 배경』, 김영식·김제란 옮김, 까치, 1998, 213쪽 참조.)

조정에서는 가난한 백성들이 질병구제에 이용토록 향약 처방을 모아서 서책으로 발간하기도 했다.(『의림촬요』, 『향약집성방』) 허준(龜巖, 1539~1615)이 『동의보감』을 편찬하게 된 계기 역시 값비싼 중국의 약제 대신 백성들이 쉽게 접근할 수 있는 향약과 옛부터 전해져 오는 민간속방을 활용할 수 있게 하라는, 즉 의료의 접근성을 높이고 의료의 문턱을 낮추라는 선조의 어명에 따른 것이다.* 『동의보감』은 향약 이외에도 당시 조선사회에 광범위하게 퍼져 있던 우리 민족 고유의 민간요법들을 집대성한 것으로, 허준의 편찬이지 독창적인 저술이 아니다.

1990년대 백만 부 이상 팔려 서점가에 돌풍을 일으키면서 허준 열풍을 불러왔던 이은성의 『소설, 동의보감』에는 허준이 조선의 의술을 집대성한 자신의 저서에 붙일 제목을 고민하는 대목이 나온다.

> 조선족이 고구려 백제 신라 세 나라로 나뉘어 패권을 다투는 중에 한(漢)족과 가장 접촉이 먼저 된 것은 고구려다. (중략) 중국의 의학이 고구려의 의술과 접목되었다는 것은 상상할 수 있다. 그러나 이것은 고구려가 의학적인 모든 지식을 한(漢)족으로부터 전수했다는 것과는 다르다. 적어도 그보다 102년 전인 고구려 장수왕 47년에 왜가 양의(良醫)를 구하여 백제에 사자를 보냈을 때 백제가 자국에 와 있던 고구려 명의 덕래(德來)를 왜에 보내 주었고 그 덕래는 왜의 난파(難波)라는 곳에 주거를 정하고 자손 대대 의업을 행하여 왜인들로부

* 허준 원저, 『동의보감』, 「서문」, 조헌영·김동일 외 옮김, 여강, 2005, 54쪽.

터 난파약사(難波藥師)라는 존칭까지 받은 것은 허준이 김민세한테 들은 얘기였던가. 아무튼 고구려인 득래의 의술이 섬나라 왜에서 꽃핀 것은 병의 치유를 무주(巫呪)의 방식이나 신불(神佛)의 가호에 빌던 원시적 행위로부터 약과 시술에 의해 병의 원인을 다스리려는 고구려의 진일보된 의지식(醫知識)을 말하는 것이다.

'의지식을 중국에서만 구하려 한 것은 경박한 생각이다'

천년 전 고구려 의원 덕래를 떠올리며 허준의 생각이 다시 거기에 미쳤다. 한의(漢醫)란 한족(漢族)을 위주로 한 의술이요 조선족에 조선의 의술이 있을 터이다. (중략) 우리의 역사를 통틀어 조선족을 상징하는 한마디는 무어겠는가.

- 이은성, 『소설, 동의보감』 중에서

그리고 이어서 허준은 조선을 상징하는 단어들을 더듬어나간다. 근역槿域, 마진摩震, 청구靑丘, 동이東夷… 이 모든 글자에서 공통적으로 담겨있는 상징은 동녘 동東 자라는 사실을 깨닫고 중국의 "한의漢醫에 대칭하는 조선의 의술이라면 당연 동의東醫"라는 결론을 내리게 되고 그리하여 비로소 『동의보감』이라는 제목을 단 책이 세상에 그 모습을 드러내게 된다.*

* 『동의보감』 서문에 허준이 우리 의술을 동의라고 이름 붙인 배경에 대한 설명이 나온다. "왕절제(王節齊)가 말하기를 동원(東垣)은 북쪽지방의 의사인데 나겸보(羅謙甫)가 그 법을 전함으로써 강소와 절강지방(江浙)에 알려졌고, 단계(丹溪)는 남쪽 지방의 의사인데 유종후(劉宗厚)가 그 학문을 배움으로써 섬서(陝西)지방에서 이름이 났다. 우리는 구석진 동방에 위치해 있고, 의약의 연구가 줄기차게 이어져 내려왔다. 그런즉 우리 의학은 또한 동의(東醫)라고 불러야 마땅할 것이다."(허준 원저, 『동의보감』, 「내경 외형편」, 조헌영·김동일 외 옮김, 여강, 2005, 57쪽.)

비록 소설이 허구라 하더라도 우리의 전통의술을 함축하는 명칭은 허준이 주장한 대로 동의東醫 또는 동의학이 내용뿐 아니라 정체성에도 맞고 한漢의학, 또는 중의학中醫學과 구별되는 한민족 고유의 전통의술임을 국제적으로도 내세울 수 있는 명칭임에는 틀림없다. 이제마(東武, 1837~1900)가 자신의 의서를 한의漢醫와는 선명하게 구별을 둔 『동의수세보원東醫壽世保元』이라고 한 까닭도 헤아려 볼 필요가 있다. 만약 한韓의학계가 민족의 전통을 계승하는 전문가 집단이라면 당연히 한방韓方도 한의학韓醫學도 한의학漢醫學도 아닌, 동의東醫를 선택했어야 할 텐데 왜 하필이면 개념도 정체성도 불투명한 한韓의학을 선택했을까.

북한은 전쟁이 끝난 직후인 1954년부터 동東의사(남측의 韓醫師) 자격시험을 시행하고, 1958년에 동의학연구소를 설립하는 한편, 1959년 평양, 함흥, 청진, 개성 등에 동의전문병원을 세워 체계적으로 전통의학인 동의학을 육성한다. 허준이 명명한 동의의 전통을 북한이 계승한 것이다. 사정이 이러하니 남북 대결구도가 치열한 상황에서 남측의 한의학계가 함부로 북측이 선점한 동의를 표방하기는 어려웠을 것으로 짐작한다. 무엇보다 북한의 동의학이 추구하는 이념적 지향이 남한의 한의학과는 일치하지 않는 면도 있었을 것이다. 그러나 앞으로 통일된 국가를 생각한다면 북한의 동의학과 남한의 한의학이 어떻게 만나 통일된 정체성을 가질 것인지에 대한 고민이 필요할 것 같다.

한의학 하면 제일 먼저 떠오르는 것이 침술인데, 이 침술은 한반도가 그 종주국이라는 주장을 펼치는 사람들이 있다. 사실일까.

그 근거로 『황제내경·소문』「이법방의론」편에 돌침砭石이 동방에서 건너온 것이라는 기록이 있고,* 고대 중국의 박물지라고 할 수 있는 『산해경』, 「동산 1경」에 고(高朱蒙)씨산(高氏山)에 침돌, 즉 잠석箴石이 많다는 언급이 있다.** 최남선도 이런 사실들을 근거로 폄석, 즉 돌침의 동방기원설을 제기하기도 한다.*** 그리고 세계 최초의 돌침이 한반도에서 발견되어 국립중앙박물관에 소장 보관되어 있다는 사실****이 침술이 한반도에서 유래했다는 근거로 제시하는 사료들이다.

그런데 폄석이든 잠석이든 그것은 돌로 만든 침으로 침술에서 흔히 사용되는 철침과는 소재가 다르다. 고대 사람들이 돌을 다루는

---

* 황제가 기백(岐伯)에게 묻기를 "의사가 병을 다스림에 있어 병과 치료 방법이 각기 다른데 치료가 되는 이유를 묻자, 기백은 그 까닭이 지세(地勢) 때문이라 답하고, 동방은 천지가 생겨나는 곳이며, 어염(魚鹽)의 땅인 데다 바닷가와 물가에 있어 그쪽 사람들은 물고기와 짠 것을 달게 먹어… 이 때문에 그곳 사람들은 피부색이 검고 종기(癰瘍)가 많은데 치료는 돌침(砭石)이 효과가 있습니다. 따라서 돌침은 동방에서 온 것입니다."(『황제내경-소문』, 「이법방의론(異法方宜論」)

** "다시 남쪽으로 400리에는 고씨산(高氏山)이 있다. 산 위에는 옥이 많고, 산 아래로는 바늘 돌 같은 침돌이 많다."(『산해경』, 「동산 1경」, 이중재 옮김, 아세아문화사, 2000, 284쪽.)

*** 최남선, 『조선상식문답 속편』, 이영화 옮김, 경인문화사, 2013, 18쪽.

**** 1963년 8월 9일, 함경북도 경흥군(慶興郡) 웅기면(雄基面) 송평동(松坪洞) 패총(貝塚)에서 골침과 함께 발굴되어 국립중앙박물관(유물번호 9199/8420)에 소장되어 있다.

솜씨가 아무리 종잇장 접듯 하였기로 어디까지나 돌은 돌이다. 인체에 침습해 들어갈 정도로 돌을 가늘게 다듬기도 어렵거니와, 돌은 탄성이 없는데다 가늘면 가늘수록 부러지기 쉽기 때문에 침으로 사용한다는 것은 위험스럽기 짝이 없는 일로 생각조차 하기 힘들다.

그렇다면 돌침의 용도는 무엇일까? 나쁜 피를 뽑아내는 도구, 즉 사혈瀉血의 도구이거나 겉으로 드러난 종기를 짜내는 소수술의 도구이지 경락을 찾아 신체에 침습시켜 효과를 나타내는 철침과는 성격이 다르다. 경련발작을 일으키는 손자의 인중을 바늘로 찔러 피를 내거나, 속이 탈난 손자의 엄지손가락에 바늘을 찔러 피를 내는 할머니의 민간요법은 사기를 밖으로 몰아내는 사혈요법일 뿐 일반적인 침술로 받아들이지는 않는다.

사혈瀉血치료는 동서양 가릴 것 없이 19세기까지 지속되어 온 인류의 오랜 치료법 중의 하나다. 음악의 신동 모차르트(Wolfgang Amadeus Mozart, 1756~1791)와 가곡의 왕 슈베르트(Franz Peter Schubert, 1797~1828)를 30대 나이에 요절토록 만든 것은 의사의 사혈요법이었고,* 러시아의 소설가이자 극작가인 고골(Nikolai Gogol, 1809~1852)의 대표작 『코』는 '피 뽑아 드립니다' 라는 글귀가 적힌, 이발사 야꼬블레비치의 이발소 풍경을 묘사하는 것으로 시작된다. 이발사가 외과의사를 겸하던 시절의 유럽 풍경을 짐작할 수 있게 하는 대목이다. 유럽의 사혈치료는 피를 짜내는 수준이 아니라 환자의 목숨이 위험할 정도로 대량으로 쏟아내는 방혈放血이었다.

---

* 東 茂由, 『恐ろしすぎる 治療法の 世界史』, 河出書房新社, 2012, 73~74쪽.

경혈을 자극하는 침술은 인류의 역사가 철기문화로 진입하면서 생겨난 의술이고 동아시아에서 철기문화가 가장 빨리 시작된 곳은 중국 대륙이다. 그리고 인체의 경락설은 중국의 사유체계에서 발전한 인체개념이지 우리 민족 고유의 인체개념이 아니다. 철침을 사용한 중국의 침술이 세계문화유산으로 등재된 이상 경락설에 근거한 침술의 발상지가 중국이라는 사실은 인류의 의료사에서 이론의 여지가 없다.

철침으로 경락을 자극하는 중국 침술의 원리가 닫힌 것을 열고 묶인 것을 풀어주는, 통폐해결通閉解結이라면,* 돌침을 이용한 침술 원리는 사瀉와 보補 즉 침으로 사기邪氣를 빼내고 탕제로 양기良氣를 보완하는 것이다. 그 궁극의 원리는 질병이 객귀나 사기의 침입으로 생긴다는 주술적 질병관에 가 닿는다.

『소설, 동의보감』에는 허준이 파혼에 절망하여 목을 맨 처자를 살리는 장면이 묘사되어 있다. 축 늘어진 채 아비에게 업혀온 처자에게 허준이 내린 처방은 인공호흡이나 심폐소생술도 아니고, 침술도 아니라 "살아 있는 수탉(죽은 이가 남자면 암탉)의 볏에서 뜨거운 피를 뽑아 죽은 이의 입에 쏟아 넣는 것"이었다.** 만약 마침 수탉이 없을 때를 대비하여 허준이 기억하고 있었던 또 하나의 처방은 "닭의 똥을 술에 풀어 콧구멍으로 대롱을 통해 불어넣는 것"이었다. 다행히 처자는 수탉의 볏에서 짜낸 피를 마시고 잠에서 깨듯 깨어

---

* 가노우 요시미츠, 『몸으로 본 중국사상』, 동의과학연구소 옮김, 소나무, 1999, 125쪽.

** 『동의보감』에는 검은 수탉의 볏의 피〔오웅계관혈(烏雄鷄冠血)〕라는 처방으로 기록되어 있다. (『동의보감』, 「탕액·침구편」, 2795쪽.)

난다. 믿거나 말거나 한 이야기이지만 소설이란 것이 작가의 비약과 상상력이 가미된 허구임을 감안하더라도 역사소설은 어느 정도의 사실성과 사료에 기반한 고증이 있어야 한다. 좋은 약에 집착하는 우리 민족 특유의 습성이 '몸에 좋다 하면 양잿물도 마신다'는 속담을 만들었을 것이고, 실지 개똥을 약으로 썼으므로 '개똥도 약에 쓰려면 없다'라는 속담이 만들어지지 않았을까.*

근대의 바람이 불고 서양문물이 쏟아져 들어오던 20세기 초입까지 한반도에서는 실지 가축의 배설물은 물론 인분을 약으로 썼다. 이런 사례들을 일제 강점기에 총독부 촉탁 인류학자로 조선에 파견되었던 무라야마 지준〔村山智順〕은 자신의 저서, 『조선의 귀신』에 낱낱이 빠짐없이 기록해 두고 있다. 조선인이 야만인이라는 증거를 남겨두려는 듯이….

배설물을 약으로 쓴다는 것이 화장실의 수준을 문명의 척도로 삼는 현대인으로서는 도저히 받아들일 수 없는 습속이지만 옛사람들, 특히 농경민족에게 배설물은 내버리고 감추어야 할 혐오스러운 오물이 아니었다. 근대 이전에 가축과 사람의 배설물을 약으로 퇴비로 만들어 썼던 것은 분명한 사실이다. 이를 근거로 조선인을 야만인으로 취급했던 일본의 사정도 크게 다를 바 없다. 일본도 근대 이전에는 외상 치료제로 말똥을 먹기도 했다.** 그렇다면 배설물의 성

* 『동의보감』에는 인분을 재료로 한 처방이 몇 가지 기술되어 있다. 엉긴 오줌을 인중백(人中白), 또는 추자상(秋自霜)이라 하여 열을 내릴 때 쓰는 처방으로 기록되어 있고(2790쪽), 파관탕(破棺湯)은 남자의 인분을 말린 것으로 가루로 만들어 끓는 물에 거품이 나도록 끓인 것으로 해열제, 해독제로 사용했고, 인중황(人中黃)은 대나무 대롱을 똥통에 꽂아서 그 속에 스며든 즙을 약으로 쓰는 것으로 분청(糞淸)이라고도 한다.(2791쪽)

** 東 茂由, 같은 책, 187~188쪽.

분분석을 할 능력도 도구도 없던 근대 이전의 사람들이 무슨 근거로 배설물을 약재로 이용할 생각을 했을까.

> 똥의 이미지가 갖고 있는 양면가치, 그것이 재생 및 갱생과 맺고 있는 관계, 그리고 공포를 극복하는 것에서의 주도적 역할이 드러나고 있다. 똥은 유쾌한 물질이다. 이미 말했듯이, 가장 오래된 분변문학적(糞便文學, scatological) 이미지들 속에서 똥은 생식력, 비옥과 연결되어 있다. 다른 측면에서의 똥은 대지와 육체 사이의 어떤 중간 위치에 있는, 이 둘을 친근한 관계로 만드는 그 무엇으로 간주되고 있다. 똥은 또한 살아 있는 육체와 죽은 육체 사이의 어떤 중간에 위치하고 있는 것으로, 분해되어 대지로 되돌아가 비료가 되는 것이다. 육체는 살아 있는 동안에는 대지에게 똥을 제공한다. 똥은 죽은 인간의 육체처럼 대지를 비옥하게 만든다.*

육체의 하부에서 일어나는 생리 현상은 양면적 가치를 지니고 있다. 배설과 출산이다. 버림으로써 새로 태어나는 것이다. 배설물이 문명인들에게는 혐오스럽고 진저리치게 만드는 오물이지만, 근대 이전의 중세 사람들에게 오줌똥은 출생, 풍요, 개인 부유함의 상징과 연결이 되는 상징물이다.** 똥꿈을 꾸고 흐뭇해하는 어른들이나 우낭을 놓고 서로 몸싸움을 벌이는 양반들의 탐욕(하회별신굿 탈놀이, 첫 번째 마당)이 펼치는 추태는 소의 배설기관인 우낭이 가지고 있는

---

* 미하일 바흐찐, 『프랑수아 라블레의 작품과 중세 및 르네상스의 민중문화』, 이덕형·최건영 옮김, 아카넷, 2001, 274쪽.
** 미하일 바흐찐, 같은 책.

상징적인 가치 때문이다.

상징은 '지각과 개념의 중간지점에 위치' 하는 것으로 '신화적 사고의 한 요소' 이다.* 그러므로 민간의술의 기원을 추적해 들어가면 상징과 연관된 처방들, 즉 상징적 의료행위를 얼마든지 찾을 수 있다. 가령 산모에게 잉어를 고아 먹이면 예쁜 눈의 아이가 태어난다고 믿는 것이라든지, 산모가 닭을 먹으면 아이의 피부가 닭살이 된다고 금기시하는 것, 어린아이가 콩나물을 많이 먹으면 키가 자란다고 믿는 것도 일종의 상징적 사고에 근거한 처방이라고 할 수 있다. 전통사회에서 인분이 약으로 사용된 것 역시 버려짐으로써 다시 재생한다는 상징적 사고에 근거한 처방이라고 이해하여야 한다.

민족의학의 뿌리

우리 민족의 사상의 원류를 꼽으라 하면 유불선儒彿仙을 꼽는데, 그중에서 선교仙敎는 중국의 원시 토착신앙이라고 할 수 있는 도교가 한반도에 유입되어 한반도 특유의 토착민간신앙과 습합된 것이다. 중국의 도교는 주술적인 민간사상에서부터 합리적인 양생법의 추구와 신비주의적 연단술에 이르기까지 민중들의 일상생활에 깊숙한 영향을 미쳤던 종교적 속성을 가진 의료체계 중의 하나로 기능을 했다고 할 수 있다. 중국 한의학의 이론적

---

* 레비-스트로스, 『야생의 사고』, 안정남 옮김, 한길사, 1997, 71~72쪽

배경이 유교철학에 있다고 주장하는 것은 중국 한의학의 상층부의 표면만을 살핀 것이고, 도교의 양생술이 유교의 수신철학, 그리고 음양가의 음양오행설이 결합한 황노사상이 중국 한의학의 이론 배경이다.

허준은 동의보감을 편찬하면서 도교를 근본으로 삼는다는 도본의말道本醫末의 입장을 분명히 했다.

> 도가(道家)는 청정과 수양을 생의 근본으로 하고, 의가(醫家)는 약이나 침구로써 치료의 근본을 삼는 것입니다. 그러고 보면 도가(道家)는 자상하게 심신의 전체를 다룬 셈이요, 의가(醫家)는 거칠게 구체적인 부분만을 다루는 셈입니다.*

여기에 더하여 허준은 "옛날 신통력을 가진 의사들은 사람의 마음을 다스려 병이 생기지 않도록 예방을 하였지만 지금의 의사들은 오로지 질병만을 치료하고 사람의 마음을 다스릴 줄 모른다."고 하면서, 이는 근본(도교)을 버리고 끝(의술)만을 좇는 것이며, 원인을 찾지 않고 나타난 증상만을 치료하여 병을 낫게 하려는 것이니 어리석은 일로서, "일시적인 행수로 병이 나았다 하더라도 민간의 서툰 의사들의 일처리이니 얻을 것이 없다."라고 통렬히 비판한다.**

이 구절은 한의학계에서 한의학은 예방중심의 의학으로 치료중심의 현대의학보다 더 고차원적인 의술이라고 설명할 때 자주 인

---

* 『동의보감』-집례, 여강출판사 "道家以青精修養爲本 醫門以藥餌鍼灸爲治 是道得其精 醫得其粗也"
** 『동의보감』-내경「신형편」.

용하는 대목이기도 하다.

그런데 허준이 말한 신통력을 가진 옛 의사〔古之神聖之醫〕는 누구일까? 한민족의 의술을 중국의 의술과 다른 동의라고 했던 사람이 신통력을 가진 옛 의사를 지칭할 때 중국의 의사를 꼽았을 리는 없다. 허준이 도본의말론의 시각에서 『동의보감』을 편찬했다고 했으니 허준이 말한 도교 역시 중국의 민간신앙을 의식하고 한 말은 아닐 터이다. 게다가 한반도에 전래된 도교는 "무속에 흡수"되어 형태조차 찾아볼 수 없고 "무속 속에 겨우 잔해가 보일 정도"라는 평가도 있다.*

그렇다면 허준이 말한 신통력을 가진 옛 의사란 당연히 아주 먼 고대로부터 의술을 관장해 왔던 무격으로 보아야 할 것이고, 허준이 저술의 근본으로 삼았다고 했던 도교의 의술은 전문성을 가진 의원의 시술이 아니라 민간에서 전승되고 있던 전통 민간요법이라고 보아야 한다. 『동의보감』은 그런 전통 민간요법을 집대성한 것으로 허준의 업적은 수천 년 동안 입으로 전해져 오던 전통 민간요법을 문서로 정리하여 조정과 왕실이 공인하는 의술의 반열에 올려놓음으로써 의료의 체계장벽을 낮춘 데 있다.

이 시대에 실용성과 처방의 효과라는 측면에서 『동의보감』을 활용한다는 것은 대단히 위험한 일이다. 다만 『동의보감』의 정신에서 우리가 지켜야 할 자산이 있다면 개별 질병에 대한 처방이 아니라 우리 민족의 고유한 향약의 정신이요, 인술의 윤리다. 우리의 전통의료체계와 의철학을 윤리적인 측면에서만 보면 인류가 지향해

* 김태곤, 『무속과 영(靈)의 세계』, 한울, 1996, 224쪽.

야 할 가장 이상적인 의료체계라고 평가할 수 있다.

인의 단서가 되는 측은지심은 어떤 반대급부도 없이 차마 남의 고통을 외면하지 못하고 고통으로 힘겨워하는 사람을 도우려는 인간의 본성으로 의醫의 단서이기도 하고, 의사들의 도덕법칙이기도 하다. 그리고 나라를 다스리는 원리와 병자를 다스리는 원리가 다르지 않기에, 최상급의 의사가 갖추어야 할 덕목은 병증을 다스리는 기술이라기보다는 사회가 요구하는 전문가의 사회적 책임이다. 그래서 유교 문화권에서 사람이 아닌 나라의 병을 고치는 사람을 현의賢醫이라 하기도 하고, 대의大醫라 부르기도 한다, 그런 현의와 대의가 취해야 할 정신이 바로 향약의 정신이라 할 수 있다.

우리나라 전통의료체계에서 이 향약이 가지는 가치는 현재 의료계에서 통용되는 의료윤리의 4 원칙*에 부합한다는 데 있다. 누구나 알 수 있고, 누구나 손쉽게 접근할 수 있을 뿐 아니라 스스로 처방할 수 있도록 함으로써 자율의 원칙에 부합되고, 한반도 토양에서 자라 한민족의 체질에 적합하다는 점 때문에 부작용이 적어서 악행금지와 선행의 원칙을 동시에 충족시키고, 무엇보다 누구나 필요할 때 경제적 부담 없이 손쉽게 구할 수 있도록 함으로써 정의의 원칙에도 어긋나지 않는다.

우리 전통의술에서 향약의 정신이 가진 의료의 공공성을 재조명하고, 한의학의 바탕이 되는 철학을 수신과 섭생을 통한 인간의 도

---

* 히포크라테스 윤리와는 다른, 1970년대, 미국 조지타운 대학의 윤리학자 비첨(T. L. Beauchamp)과 차일드리스(J. F. Childress)가 정립한 의료윤리에 관한 4가지 일반원칙으로, '자율존중의 원칙' (Principle of Respect of autonomy), '악행금지의 원칙' (Principle of Nonmaleficience), '선행의 원칙' (Principle of Beneficence), '정의의 원칙' (Principle of Justice)을 말한다.

덕적 완성을 위한 도덕철학으로써 재정립할 때 한국의 의료체계에서 중요한 지위를 확보하게 될 것이다. 그렇지 않고 어설픈 논리로 과학이라 견강부회하고 효능을 과장한 의료상품을 앞세운 무한경쟁으로는 한의학의 전망은 그리 밝지 않다. 시대의 문화와 정서가 달라졌기 때문이다.

의료와 정치

의술이라는 것은 온전한 삶을 위협하는 질병으로 말미암은 고통과 두려움을 극복하기 위한 인간의 지혜인 이상 인류의 역사와 함께 시작되어 온 것이라고도 할 수 있는데, 그 의술에 대한 접근성과 형평성은 지금까지도 해결되지 않는 인간 사회의 골칫거리라고 할 수 있다. 곧 죽어가는 사람을 되살리는 의술이라 하더라도 그 진료비를 감당할 수 없는 사람에게는 그림의 떡에 불과하다. 1930년대 일제강점기에 의료계와 한의계 사이에 벌어졌던 민족의학 논쟁에서 한 가지 시선을 끄는 것은 한漢의학의 부흥을 주장하는 측에서 내세운 논거로, 신식 서양의술은 진료비가 비싼 탓에 소수의 가진 자들만 혜택을 볼 수 있는 귀족의술인 데 반해, 전통의 한의학은 비용이 크게 부담되지 않아 누구든 쉽게 접근할 수 있는 평민의술이라는 주장이다.*

의료보험제도는커녕 의사는 물론 병의원조차 귀하던 일제 강점

* 조헌영 외, 『漢醫學의 批判과 解說』, 소나무, 1997, 98쪽, 122쪽.

기 때의 진료비는 서민들이 감당할 수 없는 수준이었던 것은 두말할 필요조차 없겠지만, 그렇다고 해서 한의학이 서민들에게 문이 활짝 열려있는 의료체계로 사회안전망 기능을 했다고 주장하는 것도 무리가 있다. 근대의학이 도입되기 이전의 한의학 역시 권력층과 소수의 가진 자들만 다가갈 수 있는 귀족의술이었기 때문이다. 다만 의원의 신분이 낮았던 탓에 평민, 서민의술이라는 착시효과가 생긴 것일 뿐이다. 과연 조선시대에 중국에서 수입된 약재로 달인 탕약을 마시고, 사랑채에, 안방에 누운 채로 당대 최고의 의원을 불러 침을 맞고 뜸을 뜰 수 있는 사람이 얼마나 되었을까. 전염병이 돌아도 방 안에서 바가지만 긁어댈 수밖에 없었던 사람들에게 한의학은 먼 나라 이야기였다. 한의학이 평민의술이라고 주장하던 조헌영(趙憲永, 1900~1988)도 사실 한의사들의 치료비가 그다지 호락호락하지 않았음을 지적하고 있지만, 그것은 한의학 자체의 문제라기보다는 한의사들의 자질 문제로 치부한다. 한의사들이 "혼령과 통하느니 접신을 하느니, 천일기도를 했느니, 신전비방을 얻었느니, 어느 명의의 심법을 전수받았느니 하며, 미신과 전설을 갖다 붙여 자신의 의술을 신비화함으로써 병자를 끌어모아 돈을 모으려고 하기 때문에 진료비가 비싸다."는 것이다.*

개개인의 질병과 죽음이 사회문제가 되는 경우는 잘 없다. 특히 죽음이란 삶의 이면이기에 일상을 구성하는 한 부분이기도 하다. 그래서 죽음은 일상다반사와도 같은 것이다. 그런데 죽음이 동시다발로 일어날 때 이것은 생로병사의 자연법칙을 벗어난 하나의

* 조헌영 외, 같은 책, 100쪽.

정치적 사태로 바뀌게 된다. 평상시 80대 노인이 폐렴으로 죽었을 때 사회문제가 될 경우는 잘 없지만, 신종 코로나19 같은 감염병이 창궐할 때 코로나에 감염된 80대 노인의 죽음은 온 사회가 주목하는 사건이 된다. 교통사고로 한 해 수천 명이 목숨을 잃지만 한순간에 가라앉는 배에 갇혀 수백 명이 한꺼번에 수몰되어 버린 세월호 사건은 일상다반사가 아닌, 권좌가 위태로워질 정도의 엄중한 정치적 사태가 된다.

한 사회에서 동시다발로 이어지는 죽음을 부추기는 감염병은 의료서비스 수준의 문제가 아니라 공중보건과 보건위생 차원의 가장 크나큰 사태다. 그래서 감염병이 창궐하는 지역에서의 대책은 의료 영역에서 정치 영역으로 넘어가게 된다. 한 사회의 보건위생 수준을 건강하게 유지하는 일은 의학기술이나 의료인의 수준 문제보다는 정책적 판단, 즉 정치가 가장 중요한 역할을 하게 되기 때문이다.

『동의보감』 서문에서도 "원기가 한번 흩어지고 기가 조화되지 못하면 여러 가지 병이 생겨 백성들이 화를 입게 되는데, 의약품으로 죽어가는 환자를 구원하는 것은 실로 정치, 즉 제왕帝王의 인정仁政에서 가장 먼저 해야 할 일〔先務〕"이라고 하여 의료에 있어 정부와 국가의 책임을 선명하게 제시하고 있다.*

19세기 말 한반도의 정치는 실패에 실패를 거듭하면서 그 정치를 뒷받침했던 유교 이념도 퇴행을 거듭하고 유교이념에 기반했던 한의漢醫 중심의 의료체계도 급격히 붕괴한다. 그 대신 콜레라에 속수

* 『동의보감』, 같은 책, 53쪽.

무책으로 쓰러져 가던 초췌한 우리 민족 앞에 한층 세련된 모습으로 첫선을 보인 서구 근대의학이 한순간에 전통의 의료체계를 주변부로 밀어내고 안방을 차지하게 된다. 질병의 사회적 성격을 도외시해 왔던 기존의 의료체계로서는 당시의 보건위생상의 위기를 감당할 수 없었기 때문이다.

감염병과 구시대

정치의 실패

조선 건국 이래 왕조체제를 유지하게 했던 성리학은 조선 후기에 실학파들이 등장하면서 거센 비판에 직면하게 된다. 임진壬辰, 병자丙子 양란을 거치면서 봉건 왕조체제의 근간을 이루던 신분제도가 불안정해진 것도 하나의 원인이겠지만 무엇보다 중국으로부터 전해진 서학의 영향을 무시할 수 없다.

실학파들은 당시 조선사회의 주류 이데올로기인 성리학을 실용성은 전혀 없고, 식자들의 한가한 고담준론이나 음풍농월에 불과한 허학虛學이라고 비판했다. 성리학에 대한 조선 후기 실학파들의 관점은 실옹實翁과 허자虛者의 대화로 이루어진 홍대용(湛軒, 1731~1783)의 『의산문답毉山問答』에서 선명하게 드러난다.

홍대용은 허자, 즉 유자儒者들의 학문 방식으로 정자와 주자를 익혀 "정학正學을 부지한다는 것은 그저 자랑하려는 마음에서 나온 것이고, 사설邪說을 멀리한다 함은 실상 누구를 이기려는 마음에서 나온 것이고, 세상을 구제한다는 인仁이란 권력을 유지하려는 속뜻이며, 몸을 보전하려는 철哲은 사사로운 이익을 챙기려는 마음에서 나온 것일 뿐" 이라고 정통 유가의 학문을 통렬하게 비판한다.*

정통 유학에 대한 실학파들의 비판적 사유는 당연히 인간의 몸에 대한 인식의 변화를 불러온다. 조선 후기 사상가 중에서도 가장 개혁적인 사상가로 추앙받고 있는 정약용(茶山, 1762~1836)의 경우 유교철학에 바탕을 둔 한의학의 진단법에 의심을 품는다. 다산은 스스로 의학저서(『마과회통麻科會通』)를 저술할 만큼 의학지식에도 해박한 소양을 가지고 있었던 유의儒醫이기도 한데, 그는 한의학의 진단법 중에서 가장 중요한 진맥법에 대해 먼저 의문을 제기한다.**

> 맥은 혈기의 쇠약하고 왕성함과 병증의 허와 실을 살필 수 있는 것인데, 그 왼손의 촌맥은 심장을 진찰하고… (중략) 오른손의 척맥은 신장, 명문, 삼초, 소장을 진찰한다고 하지만 이는 망언이다. (중략) 맥에 대해서는 그 맥경을 저술한 사람부터 자기가 저술한 맥경을 믿지 않았고, 그 후에 무릇 의술의 이치를 약간 통한 사람도 반드시 맥경을 믿지 않았었다. 대저 이른바 촌(寸), 관(關), 척(尺)이란 나는 이를 분별할 수가 없다. 의원의 손가락으로 말하면 살이 쪄서 넓은 것도 있고, 야위어서 뾰족한 것도 있음으로써 그 손가락이 차지하는 부분도 많고 적음의 일정하지 못한 점이 있었을 것이고 환자의 손목으로

* 담헌 홍대용, 『임하경륜 · 의산문답』, 조일문 옮김, 건국대학교 출판부, 1999, 51쪽.
** 다산학술문화재단, 『정본 여유당전서』, 「문집 1」, 2012, 맥론(脈論), 284~286쪽.(한국고전번역원, 다산시문집 제11권 임정기 옮김 참조)

> 말하면 혹은 긴 것도 있고, 혹은 짧은 것도 있음으로써 그 촌관척(寸關尺)의 한계를 나눈 것도 크고 작음의 일정하지 못한 점이 있을 것이니… (중략) 손가락이 작은 사람으로 하여금 손목이 긴 사람의 맥을 진찰하게 한다면, 그 이른바 촌이라는 것을 내가 어찌 관이 아닌 줄 알겠으며… (중략) 그 이른바 비위를 진찰한다는 것을 내가 어찌 그것이 신장과 방광을 진찰한 것이 아닌 줄 알겠는가.

게다가 다산은 한의학의 이론 배경이라고 할 수 있는 오행의 상생상극설도 비판하면서 상생상극에 근거하여 의원들이 병증을 진단하고 처방하는 것은 부회지설에 빠져 환자들에게 결코 가볍지 않은 해를 끼친다고 하였다.*

다산을 비롯한 실학자들의 정통 한의학에 대한 비판적 사유는 한 세기가 지난 뒤 최한기(惠崗 崔漢綺, 1803~1877)에 이르러 정점에 이른다. 최한기는 한반도에 최초로 지동설을 소개한 인물이기도 하고, 수천 년 동안 동아시아 문화권에서 유지되어 온 오장육부라는 인체관을 부정하는 한편 뇌와 뇌에서 기원된 신경계의 실체와 기능을 이해한 조선의 유학자였다.

그러나 실학자들의 기존 체제에 대한 비판은 정치와 정책으로 구체화되지 못했다. 의술에 대한 비판도 자신들보다 신분이 낮은 의원들 수준과 자질에 대한 비판에 머물렀지 기존의 의료체계를 떠받치고 있던 유가철학에 대한 합리적 의심에서 비롯된 것이 아니었다. 그들은 권력의 중심부로 진출할 수 없었던 신분이었거나 아

* 다산학술문화재단, 『정본 여유당전서』, 醫零(六氣論), 2012, 399~401쪽.(한국고전번역원, 34집 마과회통 참조)

니면 중심부에서 밀려난 실패한 정치인들이었고 당시 주류 세력들의 사유와는 동떨어진 소수의 비주류들이었기 때문이다.

게다가 실학파들은 조선의 모든 유학자들과 마찬가지로 '나랏말'이 아니라 외국어인 한문으로 읽고, 한문으로 사유하고, 한문으로 글을 썼던, 뇌는 물론 뼛속까지 유학자였던 사람들이었다. 이들이 습득한 서양지식은 체제 개혁을 위한 지식이라기보다는 기존의 유교에 길들여진 자신들의 봉건적 사유체계를 강화하기 위한 견강부회의 성격이 강했다. 그래서 그들의 비판적 사유란 것도 체제 내에서 벌어지는 권력다툼 이상의 성격으로 나아가진 못했다.

유럽에서 르네상스 운동이 일어나고, 종교개혁과 과학의 발견이 일어난 것은 그들이 우수해서라기보다는 라틴어라는 권력의 언어에서 벗어나 모국어로 읽고, 모국어로 사유하고, 모국어로 글을 쓰기 시작했기 때문이다. 그리하여 소수의 지식인들이 지식을 독점할 수 없었기 때문에 시민들의 힘에 의해 동아시아 국가들보다 한발 앞서 봉건체제를 해체하고 시민사회를 건설할 수 있었다

다산과 혜강의 저작물들이 21세기에 이른 지금에서야 '나랏말씀'과 '우리글'로 번역되어 나온다는 사실은 18~19세기 조선사회에서 다산이나 혜강의 사상이란 한문을 읽을 수 없었던 대다수 백성들에게는 아무런 영향도 미치지 못했다는, 찻잔 안의 태풍만큼의 영향력이었다는 증거다. 따라서 다산의 근대적 의철학도 조선 백성들에게는 일말의 영향력도 끼칠 수 없었다. 다산의 철학은 당시의 봉건적 조선사회가 근대 시민사회로 진보할 수 있는 밑거름이 되었다기보다는 유교사상의 근본에 충실한 건강하고 도덕적인 유교사회로 되돌아가게 하는 복고적 수준에 불과했다.

음양오행과 세균

"선생님 우리 아이가 무슨 병에 걸렸는지요?"

"중초(中焦)가 막혔소."

"별일 없겠나요, 얘는…."

"약을 한두 첩 써보시오."

"얘는 숨이 가빠서 콧구멍이 다 벌름거려요."

"그건 금(金)이 화(火)에 눌렸기 때문이니…."

- 노신, 「명천」

중국 근대를 대표하는 소설가요, 개혁사상가였던 노신(盧迅, 본명 周樹人, 1881~1936)이 1920년에 발표한 단편소설 「명천明天」에 나오는 한 구절이다. 세 살짜리 아들 하나를 데리고 물레질을 하며 근근이 살아가던 과부, 단單 씨네 아주머니는 그 아들이 심상찮은 병에 걸리자 푼푼이 모은 돈을 모두 털어 마을에서 꽤 유명하다는 의원 하 선생네를 찾아간다. 물론 그 이전에는 "점도 쳐보았고, 치성도 드려봤으며 약도 먹여" 보았지만 효험이 없었다. 그래서 바리데기 공주가 서천서역국의 약수를 찾아가듯 전 재산을 털어 하 선생네 의원을 찾아간 것이다. 단單 씨네 아주머니는 "손톱이 네 치도 넘을 두 손가락"으로 아이의 맥을 짚는 의원이 못내 미심쩍었지만, 막연한 기대 하나로 의원이 건네준 화제, '보영활명환保嬰活命丸' 을 사기 위해 의원이 지정해준 가賈 씨네 '제세약방' 을 찾아간다. 집으로 돌아와 그 약을 먹은 아이는 "엄마!" 한 마디를 외치고는 숨이 끊어지고 만다.

메이지 유신을 통해 우리보다 한발 먼저 서구문물을 받아들인 일본이 발 빠르게 기존 의료체계를 개혁할 수 있었던 것은 의료진의 능력이 아니라 권력의 정치적 판단과 결단이 있었기 때문이다. 인구가 밀집되는 도시 중심의 근대사회를 구축하는 데 있어 제일 중요한 것이 보건위생 개념이지만, 전통의 민간요법은 물론 한의학에는 그런 개념이 없었다. 오장육부와 음양오행이라는 고상하면서도 한가한 이론으로 인구밀집으로 말미암은 세균들의 발호를 어찌 통제할 수 있을까. 일본 메이지 정부가 의사의 면허제도를 도입하여 전통 한의학 중심의 기존 의료체계를 개혁한 제일 큰 이유가 바로 이 때문이다.

그나마 열이 펄펄 끓는 환자에게 '금이 화를 누른다' 며 의원들이 내 주는 화제는 너무 비싼 탓에 서민들에게는 그림의 떡이었다. 한의학에 외과술이 없다거나 진단법의 객관성이 결여되었다고 하는 이유는 오히려 부차적인 문제였고 제일 큰 문제는 서민들은 문턱을 넘어설 수 없는 의료의 체계장벽이었다. 그 장벽을 무너뜨리는 것은 의술이 아니라 정치다. 그래서 의학은 자연과학이 아니라 사회과학이라고도 하는 것이다.

감염병 통제를 비롯한 공중보건계획이 없는 근대의 기획은 실패할 확률이 높다. 조선 후기 실학파들이 그랬다. 실학파들의 봉건체제에 대한 비판적 사유와 함께 근대적인 과학적 사고는 당시 조선을 봉건왕조국가에서 근대국가로 개혁할 수 있는 단초가 되었던 것은 분명한 사실이다. 그러나 그들의 과학적 사고와 봉건체제에 대한 비판적 사유는 정치로 구체화되지 못한 탓에 끝내 명백한 한계를 드러내고 만다. 의료개혁의 기회도 그렇게 놓치고 만다.

역사가들은 정조를 개혁군주라 평가하고 실학파들을 개혁사상가라 평가하지만 정작 한반도에서 봉건사회에서 근대시민사회로 넘어가게 되는 개혁의 기틀은 19세기 말, 콜레라가 조선 전역을 뒤덮다시피 하면서부터 시작되었다고도 할 수 있다.

콜레라 귀신과 무당 굿하는 소리

인류의 역사에서 19세기는 콜레라의 세기라고 할 만큼 콜레라가 온 세계를 휩쓸고 있었다. 1816년경 인도에서 창궐하기 시작한 콜레라는 19세기 내내 5 차례나 대유행을 하였고, 그 파급력은 인류의 역사를 뒤바꾸어 놓을 정도였다. 인류의 역사에서 이성의 시대를 이끌어낸 것은 인간의 사상이 아니라 세균의 감염력이었다고 해도 틀린 말은 아니리라.

조선도 예외는 아니었다. 1821년(순조 21년), 중국 동북부 지방에서 창궐하기 시작한 콜레라가 한반도를 넘어와 평안도 지방부터 왕궁이 있는 한양까지 휩쓸게 된다. 어느 시대건 감염병이 없었던 시대는 없었겠지만, 이때 조선 전역을 덮친 콜레라는 과거의 역병과는 수준이 달랐다. 콜레라균의 독성이 강해진 것이 아니라 서식 환경이 달라진 것이다.

19세기 조선은 더 이상 정적인 농경사회가 아니라, 인구 이동을 부추기는 상업의 발달로 왕실이 있던 서울에 경향 각지에서 몰려든 사람들이 북새통을 이루었지만 보건위생을 위한 기반시설은 전혀 갖추어지지 않은 곳이었다. 오죽했으면 서양인들이 당시의 조선을 "더러움과 냄새의 나라"라고 했을까.*

게다가 방역 개념도 없던 나라에 사방팔방에서 초대도 하지 않은 이민족들이 국경을 넘어와 활개를 치며 내 집 안마당까지 함부로 드나들던 시절이었다. 콜레라균의 감염력은 물론 확산속도가 과거의 돌림병과는 비교조차 할 수 없는 수준이었지만 조정도 백성도 속수무책이었다. 이 당시의 참상을 박경리(1926~2008)는 필생의 역작이라고 할 수 있는 대하소설 『토지』에다 현장에서 목격한 듯이 실감나는 필치로 묘사해 놓고 있다.

소설의 주인공이라 할 수 있는 서희의 본가, 최 참판 댁을 멸문폐가로 만든 것은 조선 사회를 지탱해 왔던 봉건 신분제도가 요동친 탓도 있겠지만, 결정적인 계기는 콜레라였다. 최 참판 댁에서 제일 먼저 쓰러진 사람은 최 참판 댁의 가신이라고 할 수 있는 김 서방이었다. 어느 날 김 서방이 마실을 나섰다 돌아와서 토사를 일으키자 김 서방댁이 제일 먼저 찾았던 것은 부엌에 있는 바가지와 칼이다.

> … 김 서방댁이 오물을 미처 다 치우기 전에 김 서방은 다시 얼굴을 내어밀고 툇마루에 두 손을 짚으며 구토를 했다.
>
> "이거 아무래도 객구(客鬼)가 들었는가배. 가만 잇이소."
>
> 김 서방댁은 부리나케 부엌으로 달려가서 바가지에다 물밥을 말고 커다란 식칼을 들고 나왔다.

---

* 김학준, 『서양인들이 관찰한 후기 조선』, 서강대학교 출판부, 2010, 420쪽, 515쪽.

"이리 나오소. 한번 물리봅시다." (중략)

"성주구신도 아니고, 부리재석도 아니고, 굶어죽은 구신아, 칼 맞아 죽은 구신아, 오다 가다 죽은 구신아, 임벵에 죽은 구신아, 괴정에 죽은 구신아."

지껄이는 그 자체에 무한한 기쁨을 느낀 김 서방댁은 입에서 나오는 대로 귀신을 불러대었다.

"상사들어 죽은 구신아, 몽다리 구신아, 호식에 간 구신아!"

끝도 없이, 귀신은 참 많기도 하다, 드디어 쉰네 살 묵는 김씨방성한테 하며 또 한참을 지걸여 대더니

"썩 물러가라! 써어억! 워이."

휘두르던 칼을 냅다 던진다. 칼날은 바깥쪽을 향해 떨어졌다. 바가지 속의 물밥을 문밖에 가서 버리고 돌아온 김 서방댁은

"인자 괜찮을 기요. 아주 깨분하구마."

- 박경리 『토지』, 제4편 2장 중에서

온몸에 퍼지기 시작한 콜레라 독이 시골 아낙의 주술과 바가지 긁는 소리에 멈출 리가 있겠는가. 이튿날 김 서방의 병세가 더욱 짙어지자 김 서방댁은 냉큼 채마밭으로 달려가 부추를 잘라 와서, 흙도 떨어낼 겨를도 없이 고추장에 한껏 버무려 음식을 씹을 기운조차 없는 김 서방의 입을 열고 우격다짐으로 밀어 넣는다. 주사朱砂는 벽사辟邪라! 붉은색의 고추장! 객귀가 싫어하는 색이요, 음식이다.

하지만 김 서방댁의 정성에도 불구하고 끝내 김 서방은 쓰러지고, 연이어 윤씨 부인과 그 집안의 식솔들까지 차례차례 쓰러지면

서 최 참판 댁은 거의 멸문의 화를 입게 되고, 소설의 주인공인 서희와 길상만 가까스로 살아남는다.

이것을 당시 섬진강 어귀의 시골마을에 사는 사람들의 무지와 몽매 탓으로 돌릴 수 있을 것인가. 조정도 마찬가지였다. 조선 조정의 전염병 대책은 여전히 전통적인 질병관에서 벗어나지 못하고 있었고, 대책도 주술에 의지하던 전근대적인 수준에 머물러 있었다. 돌림병으로 백성들이 속수무책으로 죽어나가고 있는데 왕실에서 할 수 있는 것이라고는 장안에 유명한 무당이나 박수들을 불러 모아 왕실 예산으로 여제를 지내는 것이 고작이었다. 당시 군왕이 기거하던 한양의 풍경을 선교사 알렌은 다음과 같이 서술하고 있다.

> 1886년 7월 15일, 서울에 콜레라가 발생하였다. 이는 남쪽 항구에서 상륙한 것으로 우리는 그 접근을 들은 후 대비할 충분한 시간을 가졌었다. 도시는 일반적으로 더러웠고, 사람들은 수확할 때였다. 모두 적절한 대책을 하지 않았고, 외국인의 하인들까지 우리의 충고에도 불구하고 익지 않은 것을 계속 먹었다. 그들은 운명론자처럼 행동했으며, 단 한 번 진찰받은 후에는 거의 아무 치료도 하지 않은 채 그들의 친구들을 죽도록 내버려 두었다. 상당히 많은 돈을 들여서 시내에 여러 작은 사당을 세웠고, 그곳에서 콜레라 귀신(Cholera God)에게 기도를 올렸다. 궁궐 뜰에서는 군인의 대부대가 콜레라 귀신을 위협해서 쫓아내기 위해 계속해서 총을 쏘았다.
>
> - 1886, 서울의 건강에 대한 알렌의 보고서*

---

* 이만열, 같은 책, 907쪽.

서양인 알렌의 눈에 비친 작은 사당은 성황당을 일컫는 것일 테고 기도란 굿이었을 것이다. 군주를 콜레라로부터 보호하기 위한 조정의 대책으로 군인들을 동원하여 총성을 울리게 한 것은, 벽촌의 여염집 아녀자들이 바가지 긁는 소리로 콜레라 귀신을 내쫓는 것에 비해 좀 더 규모가 크고 조직적이라는 것 외에 콜레라를 귀신의 소행으로 본 것에서 시골 여염집이나 구중궁궐이나 별 차이가 없다.

감염병은 인류의 역사에서 특정한 시기에만 창궐한 것은 아니다. 인류의 역사가 전염병의 역사라고 할 만큼 인간의 활동과 감염병은 떼려야 뗄 수 없는 관계였다. 조선왕조 500년만 보더라도 감염병은 주기적으로 반복이 되고, 백성들의 삶을 위협했다. 그래서 조정이 마련한 대책이란 것이 정부 차원에서 역귀疫鬼를 위무하기 위한 여제癘祭를 지내는 것이었다. 콜레라가 창궐하던 20세기에도 정부의 대책은 군왕(고종)의 명으로 "날을 가리지 않고 별여제別癘祭를 지내도록" 하는 것이 특별대책이었다고 할 만큼* 감염병에 대한 토착신앙은 줄기차게 이어지고 있었다.

여염집 아낙네들의 주문과 바가지 긁어대는 소리는 말할 것도 없고, 국가차원의 대규모 굿판도 효험이 없게 되었다는 것은 밑바닥 민중들을 위한 의료체계가 붕괴되었다는 것이고, 정부 즉 군왕과 조정은 추풍낙엽처럼 쓰러지는 백성들을 구제할 그 어떤 수단도 가지지 못했다는 의미이다. 그런 사회체제가 계속 유지된다는 것이 오히려 이상한 일이다. 한 사회의 인구집단 전체에서 동시다발

* 신동원, 『한국근대보건의료사』, 한울, 1997, 244~245쪽.

로 치명적 질병이 발생하는 보건위생상의 위기에 대해 전통의 한의학으로는 해결책은커녕 사태를 해석할 수 있는 실마리조차 얻을 수 없었다.

질병, 특히 한 사회의 질서가 마비될 정도의 대규모 역병은 역귀의 간계도 아니고, 오행의 교란도 아니며 시대와 사회환경의 산물이다. 한의학은 분명 무의들의 주술의학과는 성격이 다르고, 그 시대의 관점으로는 최고의 논리성과 합리성을 갖춘 의철학이었던 것은 분명하지만 그 이론철학과 실기가 생산된 시대는 인구 이동이 크게 없는 농경 중심의 고대사회였다. 너무나 오래된 의료체계는 사회구조가 바뀌고 환경이 달라짐에 따라 실용성은커녕 사회적 공기公器로서 감당해야 할 최소한 기능조차 할 수 없었다. 질병의 양상도 사회 변화에 따라 달라지기 때문이다. 기반시설이 갖추어지지 않은 도시로의 인구집중이 일어나는 시대의 전환기에 한의학은 사회와 시민들을 보호할 수 있는 의료체계로서 기능을 전혀 하지 못했다. 그저 거친 노동을 할 이유도 없고, 그러면서도 끼니 걱정을 할 이유도 없는 유생들의 여기餘技(딜레탕티즘)이거나, 무지몽매한 백성들의 등골을 뽑아먹는 상술에 불과한 수준으로 전락해 버린 것이다.

유의儒醫

이기채의 사람 마루에는 언제나 웬만한 약재가 갖추어져 있었다. 그뿐만 아니라 약재를 자르고 써는 작두, 갈아서 가루를 내는 정교한

맷돌, 빻아서 가루를 내는 약절구와 작은 공이가 반들반들 윤이 나게 닦이어 있었다. 거기다가 물론, 약을 밭치는 체와 비상(砒霜)도 달 수 있는 약저울이며 약탕관도 늘 약장 위에 얹혀 있었다.

웬만한 선비 사인(士人)이 집에는 크고 작고 간에 하나씩 갖추기 마련인 이 약장은… (중략)

사랑에 만이 아니라 안방에서도 약재는 쓰이어, 머리 맡에 내방 약장을 두기도 하였다. 그래서 집안 안팎 식구들의 용도가 있을 때, 혹은 일가와 문중, 마을 사람들이 아플 때, 화제(화제)를 내어 약을 지어 주었으니 선비라면 누구라도 스스로 화제를 낼 줄 알았다.

- 최명희 『혼불』 중에서

최명희의 『혼불』은 일제강점기, 그것도 일본이 대동아전쟁을 획책하던 무렵의 이야기다. 당시로는 향리라고 할 수 있는 전주의 몰락해 가는 양반가를 무대로 펼쳐지는 이 이야기에서 조선왕조 500년을 지배해 왔던 양반들의 실상을 엿볼 수 있다. 절손된 종가의 양자로 입양되어 종손의 지위를 누리고 있는 이기채. 그의 머릿속에는 오로지 가문의 영속성과 영향력밖에 없지만 이를 위해 자신의 몸으로 직접 실천하는 것은 하나도 없다. 입만 있으면 된다. 발칙한 아랫것들을 손볼 때도 말 한마디면 노복들이 알아서 덕석을 편다. 그는 일생 동안 단 한 번 중노동을 한다. 거추장스럽기 짝이 없는 재최齋衰를 입고 오동나무 지팡이에 의지한 채 종가의 종부이자 자신의 양모의 빈소를 지키며 곡을 하는 일이었다.

이기채의 사랑에 약재가 즐비하고 작두와 약저울, 약탕관이 있다

한들 손 하나 까딱했을까. 약재를 자르거나 탕약을 달이는 것과 같이 몸을 움직이는 일은 언제나 아랫것들 몫이었고, 진맥이나 침·뜸을 뜨는 전문시술이 필요할 때라도 의원을 불러 해결하지 언감생심 양반이 직접 나서는 일은 없다. 그렇다면 양반의 사랑에 즐비한 약재와 수북 쌓아놓은 의서는 도대체 무슨 용도일까. 일제의 수탈로 초근목피로 연명하는 민중들과 사랑방의 약장에 몸에 좋다는 약재들만 가득가득 재워 놓은 양반들… 하지만 근대식 병의원이 들어서자 체면 불고하고 제일 먼저 그곳을 찾아가 속살을 드러내 보인 무리들도 양반들이었다. 유교는 수신을 강조한 실천철학이었으므로 양반 사대부들은 수신의 한 수단으로 직접 의학을 연구하는 것이 유자들의 덕목이라고 생각했고, 이렇게 유학자로서 의학을 연구한 사람들을 유의라 했다. 하지만 유의들의 학문과 의술은 자기자신과 일가 식솔들을 위한 근친애적인 학문 또는 의술에 불과했고, 정작 온갖 질병에 노출되기 쉬운 백성들의 건강과 안위와는 전혀 무관한 것들이었다. 밤새 기침을 하다 숨이 컥컥 넘어가는 아들을 안고 안절부절하는 농사꾼 아내는 유의는커녕 의원에게조차 진맥 한번 잡혀 보지 못하고 단골집으로 달려가든지 그것도 안되면 집에서 바가지나 긁어대도록 내버려 둔 것이 조선사회의 의료체계였다.

한의학계는 허준과 함께 이제마(東武, 1836~1900)를 한국의 전통의학을 대표하는 또 한 사람의 인물로 꼽고 있다. 그런데 이제마는 허준과 달리 의업을 전문으로 하는 의원이 아니라 관료이면서도 의술을 수신의 한 수단으로 삼는 유의였다.

이제마가 『동의수세보원』을 저술하던 시기(1893~1894)에 조선사회는 어떤 상황이었던가. 이민족의 침탈에다 온 나라에 콜레라가 창궐하여 나라의 운명이 바람 앞에 촛불 신세였고, 그 어디에도 기댈 데 없어 맥없이 쓰러진 백성들의 주검이 길거리에 수북수북 쌓이던 시절이었다. 역병의 역疫은 '모든 사람이 앓는다.' 라는 뜻을 가지고 있다.* 체질에 따라 피해갈 수 있는 병이 아니란 이야기다.

온 나라 사람들이 역병의 공포에 떨고 있는데 그는 약장과 서책이 가득 채워져 있는 서가를 병풍 삼아 선비상을 앞에 놓고 사람들의 체질을 따지고 가르는, 한가롭기 짝이 없는 지식 유희를 즐기고 있었던 거다. 게다가 그의 사고 수준은 2세기 전의 실학파들의 개혁사상에도 미치지 못할 정도의, 2,000년 전 공맹의 윤리에 젖어 있었다. 그는 단발령에 대해 극도의 거부감을 가지고 있었고 신체관은 여전히 오장육부론에서 한 발짝도 벗어나지 못했고, 바람의 조짐으로 세상만사를 진단하는 대목에 이르면 무의와 별 차이를 확인할 수 없을 정도다.**

고종은 1894년 한글을 국어로 제정함으로써 언문정책에 혁명적인 개혁정책을 펼치는데 이제마는 이에 아랑곳하지 않고 한문으로 쓰고 한문으로 읽고 한문으로 생각하고, 한문으로 일본의 관료, 군

---

* 疫也, 民皆疾也(백성 모두가 병을 앓는 것)(沙青巖, 『說文大字典』, 大孚書局, 1983.)

** 몇 가지 사례를 예시하면 "무릇 바람이 움직이는 모습은 모두 불안하다. 산천의 움푹 팬 구멍사이에서 바람이 일어나는 곳을 알려고 해도 알 수 없다. 그러나 만약 성내 군영의 진을 친 장소에서 바람의 기세가 이상하고 햇빛이 밝지 않고 어두우며, 바람이 지붕을 뜯고 나무를 흔들며, 모래를 날리고 먼지를 말아 올린다면 점을 쳐야 한다."(知風兆 18조목), "급작스런 바람에 흐리고 컴컴해서 연일토록 흩어지지 않는 것은 총풍(寵風)이라 하는데 궁녀가 화를 부채질해 사람들이 원망하고 전쟁이 일어날 조짐이다."(知風兆 23조목)(이제마, 『동무유고』, 「지풍조」, 이창일 역주, 청계, 1999, 375~389쪽.)

인들과 소통하고 있었다.

이제마의 사상의학이 발표 당시에 전혀 주목을 받지 못했던 것은 그 이론이 난해하고 심오한 탓에 이해하기 어려워서가 아니라, 나라의 운명이 위태로울 정도로 심각한 보건위생상의 위기에 그의 의서는 실용성이나 현실성이라고는 눈곱만큼도 없는 탁상공론에 불과했기 때문이 아닐까.

같은 시기에 갑오개혁의 선봉에 서 있었던 대치大致 유홍기(1831~?)의 처신을 이제마와 비교해 볼 때 의사라는 전문 직업인의 사회적 역할이 어떠해야 하는가를 보여주는 사례가 아닐까 한다. 의원의 신분으로 백의정승이라는 칭송을 받으며 개혁파의 지도자 노릇을 했던 유홍기는 갑신정변이 실패로 끝나자 홀연히 역사에서 사라진다. 다만 소의小醫는 치인治人이요, 대의大醫는 치국治國이라는 잠언을 몸소 실천한 인물로 기억해 둘 필요는 있을 것 같다.

닫힌〔未開〕 사회와 초대하지 않은 손님

하동의 최 참판 댁 (『토지』) 에도 콜레라가 덮치고 집안이 풍비박산이 날 지경에 이른 형편에도 용케 살아남은 사람들이 있었다. 최 참판 댁 큰마님, 윤씨 부인의 먼 친척으로 최 참판 댁에 객식구로 머물던 조준구와 그의 아내 홍씨다. 조준구는 한양을 드나들면서 귀동냥으로 얻어들은 정보가 있었기에 콜레라가 두려워 마을을 벗어나 서울로 가려는 아내 홍씨에게 핀잔을 주며 자발적 자가격리와 손 위생, 음식 위생을 지도하고 실천한다.

"이 철없는, 자아 내 말 잘 들으시오. 나는 그 병 피하는 방법을 알고 있소."

"네?"

"일본 사람들은 그것을 전염병이라 하오. 왜 그 여러 해 전에 그 병이 돌지 않았소?"

"그랬지요?"

"그 병은 입으로 해서 옮겨지는 병이라 하오. 그러니 먹는 것만 조심하면 괜찮다는 게요. 날것을 먹으면 안 된다는 거요. 무엇이든 음식은 끓여서 먹기만 하면 병이 옮을 염려는 없고, 그러니 우리 식구는 이곳에서 꼼짝 안 하는 게 가장 안전한 일이오. 죽만 끓여 먹으면 될 거 아니오? 찬바람만 불면 되니까."

하다가 준구는 홍씨 귀에다 대고 무슨 말인지 한참 동안을 수군거렸다. 홍씨는 반신반의의 눈으로 남편을 본다.

- 박경리, 『토지』 중에서

조준구가 아내에게 귀엣말로 수군거린 말이 무슨 내용이었을까? 결국 뒤채에서 자연스레 격리된 생활을 하면서 개인 위생을 철저히 한 조준구 내외는 감염병에 대해 무지몽매했던 윤씨 부인을 비롯하여 최 참판 댁의 식솔들이 한 지붕 밑에서 차례로 콜레라로 죽어 나가는 동안에도 무탈했고, 마침내 최 참판 댁의 재산까지 홀랑 삼키게 된다.

19세기 말, 한반도 전역에 창궐했던 콜레라의 기세는 조선왕조 500년의 수명을 끊어놓을 정도로 혹독했지만 그 책임을 전적으로 우리 민족의 후진성 탓으로 돌릴 수는 없다. 당시 콜레라는 조선 민중들이 결코 초대하지 않은 손님이었고, 손님을 환대할 준비가 되어 있지 않아 금줄을 드리우고 문도 열어 놓지 않은 닫힌(未開) 땅에 무례하게 허락도 없이 들이닥친 무지막지한 객귀요, 역귀들이었다.

> "생각해 보소. 이눔의 돌림벵이 왜병인께 하는 말 아니요. 그러니께, 저어 내 어릴 적에 이 벵이 돌았일 적에도 왜눔의 새끼들이 묻히 가지고 온 벵이라 안 합디요! 인벵이나 손님 겉은 벵에 사램이 많이 죽기사 하지마는 괴정에 비하믄 소분지애씨고, 어디 추풍낙엽맨치로 쓸고 가건데? 이눔의 세상이 우찌 될라꼬 이러는지. 왜눔 들어오고부텀 잘되는 거 하나 없이니께. 하다하다 나중에는 그눔의 새끼들 벵까지 가지와서 우리 조선 사람 씨를 말릴라 안 카요? 이럴 때 와 사명대사 겉은 영험한 어른이 안 나시는지 모르겄소"
>
> - 박경리, 『토지』 중에서

일본이나 유럽이 우리보다 한발 앞서 콜레라에 대한 방역대책을 마련할 수 있었던 이유는 그 사회의 집단지성이나 민족성이 우수해서가 아니라 당시 조선사회보다 한발 앞서 나라의 문을 열어젖힌 댓가로 수천 수만 명이 죽어나간 재난을 겪은 탓에 그로 말미암은 경험적 지식으로 얻은 방역대책이 있었기 때문이다.

1817년 인도부터 콜레라 대유행이 시작된 뒤로 19세기 말까지 여섯 차례나 온 세계를 흔들었지만, 동아시아든 유럽이든 의술의 수준은 중세 수준을 넘어서지 못했고, 유럽 사회 역시 장기瘴氣이론에 머물러 있었다. 이 장기이론은 역귀의 심술로 돌림병이 생긴다는 동아시아의 질병관과 크게 다르지 않은 것이다. 병에 대한 무지는 페스트가 창궐하던 중세 유럽과 별반 다를 바 없었고, 음모론이 확산되면서 저항과 폭동이 다반사로 일어났다. 1831년 여름, 콜레라로 10만 명 이상이 죽어나간 헝가리에서는 "자신들이 부자들이 퍼트린 독에 당했다고 생각한 농민들이 성을 포위하고 의사와 장교와 귀족"들을 죽이기도 했다. 영국에서는 폭도들이 의사들을 공격하기도 했다. "의사들이 해부용 시체를 얻기 위한 수단"으로 콜레라를 이용한다는 소문이 돌았기 때문이다.*

유럽사회가 콜레라를 통제할 수 있게 된 것은 당시 영국의 보건위생위원회 위원장이었던 채드윅(Edwin Chadwick, 1800~1890)이 시행한 보건위생정책, 즉 빈민지역의 주거환경을 개선할 수 있도록 정부 차원의 구빈대책을 세우도록 한 것과, 스노(John Snow, 1813~1858)가 콜레라의 원인이 오염된 물 때문임을 지적하면서(1854) 오염된 물과 식수가 섞이지 않도록 상하수도를 구분하고, 개개인에게는 손을 깨끗이 씻도록 독려하기 시작하면서부터다.

로버트 코흐(Robert Koch, 1843~1910)가 콜레라균을 발견한 것은 1883년이고, 이마저도 당시의 지배적인 장기이론이 배척되고 질병의 원인으로 세균설이 인정되기까지에는 꽤 많은 시간이 흘러야 했다. 또 세균을 직접 저격할 수 있는 마법의 탄환인 항생제가 개발된 것은 1944년의 일이다. 그렇다면 19세기 콜레라 대유행의 시기에 의학이 한 역할은 무엇일까? 19세기 콜레라를 잠재운 것은 정치일까, 의학일까.

---

* 아노 카렌, 『전염병의 문화사』, 권복규 옮김, 사이언스북스, 2001, 207쪽.

근대의학과 식민지근대화론

보건위생개혁과 구시대의 종말

콜레라가 대유행을 하던 19세기에 근대적인 보건위생개혁을 통해 서구사회가 문명사회로 한발 한발 진보해 나갈 때, 조선 왕실은 비록 군왕을 콜레라 귀신으로부터 보호한답시고 군대를 동원하여 총소리나 내고 있었긴 하지만, 백성들이 속절없이 스러져가는 절체절명의 국가위기 상황에서 하나같이 넋을 놓고 있었던 것은 아니다.

구한말 개화사상가 김옥균(古筠, 1851~1894)이 이끌었던 갑신정변은 실패로 끝난 탓에 친일파들이 일본을 등에 업고 친일정권을 세우려 한 역모 수준으로 폄하되고 있지만, 개화파들의 활동은 조선 후기 "실사구시를 내세우던 북학파를 계승하고 세계사의 발전 방향에 순응하기 위한 개혁적, 진보적 정치활동"이었다는 평가도 있다.

당시 갑신정변을 주도했던 개화파의 일원 중의 한 사람인 박영효(春皐, 1861~1939)가 쓴 건백서建白書에 제시된 개화총책 8조 중 4조〔養生以健植人民〕를 보면 근대적인 보건위생 개념이 뚜렷하다. "양생이란 혈액을 보양하고 정체가 없도록 하여 신체를 장건하게 하는 것으로, 환경을 맑게 하고 오염된 곳을 피하되, 음식의 절제와 운동을 하는 것이 양생의 근본"이라고 명시하고 있다.* 개화를 위한 개혁정책 중의 하나로 보건위생 개념을 강조함으로써 유럽과 비슷한 시기에 조선의 지식인들도 감염병의 예방 대책을 알고 있었던 것이다. 비록 갑신정변은 실패했지만 이들의 개혁정책은 10년 뒤 갑오개혁을 통해 구체화되고, 우리 역사에서 최초로 국가가 근대국가의 면모를 드러내게 된다.

조선 왕실은 1884년 갑오개혁을 통해 중앙의료행정기관으로서 위생국을 두게 되고, 1899년 감염병의 예방규칙을 공표하게 된다. 이것은 중앙정부에 새로운 공직이 신설되었다는 의미에 그치는 것이 아니다. 의료인의 자격관리와 의약품을 비롯한 의료서비스의 공급과 관리, 특히 감염병을 예방하고 통제하는 궁극적 책임을 국가에 귀속시킨 것으로 수백 년을 이어온 조선사회의 의료체계, 아니 반만년을 이어온 한민족의 의료체계에 일대 대변혁이 일어난 것이라고 볼 수 있다. 무엇보다 감염병의 전파, 차단을 위해 소독, 피병 등을 규정하는 관련법규가 만들어지고, 한성의 거리를 넓히고 거리 청소작업을 시행한 것은 조선사회가 서서히 전통적인 질병관에서 벗어나고 있었음을 증명하는 사실이다.

---

* 강재언, 『한국근대사연구』, 한밭출판사, 1982, 제2장 「개화사상·개화파·갑신정변」 참조.

그리고 1885년에는 고종의 승인으로 선교사 알렌이 주도하는 한반도 최초의 서양식 의료기관인 제중원이 설립되어 무격이나 의원들의 처방이나 시술과는 확연히 다른 서구식 의술이 시행되었다. 물론 이런 개혁정책들이 왕조사상에서 벗어나지 못한 백성들에게 '성은의 망극함' 을 보여주려는 위로부터의 개혁이라는 한계를 가지고 있긴 하지만 너무나 오래되었고, 너무나 낡은 유교 이념에 의해 정체되었던 사회를 일신하기에는 충분한 계기가 된 것은 부정할 수 없다.

근대식 의술의 수혜자는 비록 소수의 특권층에 제한된 것이었긴 하지만, 서구식 의술이 지배층으로부터 별다른 저항없이 수용되었다는 사실은 조선왕조 5백 년을 지탱해 왔던 유교 이데올로기의 붕괴를 의미한다. 사람의 몸은 부모로부터 물려받은 것이어서 털끝하나 다치게 하지 않는다는 것을 효의 시작으로 알았기에 머리를 깎기는커녕 빗다가 빠진 머리마저 함부로 버리지 못하게 했던 사회에서 단발령조차 경천동지할 일인데, 하물며 제 한 몸 살리겠다고 부모로부터 받은 몸을 무지막지하게 훼손하는 일(수술)이 군왕의 허락 아래 일어난 것이다. 왕조가 바뀐 것도 아니고, 군왕이 바뀐 것도 아니었지만 제중원 설립 이전과 이후의 세상은 완전히 다른 세상이 된 것이다.*

그런데 근대식 의술을 앞세운 기독교 선교사들의 영향으로 조선 사회 전역에 혁명적 변화가 일어나는 와중에도 천주교 전래 때와는 달리 조선의 지식인들은 별다른 저항을 하지 않았다. 당시 조선

* 김상태, 『제중원 이야기』, 웅진지식하우스, 2010, 171~172쪽.

의 지식인들은 기독교를 침략세력과 연관시키지도 않았고 오히려 개화의 한 수단으로 수용하는 자세를 보인다. 일본이라는 너무나 선명한 침략세력이 눈앞에 있었던 사정도 있었겠지만 온 나라에 콜레라가 창궐해도 속수무책이었던 보건위생상의 위기를 경험했던 결과가 아닐까.

갑오개혁과 함께 선교사 알렌의 등장으로 촉발된 의료체계의 개혁은 조선사회 전반에 사고의 코페르니쿠스적 전환을 가져온 계기가 되었다고도 할 수 있다. 시늉에만 그쳤던 실학파들의 개혁운동이 거의 한 세기가 지나서야 조정의 정책에 의해 추진된 것이다. 비록 위로부터, 또 외세에 의해 촉발된 개혁이었지만 자발적이고 내재적인 힘에 의해 근대사회를 지향하는 개혁이 일어났다는 사실을 부정하거나 무시할 필요는 없다. 구한말, 군왕이 있던 한양을 비롯해서 조선사회 구석구석을 살폈던 비숍(Isabella Bird Bishop, 1831~1904) 여사는 "한국인들은 어떤 행정적 계기만 주어지면 무서운 자발성을 발휘하는 민족"이라며, "서울은 한국적 외양으로 재건되고 있지 절대 유럽적으로 재건되지는 않았다."라고 평가한 바 있다.*

이는 아시아의 유럽국가임을 자처한 일본에 의해 미개국 조선이 근대화되고 문명의 혜택을 누릴 수 있게 되었다는 일본의 제국주의자들과 이들을 추종하며 식민지근대화론을 설파하는 친일사학자들의 주장과는 결이 다르다. 한발 더디게 내딛긴 하였지만 차근차근 근대사회로 이행해 나가는 조선의 주권을 일제가 강탈해 감으로써 서울은 물론 조선 전역이 한국적 외양으로 재건되지 못하

---

* I. B. 비숍, 『조선과 그 이웃 나라들』, 신복룡 역주, 집문당, 2012, 416쪽.

고, 일본풍으로 변형, 왜곡되고 만 것이다. 19세기 말 세계사의 흐름에서 볼 때, 우리가 외세에 일시 강점되었다고 하는 역사를 지금까지 치욕으로 여길 이유는 없다. 그 대신 주권을 회복한 뒤에도 외세강점에 따른 잔재를 청산하지 못하고, 그 적폐가 지금까지 지속되고 있다는 것을 치욕으로 여겨야 하지 않을까.

식민의학과 체계장벽

러일 전쟁의 승리 이후 기세가 등등해진 일본은 조선왕실과 을사늑약을 체결하고 조선왕실의 외교권을 박탈하는 한편, 조선왕실이 추진했던 보건위생개혁사업까지 관할권을 빼앗아 갔다. 그리고 일본은 당시 조선사회의 보건위생행정을 경시청, 즉 경찰이 담담하도록 했다. 합방 이후에는 경성에 경무총감부를 두고 기미독립 선언이 있기 전까지는 헌병경찰이 조선 전역의 위생사업을 담당했다. 조선의 보건위생 행정에 경찰력, 즉 강제력과 물리력이 동원된 것이다.

위생과 격리라는 것은 근대에 만들어진 제도로, 이때 위생이란 "문명사회에 걸맞은 사람들의 신체와 일상의 규범을 대표하는 말"이다. "병들지 않은 사람들의 건강을 위해, 건강한 사람이 살아가는 국토로 정화하기 위해" 병든 사람을 격리하기 위해서는 당연히 물리력과 강제력이 동반되어야 한다.* 이 과정에서 가장 심각한 탄

* 고모리 요이치 외, 『감성의 근대』, 허보윤 외 옮김, 소명, 2011, 77쪽~99쪽.

압을 받았던 것이 민간신앙 즉 무속에 바탕을 둔 의료행위였고, 이것은 일제가 조선사회의 미개함을 증명하는 증거로 활용했다.*

경찰을 동원한 일제의 이런 폭압적인 보건위생정책이 한반도에서 빠른 속도로 근대적 의료체계를 구축하게 했고, 보건위생의 수준을 높임으로써 한국사회가 근대사회로 진입하게 된 것 또한 사실이다. 이런 사실은 친일사학자들이 식민지근대화론을 주장하는 근거가 되기도 한다.

그런데 일본이 경찰력까지 동원하여 조선의 보건위생 수준을 향상시키려 한 것은 피식민지 백성들을 계몽시켜 그들의 삶의 수준을 높이려 한 것이 절대 아니다. 일제가 한반도에 침략의 발을 내딛자마자 보건위생사업부터 손을 대기 시작한 것은 한반도에 진출한 종주국 국민인 일본인과 군인들의 건강을 보호하는 한편, 식민지 지배를 용이하고 원활하게 하기 위한 것이 주된 목적이었다. 따라서 일제가 한반도에서 추진했던 보건정책 목표의 첫째는 "조선의 질병이 한반도에 거주하는 일본인들의 활동을 방해하지 않게 하는 것"이며, 둘째는 "조선인들이 일본 본토에 들어와 함부로 질병을 퍼트리도록 하지 않게 하는 것"이었다. 그리고 보건위생행정에 경찰력을 동원했다는 것은 병자를 식민지 지배질서를 교란시키는 범죄자로 취급했다는 것을 의미한다.**

한의학계에서는 일제의 한반도 강점과 함께 일본의 의료자본이 자신들의 "의료상품을 판매하기 위해 토착자본에 기초한 한의학

* 청암대학교 재일코리아연구소편, 『지식장의 변동과 공중위생』, 도서출판 선인, 2021, 황익구, 「식민지 초기 조선의 위생풍속에 대한 식민권력의 이중성」 참조.
** 전우용, 『현대인의 탄생』, 이순, 2012, 74~75쪽.

자체를 말살할 필요"가 있었다면서 그 결과로 한의학은 "철저히 탄압받고 소외되었다."라고 주장한다.*

일제가 당시 식민지 조선에 도입한 의사면허제도는 의사와 의생을 구분했을 뿐 의생(한의사)의 의료업에 대한 탄압은 없었다. 기존의 전통 의료체계를 정리했을 경우 대체할 만한 마땅한 의료자원이 없었기 때문이다, 해방될 무렵인 1943년에 이르러서도 한국인 의생의 수는 3,337명으로 의사 수 2,618명에 비해 여전히 높은 비중을 차지하고 있었다.** 반면 일본에서는 정규의과대학을 졸업하고 의사면허를 가진 사람에 한해서 한의사 자격을 취득할 수 있게 하였으므로 전통의 한의사에 대한 압박이 조선에서보다 훨씬 더 강했음을 알 수 있다.*** 한의학과 의학이 일원화되어 있는 일본과 달리 우리의 공식의료체계가 지금도 의학과 한의학으로 이원화되어 있는 이유가 바로 이 때문이다.

일제가 식민지 조선을 통치하기 위해 동원한 수단은 의술이라는 당근과 법률이라는 채찍이었다. 헌병과 경찰을 동원하여 무자비한 탄압을 가하는 한편, 근대적 의술이라는 당근을 통해 피식민지 백성을 유혹했다. 병이 들어도 단골집만 부리나케 드나들며 굿을 하던 조선 민중들의 생활습관은 한국 민족이 미개하다는 증거로 활용했고,**** 근대식 의료서비스 혜택을 받을 수 있는 사람은 일제의 통치에 순응하는 소수의 상층부로 제한한 것이다. 그렇다고 해서

---

* 조헌영 외, 『한의학의 비판과 해설』, 소나무, 1997, 264쪽.
** 대구광역시 의사회, 『대구시 의사회 50년사』, 1998, 78~79쪽 참조.
*** 오쓰카 야스오, 같은 책, 44쪽.
**** 일제가 한반도를 강점하는 과정에서 한(漢)의학을 조선의 미개함과 후진성을 대표하는 상징으로 삼았다는 주장이 있다. 메이지 유신 전에는 일본도 한(漢)

근대식 의료서비스에 접근할 수 없었던 대다수 사람들의 건강을 의생(한의사)들이 책임진 것도 아니다. 일제강점에 의해 의생이란 호칭으로 바뀌게 된 의원(한의사)들도 그 이전에는 왕실과 사대부를 위한 의원들이었지 병들고 굶주린 민중들이 손을 뻗치기에는 너무 높은 곳에 있었다. 해방 직후 4·3 사건이 일어나기 직전, 콜레라가 돌던 제주도를 겪었던 소설가 현기영의 기억은 이렇다.

> 이웃 간에 왕래가 드물어지고 밖에서 놀던 아이들은 죄다 집안으로 불러들여졌다. 특히 어린아이의 사망률이 높은 병이라, 어린 것 데린 집에서는 여간 불안한 것이 아니었다. 내가 걱정스런 할머니는 "관세음보살"을 늘 입에 달고 있었다. 한번은 뭘 잘못 먹었던지 종일 설사를 하여 할머니를 놀라게 한 적이 있었다. 혹시 그 병이 아닌가 하고 질겁을 한 할머니는 내 항문을 까서 묵은 간장 끓인 것을 집어넣고 미주알이 빠져나올까봐 불에 구운 짚신짝으로 꾹꾹 지져댔다. 어찌나 뜨겁던지 아직도 그 일을 생각하면 미주알이 뻐근해진다. 호열자에 걸리면 미주알이 빠져나오고 고름 같은 똥이 줄줄 샌다고 했다.
>
> - 현기영, 『지상에 숟가락 하나』 중에서

이게 어찌 해방 직전 제주도만의 사정이었겠는가. 그나마 형편이 좀 나은 사람은 단골집으로 달려가서 부적이라도 사 왔을 것이다.

의학 중심의 의료체계를 운용하고 있었고, 메이지 개혁 이후에는 양한방이 통합된 형태로 운용되었으므로 일본 제국주의자들이 조선의 한의학 체계를 미개의 상징으로 삼기는 어려웠을 것 같다.(연세대학교 의학사 연구소, 『한의학, 식민지를 앓다』, 아카넷, 2008, 61쪽 참조)

해방된 이후에도 의료서비스의 체계장벽은 높았다. 죽더라도 주사 한번 맞아보고 죽는 것이 소원이었던 사람들이 즐비했다. 그런 사람들을 상대로 재물을 챙긴 의사들을 사람들은 '허가받은 도둑놈'이라 불렀다.

전광용(1919~1988)의 『꺼삐딴 리』는 일제강점기부터 개복수술에서 최단시간을 자랑하던 손재주 하나로 일제강점기 때부터 시작하여 전쟁통에도 남북을 넘나들며 절묘하게 명줄을 이어가며 부와 명예를 누리며 살던 의사 이인국의 일대기를 다룬 단편소설이다. 일제강점기에는 잠꼬대까지 일어로 하던 황국신민이었고, 소련군이 진주한 북한에서 다 죽어가는 청년을 사상범이라는 이유로 진료를 거부했다가 민족반역자로 철창신세를 지게 되지만 감옥 내에 감염병이 돌면서 의사라는 이유로 기사회생하여 응급치료실에서 일을 하게 되고, 이어 소련군 장교의 얼굴에 붙은 혹을 깔끔하게 손봐주는 대가로 '꺼삐딴 리' 라는 칭송을 들으며 호사를 누린다. 1.4 후퇴 때 청진기가 든 가방 하나와 제국대학 수석졸업 상품으로 받은 18금 회중시계를 챙겨 남측으로 넘어온다. 그렇게 우여곡절 끝에 넘어온 남한에서 의사생활을 하면서 "대학을 갓 나와 임상경험도 신통치 않은 것들이 미국에만 갔다 오면 별이라도 딴 듯이 날치는 꼴이 눈꼴 사나왔" 던 이인국 박사도 결국 미국행 비행기에 몸을 싣는다. 미국 브라운 대사에게 상감진사 고려청자 화병을 헌납한 대가로….

우리나라에서 의료보험제도가 법제화된 것은 1963년이고, 1977년에 부분 시행에 들어가서 1988년 가서야 전국민을 대상으로 하는 국민의료보험제도가 완성된다. 한반도에 근대의학이 들어오고

의료보험제도가 완성되기까지 100년의 세월이 걸린 거다. 그나마 사회보장제도라기보다는 언 발에 오줌 누기식의 의료비할인제도에 불과하다는 비판에 시달려 왔다. 21세기가 밝아 오고서야 비로소 의료보험제도에서 보장성 확대가 이루어지기 시작한다.

국민은 건강하게 살 권리를 누리고, 정부는 국민의 건강권을 위하여 적절한 의료서비스를 제공해야 할 의무를 가지는 것이 근대 국가의 사회복지 철학이다. 그런데 우리 사회에서 아직도 의료혜택, 의료시혜라는 말이 떠돌고 있는 것은 선택된 소수에게만 혜택을 주던 식민의학의 잔재라고 보아야 할 것이다. 식민의학에 의해 길러진 의사들의 특성을 알제리의 독립운동가요, 정신과 의사인 프란츠 파농(Frantz Fanon, 1925~1961)은 이렇게 설명한다.

> 바로 이것(의료서비스)이 우리가 이 나라 백성들에게 베풀어 준 것이다. 이 나라는 하나에서 열까지 모두 우리에게 신세를 지고 있다. 만약 우리가 아니었더라면 이 나라는 엉망진창이 되었을 것이다.*

한국의 의사들은 우리가 없으면 어떻게 되는지 한 번 보라고 하면서 곧잘 집단행동을 일으키기도 한다. 2000년 의사대란과 2021년 의과대학생들의 국가고시 집단거부가 그 사례다. 이들의 집단행동에 정부는 번번이 무릎을 꿇었다. 저들이 없어서 일어나는 사태는 모두 정부의 책임으로 돌아가기 때문에….

* 프란츠 파농, 『몰락하는 식민주의』, 성찬성 옮김, 한마당, 1979, 111~112쪽.

계시와 객관성

근대시민사회가 중세봉건사회와 다른 점을 꼽아보면 첫째, 왕조국가에서 시민이 주권자가 되는 정치체제의 변화가 일어나고 그에 따라 신분제도가 철폐되는 것, 둘째, 농업중심에서 공업 중심의 산업으로 경제체제가 재편되는 것을 꼽을 수 있다.

인류의 역사에서 서구 유럽사회가 다른 지역보다 먼저 시민사회로 전환하였고, 앞선 과학기술을 기반으로 먼저 산업구조를 공업 중심의 경제체제로 재편한 것은 사실이고, 그런 체제의 변화가 인류 문명의 진보에 기여한 이상 비서구권 국가들이 앞다투어 서구사회를 따라가려는 현상은 자연스런 현상이라고 볼 수도 있다.

하지만 서구 유럽사회가 15~6세기까지는 학문이나 기술 등 모든 분야에서 동아시아 또는 중동 문명권에 비해 후진성을 면하지 못하고 있었다는 것은 많은 역사학자들이 인정하는 객관적 사실이다. 영국의 수학자이자 철학자인 화이트헤드(Alfred North Whitehead, 1861~1947)는 근대 이전까지 "중국의 문명은 위대한 문명이며 세계 최고의 문명"이라고 격찬한 바 있고*, 중국의 과학과 문명에 대한 방대한 기록을 남겼던 조셉 니덤(Joseph Needham, 1900~1995)은 서구의 근대를 앞당기게 했던 베살리우스나 갈릴레오, 코페르니쿠스 같은 인물이 유럽인이었다는 것은 민족 본래의 우수성 때문이 아니라, 순전히 환경요인에 의한 것이라고 평가한다. 그리고 인류 최고

* 화이트헤드, 『과학과 근대세계』, 오영환 옮김, 서광사, 2014, 24쪽.

의 3대 발명품이라고 할 수 있는 인쇄술, 화약, 자석 중 어느 한 가지도 유럽에 기원을 가진 것은 없지만 유럽의 역사가들은 이 사실을 지적하는 "단 한 줄의 각주조차 남기지 않았다."면서 자신의 고향인 유럽사회의 지식풍토를 통렬하게 비판했다.*

우리 민족이 중국 문화권의 영향에 있었던 것은 사실이지만 온 세계에 자랑할 만한 우리 민족 고유의 독창성과 창의성을 갖춘 문화도 즐비하다. 훈민정음이야 말할 필요도 없고 세계 최초의 목판인쇄물과 금속활판인쇄물은 우리 민족의 기술로 이루어낸 성과물이다. 하지만 외세의 강압에 의해 시작된 20세기 근대화 과정은 어떤 면에서 우리 자신에 대한 최소한의 자부심도 가지지 못하고, 열등 콤플렉스에서 헤어나지 못한 채 정체성 혼돈을 겪은 한 세기라고도 할 수 있다.

한의학계는 한의학 혹은 중의학이 근대의학과 다른 점을 설명할 때 중국의 고대철학에 뿌리를 둔 학문체계로 인간의 몸을 세포나 장기의 조합으로 보는 서구의학과 달리 인간을 소우주로 파악하는 전일적 의료체계라고 설명을 한다. 한의학의 인체 소우주론, 즉 천인감응론天人感應論은 한漢의학 이론과 사상 배경이 되는 『황제내경』에 자세히 기술되어 있다.**

그런데 이 천인감응론이 중국 고대철학에만 고유한 사상인가 하면 꼭 그런 것은 아니다. 근대의학, 즉 서구의학의 태생지라고 할 수 있는 고대 그리스의 인체관도 천인감응론과 큰 차이가 없다. 차

---

* 조셉 니덤, 『중국의 과학과 문명 I』, 이석호·이철주·임정대·최인순 옮김, 을유문화사, 1998, 10쪽.
** 『황제내경-영추』, 「사객편」.

이가 있다면 하늘과 인간, 신과 인간의 관계란 차이 정도이다.

플라톤(Platon, BC 427~BC 347)은 인간의 몸은 신의 형상을 본떠 만들어진 것으로 머리가 둥글고 몸의 제일 위쪽에 있는 이유는 우주의 혼을 모방한 인간의 혼이 담겨있는, 그리하여 가장 신적인 것이 머리이므로 몸의 주인 노릇을 하기 위함이라고 했다.* 그리고 각 신체 장기의 생성과 기능을 우주의 생성 원리에 견주어 질병이란 몸을 구성하는 요소들의 균형과 조화의 상실에서 비롯된 것이라 설명한다.** 따라서 동아시아 문화권의 건강과 질병의 개념과 큰 차이가 없다.

> 몸을 구성하는 것들로 네 가지 것, 즉 흙·물·불·공기가 있는데, 이것들의 자연의 이치에 어긋난 지나침과 모자람, 그리고 그것들의 제자리에서 다른 자리로 옮겨감, 또한 불 및 그 밖의 다른 것들에 하나 이상의 종류들이 있는 탓으로 각각이 자기에게 적합하지 않은 종류를 받아들이는 것, 그리고 그와 같은 유의 모든 것 또한 갈등들과 질병들을 생기게 합니다.

17세기 이후부터 서구 사회는 동아시아 문화권과는 다른 방식으로 진보, 발전해 나간다. 신의 계시에서 자유로운 논리적, 계산적, 합리적 사고를 하기 시작한 것이다. 그래서 신의 계시가 아닌, "인간의 이성에 근거한 자연상"을 그리며 "사회와 문화를 개조"한다.

---

* 플라톤, 『플라톤의 티마이오스』, 박종현·김영균 역주, 서광사, 2000, 121~122쪽.
** 플라톤, 같은 책, 230쪽.

그 자연상은 하늘이나 신의 뜻이 아닌 "객관적 사실로써 우주법칙"이며, 인간의 몸도 그 대상이 된다.* 객관성이라는 개념이 신화적 사유는 물론 신학적 사유까지 밀어내게 된 것이다.

중세 봉건사회의 귀족들과는 다른, 근대인이란 "객관적인 진술의 조합으로서의 자연과학이라는 개념을 지식의 이상"으로 설정하는 사람을 말한다.**

그런데 서구 사회에서 신의 계시 대신에 객관성을 신봉하게 된 계기는 그들의 지적 수준이 높아서가 아니라 잔인하게 그리고 지겹도록 유럽대륙을 휩쓸고 지나간 페스트의 영향이었다. 유럽에서 신의 계시에 복종하던 "역사의 연속성이 완전히 파괴"되고, 대신 객관성을 신봉하는 '근대인'이라는 개념이 생기기 시작한 것은 1348년이다.*** 그해는 유럽에서 페스트가 창궐하기 시작한 시점이다.

---

* 찰스 길리스피, 『객관성의 칼날』, 이필렬 옮김, 새물결, 1999, 168쪽.
** 마이클 폴라니, 『개인적 지식』, 표재명, 김봉미 옮김, 아카넷, 2001, 40쪽.
*** 다치가와 쇼지(立川昭三), 『病氣の社會史』, 岩波書店, 2020, 65쪽.

2부
의술

검은 죽음이 잉태한 근대인

마카브르macabre, 죽음의 승리

조선이 개국할 무렵인 1348년, 조선의 반대편 유럽에서는 중앙아시아, 중국, 인도, 중동을 중심으로 번지기 시작한 감염병, 페스트가 이탈리아 시칠리아섬까지 번지더니, 이후 이탈리아 전역을 휩쓴 뒤 프랑스를 거쳐 유럽 전역으로 확산하고 있었다. 한반도에서는 새로운 시대가 열릴 때 유럽에서는 한 시대의 몰락이 시작된 것이다.

페스트보다는 '흑사병〔Black Death〕'이라는 이름으로 더 많이 알려진 이 병은 감염자의 썩어가는 살덩이가 죽기 얼마 전부터 새까맣게 검어진다는 데서 붙은 병명〔Pestis Atra〕으로, 십자군전쟁에서 귀환하는 배에 동승하여 서식하던 들쥐들에 의해 이탈리아 시칠리아섬에서 감염이 확산되면서 온 유럽으로 퍼져나간 것으로 추정하고 있다. 그렇게 시작된 유럽의 페스트는 무려 3세기 동안 유행과 재유행을 반복하면서 당시 유럽 인구의 1/3 가량을 절멸시켜 버릴 정도로 유럽 전역을 폐허처럼 만들어 버렸다. 이 시기에 유럽사회에는 '마카브르macabre' 라는 낯선 단어가 등장했다. 죽음을 표현하는 이 단어에는 "환각적이고 환상적인 새로운 요소, 즉 무시무시하고 두려운 유령들의 영역에서 나온 하나의 전율이 뒤섞인다."*

유럽에서 14세기에 시작된 흑사병은 확산과 재확산을 거듭하다가 17세기에 이르러서야 가까스로 잦아들게 되는데, 이때까지도 사람들은 그 병의 실체를 전혀 몰랐다. 예르생(Alexandre Emile John Yersin, 1863~1943)이 페스트균Yersinia Pestis을 발견한 것은 1894년이고, 쥐벼룩이 흑사병을 옮긴다는 사실이 규명된 것은 그로부터 몇 년 뒤의 일이다. 흑사병이 어떻게 해서 유럽에서 창궐하여 300년이 넘는 긴 시간 동안 유행과 재유행을 반복했는지, 또 치료약도 예방주사도 없었을 뿐 아니라 병원체가 무엇인지도 모르던 시절에 어떻게 해서 그 병이 저절로 잦아들었는지 그건 아직도 풀어야 할 의학사의 숙제로 남아있다. 십자군전쟁을 페스트의 원인으로 꼽는 것도 하나의 설에 불과하다. 전쟁의 상대였던 이슬람권 아랍인들은 페스트에 큰 영향을 받지 않았기 때문이다.**

2020년 벽두부터 3년째, 온 세상 사람들이 얼굴의 반을 잃어버린 채 코로나 블루에 시달리고 있다. 감염병을 일으키는 바이러스, 세균의 실체와 발병 기전이 속속들이 밝혀져 있고, 예방백신이라는 무기까지 들고 있는 데다, 정부의 방역 책임자가 매일 일정한 시간

---

* 호이징가, 『중세의 가을』, 최홍숙 옮김, 문학과지성사, 2007, 173~174쪽.
** 에곤 프리델, 『근대문화사 I』, 변상출 옮김, 한국문화사, 2015, 131쪽.

에 국민들에게 상세한 보고를 하고 있고, 능력이 출중한 의료진들과 최첨단장비가 갖추어진 의료기관들이 늘어서 있는 세상에 살고 있는 21세기의 인간들도 눈에 보이지도 않는 미생물의 공격에 이리 무기력한데, 하물며 영문도 모른 채 처참한 몰골로 죽어간 주검들이 수도 없이 길거리에 내버려져 있는 광경을 목격한 중세 유럽 사람들의 처지가 어떠했을지는 충분히 상상이 가능하다.

> 귀족이나 성직자, 부유한 상인들은 시에서 피신했고, 남은 자들은 취향에 따라 술에 취하거나 간음하거나 지하실에 숨어들었다. 자기 삶이 고통스럽게 몇 주 이상 계속되리라고 믿었던 이는 없었다. 기다릴 미래가 없고 자신이 관여하는 모든 것이 사라질 위협에 처한 상황에서 중세인이 어떻게 책임감 있게 행동하리라고 기대할 수 있겠는가? 정직과 예의, 침착성이 모두 사라지지는 않았지만 찾아보기 힘든 경우도 있는 법이다. 적어도 파리에서는 공중도덕과 개인의 도덕이 완전히 붕괴되었다고 볼 수 있다. 이는 흑사병이 그 피해자들에게 내린 적지 않은 형벌이었다.*

죽음이 삶을 압도하는 시대, 암울한 한 시대를 넘어가는 방법은 '죽음을 기억하는 것(Memento mori)'과 '오늘을 즐기는 것(Carpe Diem)'뿐. "방탕과 방종은 두려움에 떠는 사람들이 원기를 돋우기 위해 어둠 속에서 휘파람을 불고 술을 마시는", 일종의 심리적 방

---

* 필립 지글러, 『흑사병』, 한은경 옮김, 한길사, 2004, 106~107쪽.

어장치였다.*

무지막지한 괴질에 대한 무지로 말미암은 집단 공포는 사제를 중심으로 한 종교권력의 권위에 의해 유지되어 오던 중세 유럽의 근엄한 사회질서를 뿌리째 흔들어 놓았다. 하루 앞을 기약할 수 없을 정도로 삶은 불확실한데, 처참한 죽음은 너무나 확실하게 현실적인 문제로 다가와 있지만, 이 참담한 현실에 대해 납득 가능한 설명은 어디에서도 들을 수도 없는 데다 어디에도 손 내밀 데가 없고, 손 내밀어 주는 이도 없다면 사람들은 어떤 선택을 하게 될까.

죽음의 행렬은 끝도 없이 이어지는데 죽음을 피할 수 있는 유일한 방법이라고 내주는 처방은 회개와 기도뿐. 인간의 몸은 죄의 원천이고, 역병은 신의 천벌을 받은 것이라며 죽어가는 환자들에게까지 채찍질을 하던 수도원의 사제들,** 그러면서도 정작 자신에게 화가 닥칠까 두려움에 떠는 초라한 모습에다 보통 사람들과 하나 다를 바 없이 역겹고 혐오스런 모습으로 죽어가는 사제들의 비굴함과 나약함, 그리고 위선….

결국 유럽 전역에 금욕적 세계관이 붕괴되고 사제들과 성직자들에 대한 조롱과 신성모독이 페스트만큼이나 빠르고 넓게 번졌으며, 극도의 한탄과 불행에 빠져 신성한 것, 인간적인 것, 또는 법도의 권위에 대한 경의가 땅에 떨어지고 와해되어 버렸다. 대신 신이 만든 세계에 대한 합리적 의심을 하기 시작한 인간이 태어나기 시작했다. 그가 바로 근대인인 휴먼Human이다

* 필립 지글러, 같은 책, 338쪽.
** 필립 지글러, 같은 책, 112쪽.

모든 질병은 그 병을 앓는 사람을 측은하게 만듦으로써 그 곁을 지키는 사람에게 연민과 동정심을 유발하지만, 감염병은 그 반대다. 혐오와 편견을 부추겨 연민과 동정심에 뿌리를 둔 이웃들 사이의 연대를 파괴시킨다. 게다가 다른 질병과 달리 전염병은 동시다발하는 특성에다 확산 가능성까지 더하여 사회체제의 불안과 질서의 교란을 부추기고 사회를 지탱하는 데 있어 가장 중요한 개인의 일상을 마비시켜 버리는 괴력을 가지고 있다. 당연히 삶이 불안정해지고 그에 따른 원망과 보복심리가 꿈틀거리게 되고, 사태를 진정시켜야 할 책임이 있는 자들은 대중들의 원한이 자신들을 표적으로 삼을까 졸렬한 음모를 꾸미기도 한다. 보복의 대상은 언제나 그 사회의 소수자들이거나 사회적 약자들이다. 코로나 대유행으로 미국에서 아시아계 사람들이 혐오범죄의 표적이 되듯이….

페스트가 창궐할 무렵 유럽에서는 나병 환자들이 우물에 독을 풀었다는 소문이 돌면서 나병 환자들이 집단으로 화형을 당하는가 하면, 사제들은 유대인들이 기독교 어린이를 납치하여 신성모독을 했다거나, 기독교 마을의 우물에 독을 풀었다는 소문을 퍼트리기도 했다. 스페인의 키프로스 섬에서는 이슬람계 노예와 죄수를 몰살시키는 일도 있었다. 기독교인들이 떠난 자리에 그들이 대신 섬을 지배할지 모른다는 우려 때문이었다고 한다.* 그런다고 해서 밑바닥

* 수잔 스콧, 크리스토퍼 던컨, 『흑사병의 귀환』, 황정연 옮김, 황소자리, 2005, 49쪽.

에서부터 흔들린 사회질서가 쉽게 안정을 찾기는 어려웠을 것이다.

유럽에서 흑사병이 창궐하던 혼란과 공포의 시기를 침울한 멜랑콜리로 가득 차 있는 '중세의 가을' 이라고 표현했던 네덜란드 역사가 요한 호이징가(Johan Huizinga, 1872~1945)는 "모든 시대에는 이성적 삶에 이르는 세 가지 길" 이 있다고 했다.*

첫째는 현 세계에 대한 거부와 함께 저세상에서 행복을 찾는 기독교적 세계관이며, 둘째는 "삶에 대한 두려움이 용기와 희망으로 바뀌는 시대"를 여는 혁명, 셋째는 "보다 아름다운 세계로 이르는 제3의 길" 인데, 이 길은 "가장 쉬우면서도 가장 허구적인 꿈의 길" 이다. 종말론과 허무주의가 기승을 부리던 중세의 가을에 죽음의 공포에서 벗어나 희망과 기쁨, 행복으로 이어지는 허구적인 꿈의 길을 연 사람들이 있었다. 그 길을 연 사람들은 성직자도 귀족도, 정치가도 아닌, 박학자와 인문주의자들이었다.

이들은 인간이 신의 계시에 따라 삶과 죽음이 결정되는 신의 피조물이란 믿음에 의문을 품는다. 그리고 인간이 신의 피조물이 아니라면 인간이란 어떤 존재인가에 대한 근원적인 의문을 가지게 된다. 이 의문에 대한 답은 페스트라는 대재앙이 닥쳐도 대책은커녕 현상에 대한 설명조차 해 줄 수 없는 신학이나 성경에서는 찾을 수 없었다. 그래서 이들이 주목한 것은 기독교의 영향을 받지도 않았고 종교권력에도 물들지 않은 고대 그리스 로마의 문화와 사상이었다. 과거에서 대안을 찾아 현재에 재생, 부활하게 하여 결과적으로 미래로 나아갈 길을 개척하게 된 것이다.

---

* 호이징가, 『중세의 가을』, 최홍숙 옮김, 문학과지성사, 2007, 46~47쪽.

신의 계시로부터 자유로운 인간으로 살아가기 위해서, 자신의 욕망과 자신의 능력을 충족할 수 있는 그런 능력을 갖출 수 있는 인간이 되기 위해서 고대의 사상과 문헌을 섭렵하며 교양 수업을 한 이들을 역사에서는 인문주의자들이라 부르고, 이들의 사상을 휴머니즘이라 한다. 그리고 이들이 주도한 문예부흥 운동을 르네상스라 부르고 있다.

천상에서 지상으로

종교권력이 지배하던 중세 사회에서 인간은 신의 창조물이었고, 그런 인간의 몸은 "영혼의 천박한 부속품" 이거나 "불사의 영혼을 둘러싼 외피" 에 불과한 것으로 간주했고, 육체란 "송충이나 구더기를 위한 먹이" 에 지나지 않는 것으로 "육체로서의 인간은 부정" 했다. "육체는 영혼의 그림자" 일 뿐이었다.* 그리고 인간의 자율적 의지라는 것을 생각하는 것 자체가 불가능했다. 인간을 포함한 지상의 모든 생명체는 신의 계시에 의해 계획되고 구축된 우주 질서에 복종해야만 했기 때문이다. 이런 견고한 질서에 타격을 가하여 균열이 생기게 만든 것은 인간의 지성이나 이성의 능력이라기보다는 눈에 보이지도 않는 미물인, 페스트균이었다.

사회의 짜임새가 변했다. 새로운 출구가 생겼으며 늙은 귀족들은

---

* 에두아르트 푹스, 『풍속의 역사 II-르네상스』, 이기웅·박종만 옮김, 까치, 1986, 2쪽.

대개 죽고 신흥부자들이 그 자리를 대신했다. 기사도와 예의는 사라지고 예절은 조아하고 거칠어졌다. 의상의 세련미도 사라졌다. 행정력과 교회는 거의 불구가 되었으며, 무지하고 무능하고 정직하지 않은 사람들 수천 명이 급작스럽게 자기능력 이상의 권위 있는 자리로 가게 되었다. 한마디로 말해 전체 인구가 '탄환충격'을 받았으며 이 상태에서 그들은 오랫동안 헤어나질 못했다.*

흑사병의 창궐이라는 보건위생상의 사태로 인구가 급감하면서 유럽의 경제 체제가 장원 중심의 농업경제에서 상업으로 전환하게 되었고, 장원 체제에 기반을 둔 교회의 영향력도 급격하게 쇠퇴하기 시작했다. 대신 도시의 상인들을 중심으로 한 중산층이 급부상했다. 흑사병이라는 괴질을 겪으면서 정치 질서와 경제 질서가 급변하게 됨에 따라, 그에 반사적으로 물질적 기반을 가지게 된 도시 중산층들은 내세의 행복보다는 현실적인 행복에 천착하기 시작했다.

유럽에 페스트가 창궐하지 않았더라면 보카치오(Giovanni Boccaccio, 1313~1375)가 『데카메론』을 저술할 일은 없었을 것이다. 『데카메론』은 페스트가 휩쓸고 있던 이탈리아 피렌체에서 정숙한 부인 일곱 명과 청년 세 명이 열흘 동안 주고받은 '이야기'를 기록한 것이다. 그 이야기는 "성직자나 철학자가 모이는 곳이 아니라, (페스트를 피해) 그저 기분을 전환하는 정원에서, 젊지만 성숙하고 이야기에 휘둘리지 않는 사람들 사이에서" 나온 이야기들이다. 이야기의 주인

* 필립 지글러, 같은 책, 343쪽. 역자는 '탄환충격'은 폭탄으로 인한 기억력과 시각상실증을 일컫는 말이라고 주석을 달았다.

공들은 죽음 이후의 세계에 대해서는 관심이 없고, 음란, 방탕, 방종에 대한 죄의식도 없다. 그저 육체적 쾌락을 즐길 뿐이다. 육체적 쾌락에 탐닉하는 인물에는 사제, 수도사, 수녀들이 빠지지 않는다.

페스트라는 감염병으로 곧 죽어 없어질 위기에 내쳐진 사람들이 지상의 쾌락을 즐기기 위해서는 지금 이 순간에 건강하게 살아 있는 몸이 필요하다. 그래서 고대 그리스 로마 문화에서 영감을 얻은 인문주의자들의 시선이 제일 먼저 머문 곳은 인간의 몸이었다. 흑사병으로 시커멓게 썩어가는 인간의 육체를 보면서 천상의 행복 대신 지상의 행복을 위한 도구로써 건강한 인간의 몸을 예찬하기 시작한 것이다. 당시 유럽사회를 지배했던 〈죽음의 승리〉가 가져 온 놀라운 변화 중의 하나가 건강한 육체미의 예찬이었고, 화가들은 그중에서도 생명과 영양의 원천인 여성의 유방에 주목했다.

> 회화에서 유방의 아름다움이 르네상스 시대만큼 감격적으로 묘사된 시대는 없었다.*

페스트로 촉발된 몸에 대한 유럽 부르주아들의 관심은 기존에는 생각조차 할 수 없었던 새로운 학문을 창조했다. 모사 수준의 회화를 뛰어넘은 해부학이다. 르네상스 운동의 중심지였던 플로렌스에는 의사, 약사, 화가, 연금술사들이 같은 조합에 소속되어 활동했고, 이 조합에는 화가이면서도 해부학자라고 불러도 손색이 없을 레오나르도 다빈치(Leonardo da Vinci, 1452~1519)가 있었다.

---

* 에두아르트 푹스, 같은 책, 19쪽.

레오나르도 다빈치는 동물 해부는 물론 30구 이상의 사체를 해부한 것으로 알려져 있고, 자궁 속 태아의 모습을 사실적으로 그려 낸 최초의 인물이기도 하다. 당시 대부분의 학자들이 권위 있는 저술가들의 서적에 의지하고 있을 때, 레오나르도 다빈치는 책에서 얻는 지식에 대해서는 무관심했다. 라틴어는 물론, 그리스어도 잘 몰랐던 탓도 있지만, "인생의 목표가 보는 법을 아는 것"이라고 할 정도로 어떤 지식이라도 자신의 눈으로 확인하지 않은 것은 받아들이지 않았다. 그가 규정한 미술가의 임무는 "더 철저하게, 더 열정적으로, 더 정확하게 눈에 보이는 세계를 탐구하는 것"이었고, 그가 얻은 지식은 책이 아니라 실험과 관찰을 통해서 얻은 것들이었다.*

그가 미술 분야에서 이룩한 성과는 동아시아 문화권에서는 생각조차 할 수 없었던 해부학이라는 새로운 학문영역을 개척하는 기초를 마련하는 데 있다. 중세의 금기를 깨고 인간의 몸을 열어본 뒤, 인류 최초의 해부학 교과서라고 할 수 있는 『인체의 구조에 대하여』(De Humani Corporis fabrica)를 저술했던 이탈리아 파도바대학 해부학 교수, 안드레아스 베살리우스(Andreas Vesalius, 1514~1564)는 레오나르도 다빈치가 활동했던 조합에 소속되어 있던 인물이다. 베살리우스의 해부를 통해 얻은 결과물들을 화폭에 담은 칼카르(Jan Steven van Calcar, 1499~1546)와 그의 스승 티치아노(Tiziano Vecellio, 1488~1576)는 전부 레오나르도 다빈치가 활동했던 조합에 소속되어 있었다.

유럽의 흑사병은 당시 유럽의 지식인들에게 기존의 질서와 세계관에 대한 합리적 의심을 부추겼고, 인문주의자들의 합리적 의심은

---

* E. H. 곰브리치, 『서양미술사』, 백승길 · 이종숭 옮김, 예경, 2007, 293~294쪽.

해부학이라는 실증적 지식을 무기로 인간의 몸에 대한 신학적, 종교적 개념을 전복시켜 버렸다. 르네상스로 촉발된 해부학의 발전은 종교개혁에 이어 과학혁명으로 이어지는 근대의 물꼬를 튼 사건이라고도 할 수 있다. 태양을 중심으로 지구가 돈다고 한 코페르니쿠스(Nicolaus Copernicus, 1473~1543)의 『천체의 회전』이 발간된 것은 공교롭게도 베살리우스의 『인체 구조에 관하여』가 발간되던 것과 같은 해인 1543년이었다.

개인주의

르네상스 시대에 개척된 해부학이란 학문은 현대의 의과대학생들이 의사가 되기 위한 기초지식을 다지는 정도의 편협한 성격의 학문이 아니었다. 당시의 해부학은 의학보다는 예술, 특히 회화(초상화)에 기여한 바가 더 컸고, 무엇보다 시민들이 중세의 교회권력과 귀족계급에 필적할 수 있는 지적 능력을 갖추기 위한 교양수업 중에 가장 중요한 과목 중의 하나였다.

렘브란트(Harmensz van Rijn Rembrandt, 1606~1669)의 그림, 〈니콜라스 툴프 박사의 해부학 강의〉(1632)는 이 당시 유럽사회의 분위기와 해부학 수업이 가지는 의미를 사실적으로 증명하고 있다. 창백한 시신을 둘러싼 채 직접 해부를 하면서 설명을 하는 툴프 박사의 강의를 열심히 듣고 있는 사람들은 얼핏 보아도 앳된 모습의 의과대학학생들이 아니다. 수염이 텁수룩하고, 백발이 성성하기까지 한 성인들이다. 해부된 시신을 호기심에 찬 시선으로 들여다보고 있는 무리들 뒤편에 한 사람이 책을 들고 있는데, 그 책이 베살리우스의 『인체 구조에 관하여』이다. 당시 해부학 서적은 의과대학생들의 전공서적이 아니라 시민들 누구나 볼 수 있고, 보고 싶어 했던 교양서적이었던 것이다.

해부학 수업에 여념이 없는 이들은 페스트로 말미암아 장원경제가 몰락하고 그 여파로 재력과 함께 신분이 급상승한 도시의 상인계급, 금융업자들로 이른바 도시의 중산층, 부르주아들이다. 이들이 자신들의 입지를 튼튼하게 구축하기 위해서는 당연히 기존의 질서, 즉 종교의 권위와 신의 계시라는 구속에서 벗어나야 하고, 교양은 성직자들과 귀족들만 가질 수 있는 것이란 편견을 부수어야 한다. 그러기 위해서는 자기수양과 함께 신으로부터 독립된 인간 그 자체에 주목할 수밖에 없다.

베살리우스로부터 시작된 해부학은 새로운 학문영역을 개척했다는 데 머무는 것이 아니라 서구사회에서 인간에 대한 선입견 없는 연구를 가능케 하여 인간이 신의 의지에 따라 창조된 피조물이 아님을 입증하는 근거가 됨으로써 중세의 인체관과 결별하게 했다는 데 큰 의의가 있다. 거기에 더하여 코페르니쿠스가 지구가 태양을 중심으로 돈다는 사실을 증명하게 되면서 중세 유럽을 지배했던 사고와 질서를 뒤흔들어 놓게 된 것이다.

동아시아 문화권에서는 볼 수 없었던 서구사회의 개인주의가 출현하는데 해부학은 결정적인 역할을 했다. 베살리우스의 해부학은 인간의 몸을 세 가지로부터 분리해 냈다. 첫째, 인간은 자신 안에서 (몸과 인간, 영혼과 몸, 정신과 몸 등으로) 분리되며, 둘째, (공동체적 사회구조에서 개인주의적인 구조로 이행됨으로써) 인간은 타인과 분리되며, 셋째,

우주(우주와 인간은 아무런 관계도 갖지 않는다. 우주와 몸은 서로 독립적으로 존재하며, 몸은 자신의 내적 논리에 의해 규정될 뿐이다.)에 의해 분리된 것이다.*

19세기 말엽까지 인간의 몸은 아버지가 낳고 어머니가 기르시는 것으로 알고 있었던 동아시아 문화권과 달리 서구사회의 시민들은 해부학을 통해 몸을 이해함으로써 개인이 되었고, 개인이 되면서 신의 계시에서 풀려나 자유를 얻었다. 그래서 개인이 두각을 나타내고, 개인이 출현하기 시작하는 근대 시민사회로 진입하게 된다.

난학과 일본의 근대화

서구사회가 해부학을 통해 인간 개개인이 주체로 우뚝 서는 근대사회로 진입하였듯이 동아시아 3국 중에서 고립된 섬나라로 문화 후진국으로 평가되던 일본이 가장 먼저 근대의 문을 열어젖힌 것도 해부학의 힘이다.

일본은 16세기부터 포르투갈, 스페인과 같은 유럽국가와 교류를 하고 있었고, 이들 국가의 영향을 받은 학문을 남만학南蠻學이라고 했다. 에도시대 이후에는 도쿠가와 막부가 쇄국정책을 펼치기는 하였으나 나가사키를 관문으로 네덜란드와의 교류만은 유지하였고, 이때 수입된 네덜란드의 학문과 문물을 난학蘭學이라고 하였다.

네덜란드와 교류를 통해 유럽의 문화와 학문을 수입하던 일본의

* 다비드 르 브르통, 『근대성과 육체의 정치학』. 홍성민 옮김, 동문선, 2003, 215쪽.

난학자들은 네덜란드에서 수입된 책들 중에서 네덜란드 의학자가 발간한 한 권의 해부학 서적을 만나게 된다. 독일의 해부학자 쿨무스(Johann Kulmus, 1689~1745)가 발행한 해부도보〔Anatomische Tabllen〕를 네덜란드 의학자 딕텐(Gerardus Dicten, 1696~1745)이 『Ontleedkundige Tafelen』으로 번역한 책이었다. 이 책을 다시 일본의 난학자인 스기타 겐파쿠(1733~1817), 마에노 료타쿠(1723~1803)가 3년에 걸친 각고의 노력 끝에 고유의 일본어로 번역하여 1774년에 출간한다.

이 두 난학자는 'Anatomy' 라는 외국어를 몸을 열어본다는 뜻으로 정확히 이해를 하여 해체解體라는 자국어를 만들어내고, 영어 'Table' 로 통하는 'Tabllen' 이 가진 의미를 그림책, 즉 도보圖譜라 이해를 했다. 그리하여 번역된 책을 원전에 가장 충실한 자국어로 『게이타이 신쇼〔解體新書〕』라 이름지은 것이다.

18세기 일본에서 『게이타이 신쇼』가 발간된 것은 단순한 해부학 서적 한 권이 출간된 것이 아니라 일본사회가 "서양 문명을 서양의 인간관과 함께 사회관까지 이해하는 계기가 된 문명사적 사건" 이었다. 서양 선교사들의 선교 목적이거나 일제가 침략의 교두보를 마련하기 위한 전략차원에서 이식된 한국의 근대의학과는 달리 일본의 근대의학은 일본사회를 개혁하려는 난학자들의 원대한 이상, 즉 병든 나라를 치료하려는 대의大醫의 꿈을 실현하기 위해 적극적으로 수용된 것이다.*

메이지 유신이 일어나기 훨씬 전인 18세기에 일본은 이미 자신들

* 마에다 쓰토무, 『일본사상으로 본 일본의 본질』, 이용수 옮김, 논형, 2014, 47~49쪽.

의 모국어로 전통적 사유체계와는 다른 근대의 몸과 마음을 설명할 수 있었다. 그런 난학자들의 말과 글의 힘이 메이지 유신의 원동력이기도 하고, 동아시아 3국 중에서 가장 먼저 근대사회로 진입할 수 있었던 밑거름이 된 것이기도 하다.

『소설, 동의보감』하면 제일 먼저 떠오르는 것이 허준이 스승 유의태의 몸을 해부하는 이야기다. 그런데 소설에 등장하는 유의태가 실존인물인지도 불확실하고, 실존 인물이라 하더라도 허준이 해부를 했을 가능성, 그것도 스승의 몸을 해부했을 가능성은 없다.

최남선은 우리 역사에서 최초로 해부를 했던 실지 인물로 전유형全有亨을 꼽고 있다. 그는 임진왜란 때 왜군의 시체를 여러 구 해부한 것으로 알려졌는데, 납득할 수 없는 이유로 처형당한다. 당시 세간에는 그가 시신을 해부(훼손)한 것 때문에 참형을 받았다는 소문이 돌았다고 한다.* 명분이 어떻든 시신을 훼손한다는 것은 유교국가 조선의 예법으로는 도저히 용납할 수 없는 패륜범죄였던 것은 분명하다. 그런 사회 분위기에서 허준이 사람의 몸을, 그것도 스승의 몸을 해부한다는 것은 상상하기 어렵다.

허준이 실지로 해부를 했다면 『동의보감』의 첫 장에 나오는 신형장부도에 '삼초三焦'와 '심포心包'라는 장기를 그려 넣을 수가 없고, 인체를 오장육부로 설명할 수도 없다. 오장육부에 뇌가 빠져 있기도 하거니와, 삼초와 심포는 허준이 사람의 몸을 열어 직접 본 것을 그려 넣은 것이 아니라 '거기에 있을 거라고' 믿고 있던 것을 그려 넣은 것이기 때문이다. 삼초三焦와 심포心包는 사람의 몸속에 실

---

* 최남선, 『조선상식문답 속편』, 36쪽.

재하는 장기가 아니다.

서양의학은 베살리우스 이전과 이후가 다르고, 일본의 의학은 『게이타이 신쇼』 이전과 이후가 다르다. 그러나 우리 전통의학은 허준 이전과 허준 이후, 이제마 이전과 이후의 차이가 없다. 우리의 의학이 달라지기 시작한 것은 19세기 말, 제중원이 설립된 이후부터라고 해야 한다.

근대와 모국어

중세 봉건사회에서 책을 읽는다는 것, 그리고 책을 쓴다는 것은 지금처럼 취미나 취향이라든가 자아발전, 자기계발을 위한 것과는 차원이 다른 특권층의 특권과도 같은 것이었다고 볼 수 있다. 동아시아 문화권에서 군자, 사대부, 유자란 그 신분이 자기 노력에 의해 성취되는 것도 아니지만 책을 읽을 수 있는 특권을 가진 계층이라고 해도 무방하다. 생산에 대한 책임을 지지 않고서도 책만 읽을 수 있는 시간과 여유를 가진 계층이었기 때문이고, 그리하여 그들은 세계와 그 세계를 지탱하는 질서를 해석함에 있어 특권적, 독점적 지위를 누릴 수 있었던 반면, 그 어떤 비판으로부터도 자유로울 수가 있었다. 결국 그들이 가진 권력이란 것은 문자해독 능력에서 나온 것이다. 유럽의 중세 봉건사회에서 교회권력과 성직자가 가진 힘이라는 것도 따지고 보면 라틴어를 해독할 수 있는 능력, 즉 성서를 읽을 수 있는 독점적 능력 때문에 생긴 것에 불과하다.

유럽사회에서 문예부흥이 일어날 수 있었던 배경에는 당시 교회와 성직자들이 절대적인 권력을 누릴 수 있게 했던 라틴어가 아니라 시민들이 모국어로 읽고 쓰고, 모국어로 생각할 수 있었기 때문이다.

구멍, 말뚝, 사발, 절굿공, 소시지, 순대, 악마, 지옥…. 『데카메론』에 나오는 성을 암시하는 비속어들이다. 보카치오는 『데카메론』을 쓰면서 "나만을 위해 제목도 없이 피렌체어 속어로 쓰였을 뿐 아니라 가능한 한 지극히 천하고 낮은 문체를 사용했다."고 했고, 단테(Dante Alighieri, 1265~1321)의 『신곡』도 라틴어가 아닌 이태리어로 썼기 때문에 수많은 시민들이 읽을 수 있었다.

> …읽기와 쓰기는 해방시민계층의 상징이 되었다. 이러한 글의 문화는 무엇보다도 개인의 자의식을 강화시켜 주었고 자기자신에게 몰두하게 만들었으며 또한 이제까지 몰랐던 그렇지만 신분상승에 중요한 세계들을 탐구하게 만들었다. 모든 전근대적인 행위들은 대개 집단적으로 이루어져서 일할 때나 축제를 즐길 때, 심지어 배울 때도 그러했다면 새로운 내면의 숙독과 글쓰기는 언제나 전통 공간 바깥에서 일어나는 개인행동이었다.*

근대사회의 "완전한 시민권 내지 실질적인 정신적 성원의 자격의 최저 요건"은 글을 쓰고 읽는 능력이며 이것이 최소한의 요건이었다. 근대인이란 모국어로 읽고 쓸 수 있는 능력과 함께 일정한 기

---

* 라하르트 반 뒬멘, 『개인의 발견』, 최윤영 옮김, 현실문화연구, 2007, 234쪽.

술적 능력을 갖춘, 지극히 개인적인 유형의 인물들을 일컫는다.*

췌장膵臟, 흉선胸線, 횡격막橫膈膜, 신경神經, 점막粘膜… 지금 한국의 의사들이 사용하는 전문용어를 비롯해서 우리나라에서 통용되고 있는 거의 모든 의학용어는 18세기에 출간된 일본의 『게이타이신쇼』에 나오는 일본식 한자어들이다.

'이소성 위점막', '접형동염', '불규칙한 공동성 병변', '장상피화생을 동반한 만성위축성 위염'… 이런 진단명들이 우리말임에도 불구하고 병이 깊어 몸과 마음이 위축된 아픈 사람들이 당최 이해할 수도 없고, 의사들조차 자기 전공이 아니면 쉽게 이해하기 어려운 이유는 우리 일상에서는 거의 쓰지 않는 일본식 한자어들이기 때문이다.

1910년경부터 일본 도야마현〔富山縣〕 신쓰가와〔神通川〕 유역에서 원인을 알 수 없는 통증을 호소하다 죽어가는 사람들이 집단으로 발생했다. 1960년대 말경에 이르러 괴질의 원인이 주변 광산의 폐광석에서 유출된 카드뮴 때문임이 밝혀질 때까지 일본 의료계는 이 병을 '이타이이타이병いたいいたい病'이라고 불렀다. 우리말로 바꾸면 '아파요아파요병'이다. 그리고 뇌 속의 큰 혈관이 좁아지거나 막히면서 그 주변으로 미세혈관이 자라는 병을 '모야모야Moyamoya병'이라고 한다. 처음 일본 의학계에서 일본어로 보고된 병명을 알파벳으로 음역音譯하여 만국공통 진단명으로 쓰고 있다. 뇌혈관의 형상이 연기나 아지랑이가 모락모락 피어나는 모습과 비슷하다고

---

* 백낙청 엮음, 『민족주의란 무엇인가』, 「근대화화 민족주의」, 창작과비평사, 1998, 142쪽.

해서 붙여진 이름이다. 우리말로는 '모락모락병' 이 된다. 세계 최초의 원폭피폭 국가이기도 한 일본에서는 '부라부라병ぶらぶら病' 을 보고한 적도 있다. 피폭 현장에 있었던 사람으로 확인될 만한 외상은 없지만, 감당 불가능한 충격으로 의사소통도 안 되면서 그저 하릴없이 빈둥빈둥, 허둥허둥 대기만 한다고 붙여진 병명이다. 우리말로 바꾸면 '빈둥빈둥병' 이 된다. 한국의 의사가 자신이 처음으로 진단한 희귀병에다 이런 병명을 붙였다면 한국의 주류 의학계는 어떤 반응을 보일까?

일본 의료계가 이렇게 모국어로 된 병명을 붙여 세계 의학계에 발표할 수 있는 것은 의학의 수준뿐 아니라 모국어에 대한 애착과 자신감이 없으면 불가능한 일이다. 모든 주장의 근거를 외국 문헌, 그중에서도 미국의 문헌에서 찾는 한국 의료계의 풍토에서는 상상조차 할 수 없는 일이다. 고열을 동반하는 설사가 주증상인 세균성 이질을 영어식 의학용어로는 Shigellosis라고 한다. 이질균을 처음 발견한 일본의 생물학자 시가 기요시(Shiga Kiyoshi, 1871~1957)의 성姓에서 따왔기 때문이다. 한반도에 근대의학이 유입된 지 한 세기도 더 지났지만 한국 의사의 이름에서 따왔거나 순수 한국어로 된 의학용어는 내 기억에 없다.

조어·약어·잡문의 시대

우리는 단기간에 해방이 되고, 산업화를 거쳐 민주화를 이룬 민족이라는 자부심도 있지만 여전히 모국어에 대해서만은 자부심이 없는 민족이 아닌가 싶다. 근대 이전의 지식인들은 한자와 한문을 쓰면서 한글을 언문諺文이나 암클이라고 천대했다. 그나마 일제 강점기에는 일본어를 쓰도록 강요당했고, 해방 이후에도 국어보다 한자가 더 많은 국한문 혼용을 당연시했다. 최근에는 영어가 모국어를 밀어내고 있고, 신어와 조잡한 조어, 그리고 온갖 약어들이 신문 지면과 방송가에서 홍수처럼 쏟아지고 있다.

'정부, CPTTP 가입 추진 공식화', '국외 ETN 불완전판매 경고등', '새로운 가상자산 NFT', '글로벌 퍼펙트스톰 속 한국경제 위기', '한국판 플럼북', '위드코로나', 'ESG 경영', '내가 Green 지구', '마스크 쓰Go', '본캐', '부캐', '뷰카시대', '컨셉계', '케바케', '낄끼빠빠', 'KKSS', '뉴스Pick', '이슈Pick' '게임체인저', '부스터샷', '옵스큐라', '걸크러쉬', '슈퍼챗', '스몸비', '인터넷밈', '레거시 미디어', '컨텐츠 크리에이터' ….

그런데 우리 사회에 이런 조어나 약어들을 글쓴이의 부연 설명 없이 읽고 이해할 수 있는 사람들이 얼마나 될까.

"커버 스토리", "이 주의 방송 이슈-매드 몬스터 탄 컴백", "이승한의 술탄 오브 더 티브이", "인생이 항해라면 리츄얼은 등대죠", "된장과도 어울리는 발랄한 리슬링", "루이비통 남성 컬렉션 아티스틱 디렉터 버질 아블로"….

세계 최초의 국민주 언론사요, 대한민국 중앙 종합일간지 중에서 국내 최초로 한글전용과 가로쓰기를 단행한 신문이라고 자랑자랑하는 신문의 단 하루 치 신문*에 나온 기사 제목들이다. 다른 신문

* 〈한겨레 Saturday〉, 2021. 12. 25.

들이야 말해 무엇하겠는가마는 저 위의 문장들이 무슨 뜻인지 이해할 수 있는 한국 사람들이 얼마나 될까? 한글 전용이라던 신문이 언제부터 무엇 때문에 편집방침을 국영문 혼용(?)으로 바꾸었을까?

> … 현상의 몰이해와 오해 위에 축적한 식자들의 지식 생산의 포지션과 지식 재생산의 프레임에 막막해하며 '삶의 태도로서의 지식'을 새롭게 고민한다.

한글 전용에서 국영문 혼용(?)으로 편집방향을 바꾼 그 신문에 실린, 원로 사회학자의 기명칼럼이다.* 신문에 기고된 글은 왜 굳이 '칼럼'이나 '오피니언'이라고 해야 되는지도 이해하기 어렵지만, 도대체 "지식 생산의 포지션과 지식 재생산의 프레임"이라는 말이 무슨 뜻일까? 내 수준으로는 아무리 곱씹어도 이해할 수가 없어서 결국 무지몽매한 독자라는 자괴감과 열등감만 잔뜩 끌어안고 신문을 덮고 말았다.

"작가의 자조로 해석되지 않으면 도저히 이해가 가지 않는", "경박한 장난 같은 잡문들을 홍수처럼 쏟아내며", "보잘것없는 교양유희"나 즐기고 있는 기자들, 문인들, 이름 있는 대학교수들….(헤르만 헤세, 『유리알 유희 1』 중에서) 이들은 어느 시대 어느 나라 사람들일까.

> 약어는 제도화된 그 뜻만을 표시하며 초월적인 외연을 단절한다. 그 의미는 고정되고 권위화하며 장탄한다. 그것이 한번 공용어로 되

* 「조은칼럼-"살림 따라오나 봐라"」, 〈한겨레신문〉, 2021. 05. 27.

어 끊임없이 일반적 용법으로 반복되고 지식인에 의해 인정되면 그것은 모든 인식적 가치를 상실하고 단순히 이의를 제기할 수 없는 사실의 인정만으로 사용되는 것이다. … (중략) 끊임없이 이미지를 부여하는 이런 언어는 개념의 발전과 표현을 방해한다. 그것은 직접성과 지도성으로 개념적 사유를 훼방하고 사고를 훼방한다.*

지금 우리 모국어는 여전히 조선시대의 암클이나 언문처럼 천대받고 있다. 먹물들 이른바 지식인이라는 사람들은 조선시대의 유학자들처럼 말과 글로 권력을 행사하고, 그들이 약어와 조어로 범벅이 된 잡문들을 "천박하게 과잉생산" 하는 동안, 온 천지에는 말과 글의 오염으로 풍기는 악취가 진동을 하고 있다.

우리는 진정으로 근대사회로 진입했는가? 아니다. 월경이나 달거리라고 하던 것을 일본식 한자인 생리로, 개짐을 생리대로 바꾸어 쓰고, 와꾸わく를 프레임frame으로, 노리바のりば를 플랫폼Platform으로 바꾼 것일 뿐, 지식인들이 자신들의 모국어에 대해 최소한의 소양도, 일말의 긍지도 자부심도 없는 것은 나라를 망국의 길로 몰아간 조선시대의 유학자들이나 별반 차이가 없다.

그런데 모국어로 읽고 쓰고, 모국어로 생각하고, 모국어로 자기를 표현하고 드러내는 근대인은 21세기가 되어서야 교양 있는 중산층들이 모여 사는 서울이 아니라 지방 중에서도 변방인 칠곡에서 나왔다.

---

* 마르쿠제, 『일차원적 인간』, 차인석 옮김, 삼성출판사, 1979, 84쪽.

빨리 죽어야 데는데
십게 죽지도 아나고 참 죽겐네
몸이 아푸마
빨리 주거야지 시푸고
재미끼 놀 때는
좀 사라야지 시푸다
내 마음이 이래
와따가따한다

- 박금분, 「내 마음」 전문*

* 2019 다큐멘터리 〈칠곡 가시나들〉 중에서

해부학과 근대철학

르네 데카르트

• 영혼의 집, 송과샘(Pineal Gland)과 뇌실(Ventricle)

철학사에서 데카르트(Rene. Descartes, 1596-1650)를 근대철학의 선구자로 인정하고 있는 것은 인간이란 존재가 신의 계시에 따라 생각하고 행동하는 수동적 존재가 아니라, 스스로 생각하고 판단하는 '주체' 라는 사실을 선언함으로써, 인간은 신의 피조물이라는 중세적 사고를 극복할 수 있는 단초를 마련했기 때문이다. 데카르트로 말미암아 인간은 신의 계시로부터 독립된 주체성과 자율성을 가진 존재라는 지위를 확보하게 된다.

'생각한다, 고로 나는 존재한다' 로 압축될 수 있는 데카르트 사상의 배경에는 철학과는 도무지 어울리지 않을 것 같은 해부학의 영향이 컸다. 해부학이라는 실증적 학문을 통해 인간의 몸에 관한 전통적 사유를 부정하고 극복할 수 있었기에 데카르트의 철학은 가능했다. 그는 여러 학문 가운데 논증의 확실성과 명확성 때문에 수학을 특히 좋아했고, 나아가 모든 진리는 수학으로 설명 가능할 만큼 인과관계가 정확하고 확실해야 한다는 학문관을 가지고 있었다. 그러므로 인간과 인체에 대한 관점도 여기서 크게 벗어날 수는 없었을 것이다.

데카르트의 철학은 책과 사변적 사고에서 얻은 지식이 아니라 확실성과 명증성이 담보된 "해부학적 행위가 반영"된 것이다. 그는 박피된 송아지를 자신의 도서관이라고 했을 만큼, 동물을 대상으로 해부학자만큼이나 많은 해부와 실험을 했고, 그런 관찰과 실험의 결과로 인간을 포함한 동물의 몸을 기계와 다를 바 없는 하나의 사물이라 결론을 내린다.*

데카르트는 '나'라는 한 인간을 생각할 때 제일 먼저 떠오르는 것은 "얼굴, 손 및 기관들이라고 하는 이 기계 전체"라고 하여 인간의 신체를 수리공학적 사고로 설명할 수 있는 하나의 기계와 같은 것으로 간주했다.** 따라서 인간을 포함한 모든 동물은 자동으로 움직이며 소리를 내는 기계와 다를 바 없지만, 인간만은 영혼을 가지고 있으므로 다른 동물과 구별이 된다. 문제는 인간이 영혼을 가진다는 사실은 분명하지만 그 영혼이 인간의 몸 어디에 자리 잡고 있느냐는 것이다.

데카르트가 얻은 해부학 지식은 죽은 몸을 대상으로 얻은 지식이다. 죽는 순간 몸에서 영혼은 빠져나가 천상으로 올라갔을 것이므

---

* 다비드 르 브르통, 『근대성과 육체의 정치학』, 홍성민 옮김, 동문선, 2003, 73~74쪽 참조.

** 르네 데카르트, 『성찰』, 양진호 옮김, 책세상, 2016, 47쪽.

로 생명이 없는 몸을 샅샅이 파헤쳐 본다 한들 그 어디에도 영혼이 머물렀던 흔적은 찾을 수 없다. 영혼은 공간을 차지하는 물질이 아니기 때문이다. 그렇다면 살아있는 동안 인간의 영혼은 인간의 몸 어디에 숨어 역할을 하는 것일까. 인간의 숨도 공간을 차지하는 물질이 아니지만 살아있는 동안은 허파와 기도를 통해 들락거리지 않는가.

데카르트가 수많은 해부실험을 하였다고는 하지만 그 시대의 해부지식 중에서 뇌의 구조와 기능만큼은 피상적인 수준에 머물러 있었던 것 같다. 뇌와 뇌에서 유래하는 신경계의 구조물들이 온전히 파악된 것은 데카르트보다 한 세대 뒤의 인물인 영국의 의사, 토마스 윌리스(Thomas Willis, 1621~1675)의 공로였다. 1664년에 발간된 그의 저서 『대뇌해부학』은 뇌와, 뇌와 관련된 신경계의 구조물을 완벽하게 기술한 최초의 신경해부학 교과서라고 할 수 있다. 특히 뇌 정중앙 혈관의 분포까지 정확하게 파악하여 윌리스 고리Circle of Willis라고 명명한다. 이 윌리스 고리는 동맥류動脈瘤와 같은 뇌혈관 질환과 관련하여 중요한 해부학적 의미를 지니고 있다.

그런데 뇌기저부를 확인할 수 있는 윌리스의 해부방식이 아니라 정수리부터 해체해 들어가는 베살리우스의 해부방식을 따를 때 뇌 구조를 정확하게 이해하기는 어렵고, 대신 뇌의 구조물 중에서 가장 선명하게 드러나는 것은 뇌실이다. 뇌실은 맥락총〔Choroid Plexus〕에서 생산되어 뇌 신경계를 순환하는 뇌척수액이 저장, 순환되는 공간으로, 사람이 사망할 경우 당연히 뇌척수액의 생산과 순환도 정지될 것이므로 뇌 속의 뇌실은 빈 공간이 된다. 데카르트가 주목한 것은 뇌 중에서도 바로 이 뇌실이었고, 뇌실(3뇌실) 벽에 붙어 있던 송과샘이었다.

> 영혼이 몸 전체에 결합되어 있을지라도, 다른 부분보다 더 특별하게 영혼이 기능을 실행하는 어떤 부분이 몸에 있다는 것을 아는 것 또한 필요하다. 그리고 보통 이 부분을 뇌나 심장일 것이라고 믿는다. 뇌라고 믿는 이유는 감각기관이 연관된 곳이 바로 뇌이기 때문이고, 심장이라고 믿는 이유는 우리가 정념을 심장 안에 있는 것처럼 느끼기 때문이다. 그러나 문제 사항을 주의 깊게 검토했기 때문에, 영혼이 즉각적으로 기능을 실행하는 몸의 부분은 심장도 아니고 뇌 전체도 아니나 단지 아주 작은 샘(Gland)이 있는 뇌의 가장 깊숙한 내부라는 것을 분명하게 인정해야 하는 듯이 보인다. 그 아주 작은 샘은 뇌의 중심에 위치하고, 도관 위에 아주 잘 걸려있어서 공동의 앞선 정기는 이후의 정기와 상호소통을 한다.*

데카르트가 도관이라고 표현한 해부학적 기관은 뇌실로 추정할 수 있다. 눈을 통해 시신경을 따라 들어온 연장실체는 뇌실 벽에 붙어 있는 송과샘을 자극하고, 이 송과샘이 뇌실에 숨어있는 영혼을 자극함으로써 인간의 사유체계가 작동한다는 것으로 해석했다. 이러한 데카르트의 송과샘 이론은 비록 요즘의 의학지식으로는 불완전하고 터무니없기도 하지만, 해부학이라는 실증적 지식이 없었더라면 상상조차 하기 힘든 발상이다.

---

* 르네 데카르트, 『정념론』, 김선영 옮김, 문예출판사, 2013, 45쪽.

• 그로테스크 리얼리즘

데카르트의 송과샘 이론이 비록 해부학이라는 과학적 사유와 형이상학적 상상력이 결합되어 만들어진 조잡한 이론이라 할지라도 인간의 몸에 대한 해부를 근거로 한 실증적 지식이었기에 당시에 인간의 몸에 짙게 드리워져 있던 종교적 신비주의를 걷어낼 수 있게 한 것만은 분명한 사실이다.

페스트가 휩쓸고 지나간 유럽사회에서 사제들의 권위가 땅바닥으로 곤두박질치고 그 대신 금욕주의에 짓눌려 있던 인간의 몸은 신의 계시를 실천하는 도구가 아니라 몸의 주인인 내가 즐길 수 있고 또 얼마든지 치장할 수도 있고 더럽혀질 수도 있는 몸으로 바뀌게 된다. 이 과정에는 몸을 도구와 다를 바 없는 기계로 본 데카르트의 신체관이 적지 않은 영향을 끼쳤을 것으로 생각한다. 몸이 인격성 없는 기계와 같이 취급됨으로써 몸의 지위가 세속적으로 격하되는 현상들이 일어나게 된 것이다.

르네상스 시대 유럽에서 육신의 격하가 광범위하게 일어나던 당시의 민중문화를 소설로 구체화한 대중소설이 프랑스 쉬농 출신의 수도사이자, 의사인 프랑수아 라블레(Francois Rabelais, ?~1553)의 『가르강튀아』, 『팡튀그리엘』이다.

보카치오의 『데카메론』에도 외설적 내용이 넘쳐나지만 프랑수아 라블레의 『가르강튀아』, 『팡튀그리엘』에는 견줄 바가 못 된다. 라블레의 소설에 담긴 표현들은 특히 육체적 하부, 생식기관 부근과 관련된 표현에 집중되어 있다. 먼저 소설의 주인공인 가르강티아가 태어나게 되는 과정을 한번 보자.

그러고 나서 얼마 지나지 않아 그녀는 한숨을 내쉬고 괴로워하며 비명을 지르기 시작했다. 즉시 사방에서 많은 산파들이 달려와서 밑을 만져보고, 나쁜 냄새가 나는 살덩어리를 발견하고는 그것이 아이라고 생각했다. 그러나 그것은 우리가 앞에서 밝힌 바와 같이 내장요리를 너무 많이 먹은 탓으로 직장이 늘어나며 그녀에게서 빠져버린 항문이었다. … (중략)

그러자 모든 괄약근이 수축해서 닫혀버려 입으로 물어 벌리기도 몹시 힘이 드는, 생각하기도 끔찍한 상황이 벌어졌다. … (중략) 이 사고로 자궁 태반의 엽(葉)이 이완되자 아이는 위쪽으로 솟아올라 공정맥으로 들어가서는 횡경막을 지나 어깨 위까지 기어 올라간 다음 왼쪽 길을 따라 왼쪽 귀로 나왔다.

- 프랑수아 라블레, 『가르강튀아/ 팡타그뤼엘』 중에서

산모의 자궁문이 닫혀버려 아이를 배, 그리고 머리 위로 끌어올려 귀로 나온 아이, 가르강티아! 그리고 그가 다섯 살이 되었을 때 "덤불 숲 뒤에서 똥을 싸다가 3월에 난 고양이를 발견해서 그놈으로 뒤를 닦았는데 그놈이 발톱으로 회음부 전체를 할퀴어" 버린 일도 있었다.

그는 대변을 본 뒤 여러 가지 소재와 다양한 방법으로 뒤처리를 해 왔는데, 그중에서 "솜털이 많이 난 거위만 한 밑닦개"가 없더라고 아버지에게 자랑한다. 그 이유는 "솜털의 부드러움만큼이나 거위의 적당한 체온으로 엉덩이 구멍에 놀라운 쾌감을 느낄 수 있고, 그 쾌감은 직장과 다른 내장으로 전해져서 심장과 뇌에 있는 곳까지 이르기" 때문이라면서 "천상의 행복은 거위로 밑을 닦는 데 있

다."는 황당한 주장을 펼친다.*

라블레의 이런 서사구조를 러시아의 문예비평가 미하일 바흐친(Mikhail Bakhtin, 1895~1975)은 중세의 엄격한 금욕주의에 대한 반동으로 육신의 격하, 세속화를 추구하는 "그로테스크 리얼리즘"이라고 했다.**

『가르강티아』는 현실성 없는 엽기적 상상력으로 만들어낸 허구의 이야기지만 해부학 지식이 없고서는 도저히 서술할 수 없는 내용이다. 라블레는 작가이자 수도사이기도 하지만 의사요 인체 해부학자였기도 하다. 17세기의 유럽에서는 데카르트와 동시대 인물인 영국의 윌리엄 하비(William Harvey, 1578~1657)의 『혈액순환론』을 발판으로 하여 또 하나의 새로운 학문이 생겨난다. 생리학이다. 페스트 때문에 생겨난 신생학문인 해부학과 생리학을 발판으로 유럽에서는 철학과 의학의 성격이 변하기 시작했다. 중세의 인체관과 결별한 근대철학과 근대의학이 탄생한 것이다. 덩달아 철학자의 역할도 '사물을 절단하고 해부하고 이름을 붙이는 것'으로 바뀌게 된다. 그로 말미암아 훗날 끔찍한 괴물이 만들어내는 『프랑켄슈타인』(메리 W. 셸리, 장편소설)들이 대거 출몰하리라는 것은 아무도 예상을 못 했지만….

---

* 프랑수아 라블레, 같은 책, 77~82쪽.

** 미하일 바흐친, 『프랑수아 라블레의 작품과 중세 및 르네상스의 민중문화』, 이덕형·최건영 옮김, 아카넷, 2004, 46쪽.
"내장의 이미지에는 생명, 죽음, 출생, 배설, 음식물이 떼어 놓을 수 없는 하나의 그로테스크한 매듭으로 묶여 있다. 이것은 상부와 하부가 서로 전이하는 육체적 지형학의 중심인 것이다. 그러므로 그로테스크 리얼리즘에서 이러한 이미지는 사멸하고, 탄생하며, 먹고 먹히는 양면가치적인 물질, 육체적 하부가 즐겨 사용하는 표현이다." 254쪽.

프랜시스 베이컨

• 우상의 파괴

히포크라테스가 의사들로부터 의성醫聖으로 추앙받고 있는 이유는 고대 그리스 사회에서 의신醫神인 아스클레피오스와 그를 추종하는 주술의들과 달리 관찰과 정확한 임상기록에 근거한 진단과 처방을 내림으로써 주술과는 다른 근대적 의미의 객관적 처방을 추구하는 학파를 형성했기 때문이다. 지금도 히포크라테스 전집은 과학적 언어로 기록된 세계 최초의 임상의학 서적이라는 평가를 받고 있다.

하지만 서구 유럽사회에서 히포크라테스의 학파의 학풍은 그렇게 긴 수명을 이어가지 못하고 유럽 전역을 지배했던 종교적 권위에 짓눌리면서 히포크라테스의 전통은 단절되고 만다. 히포크라테스의 자연주의적 처방보다는 정화의례, 주술, 부적과 같은 종교적 신비주의가 짙은 처방들이 시중에서 더 인기를 끌었던 탓이다. 페스트라는 끔찍한 역병이 유럽을 휩쓸고 간 17세기에 이르러서야 비로소 히포크라테스 학풍 재건의 움직임이 일어나는데 이를 선도한 철학자가 프랜시스 베이컨(Francis Bacon, 1561~1626)이다.

베이컨이 보기에 당시 영국사회의 의사들이 가진 제일 큰 문제는 히포크라테스가 보여준 신중하고 근면한 태도가 단절되고, 의사에게 제일 중요한, 관찰하려는 의지가 없고, 관찰할 가치가 있는 질병을 찾아내지 못하는 데 있었다. 그래서 "반복은 많아도 새롭게 첨가되는 것은 없"고, 표준처방전조차 없어 "전통과 경험에서 축적된 결실을 무용지물"로 만들어버린 것이 그 당시 의사들의 수준이었다. "로마시대 술라의 삼두정치가 무고한 사람을 많이 죽였다고는 하지만, 의사들이 무식한 처방으로 죽인 것보다 많다고 할 수 없을 정도" 였다. 게다가 정규 교육을 받은 의사들이 돌팔이나 협잡꾼, 주술사, 늙은 무녀巫女들에게 밀려나고, 의사들까지도 정통 의업과는 동떨어진 일에 정신이 팔려 자신의 능력을 함양시키려고 노력하는 자는 드물다는 것이 당시 의료계에 대한 베이컨의 평가다.*

이런 풍토를 극복하기 위해 베이컨은 실험과 관찰이라는 새로운 방법론을 제시함으로써 당시 지식층의 사고체계를 지배하던, 네 가지 우상, 즉 '종족의 우상', '동굴의 우상', '시장의 우상', '극장의 우상' 들을 걷어내 버렸다.

베이컨의 실험과학은 기존의 학문의 방법론과는 전혀 성격이 다른 것으로 몰랐던 사실을 규명하거나 확인하는 수준이 아니라 자연에 어떤 인위적인 조작을 가해서 새로운 원리를 만들어내는, 베이컨 자신의 표현에 따르면 '사자의 꼬리를 비트는 것' 과 같은 방식의 실험이었다.

베이컨식 실험과 관찰을 통해 얻은 지식은 사유를 통해 얻은 사변적 지식과는 성격이 다르다. "경험으로부터 얻은 지식이 수동적이고 모사적이라면 실험으로부터 얻은 지식은 능동적이며 구성적이다."** 실험에서는 경험이 자연적으로 주어지는 것이 아니라 실험자의 관념과 의지에 의해 인위적으로 구성된다. 그렇게 얻은 지식은 무엇을 이해하고 알기 위한 지식이 아니라, 힘을 얻기 위한 지

---

* 프랜시스 베이컨, 『학문의 진보』, 이종흡 옮김, 아카넷, 2002, 249~267쪽.
** 미키 기요시, 『철학입문』, 편집부 옮김, 나남출판사, 1982, 89쪽.

식이고 "학문에 의해 인간을 넘어" 서기 위한 것이며, "육체로는 갈 수 없는 하늘과 하늘의 운행에로의 상승"을 위한 지식이 된다.*

베이컨이 실험과 관찰로 얻은 지식과 학문이 존엄하고 탁월하다고 한 이유는 "불멸성과 지속성을 추구"하는 "인간의 욕망을 충족" 시켜 주기 때문이다. 또 과학은 "인간의 지식과 인간의 권력이 하나로 만나는 곳이며, 권력에 대한 인간의 선천적인 야심이 건설적이고 숭고한 인간적인 분출구를 발견하는 곳"이다.** 그리하여 인간은 "자연의 사용자 및 해석자"가 됨으로써 자연을 지배 정복하고 인간의 삶을 개선한다. 그래서 "인간의 지식이 곧 인간의 힘"이요, 나아가 권력이 되는 것이다.***

• 실험과 학대받는 몸

의학은 원래 예측하기 어려운 인간의 질병과 몸을 대상으로 하는 학문이다. 특히 질병의 경과와 치료효과를 정확하게 예측하는 일은 쉬운 일이 아니다. 예후(Prognosis)를 정확히 파악하는 것이 바로 의사의 수준을 가늠하는 척도가 되기도 하고, 환자 측으로 봐서도 의사에 대한 신뢰를 가지는 동기가 된다.

예후라는 말이 예후복점豫後卜占이란 말에서 유래한 사실에서 보다시피 앞일을 예측한다는 것 자체가 사실 점복의 기능인 만큼 질병과 치병문화에는 동서고금을 막론하고 신통력을 가진 주술사나 무의巫醫(샤먼)가 개입할 여지가 생길 수밖에 없는 속성이 있다. 그

* 프랜시스 베이컨, 같은 책, 133쪽
** 이블린 폭스 켈러, 『과학과 젠더』, 민경숙·이현주 옮김, 동문선, 1996, 47쪽
*** 프랜시스 베이컨, 『신기관』, 진석용 옮김, 한길사, 2016, 39쪽.

런 점복의 기능을 대체한 것이 바로 베이컨의 실험과학이라고 할 수 있다. 실험을 통해 얻은 결과가 주술사나 무의의 예언보다 더 정확하고 신뢰성이 있었기에 근대사회로 넘어오면서 의료영역에서 주술사나 무의의 영향력이 점점 줄어들게 된 것이다.

다만 근대의학에서 시행된 실험의 성격을 첨단 시설과 장비를 갖춘 최신식 실험실에서 수행되는 현대의 첨단과학 분야의 실험과 같은 것으로 보면 곤란하다.

의학의 영역에서는 오랜 세월 동안 실험〔Experimentum〕은 치료와 동의어로 쓰였다.* 실험적 개복술〔Exploratory Laparotomy〕은 첨단진단 장비가 개발된 지금도 간혹 시행되는 실험 성격의 수술이다. 그런데, 클로로포름으로 전신마취를 하기 시작한 것이 1874년이다. 그렇다면 그 이전의 수술은 어떤 식이었을까. 그래서 의학의 역사는 "이성이 저지른 실수의 전시장"이라는 혹평이 내려지기도 하는 것이다. 미국의 부인과 의사 심스(James Marion Sims, 1813~1883)는 부인과학의 아버지라는 칭송을 받는 인물이며, 뉴욕 센트럴파크에는 동상까지 설치되어 있었다. 그가 부인과 의사들의 우상이 될 수 있었던 것은 실험으로 쌓아올린 업적이 있었기 때문에 가능했다. 그런데 그 업적이라고 하는 것이 흑인 노예 여성들을 대상으로 잔혹한 실험을 거듭한 끝에 개발한 방광질루〔Vesicovaginal Fistula〕 수술법이었다. 아나차Anacha라는 흑인 노예 한 사람에게는 무려 30번의 수술을 시도하기도 했다.**

---

* 앨버트 존슨, 『의료윤리의 역사』, 이재담 옮김, 로도스, 2014, 170~172쪽 참조.
** 그의 동상은 흑인 여성 운동가들의 집요한 항의 끝에 2018년 공원에서 철거된다.

실험으로 얻은 지식이 정확성과 실효성을 담보하기 위해서는 실험대상이 양적으로 충분해야 한다는 전제가 있다. 양적으로 충분한 상대로 얻은 통계와 확률로 처방의 실효성을 입증하게 되는 것이다.

전쟁은 의학자들이 양적으로 충분한 실험대상을 손쉽게 얻을 수 있는 절호의 기회였다. 근대의학은 1, 2차 세계대전을 통해서 비약적인 발전을 했고, 그 과정에 요제프 멩겔레(Josef Mengele, 1911~1979)와 이시이 시로(石井四郎, 1892~1959) 같은 의사 악마들이 등장하게 된다.

하지만 그들이 했던 작업들은 인류의 행복을 위한 실험이요, 연구였을 뿐, 반인륜적인 악질적 범죄가 아니었던 모양이다. 특히 이시이 시로는 자신들이 축적한 연구결과를 승전국 미국에 넘겨주는 대가로 아무런 처벌도 받지 않았고, 대학의 총장까지 역임한 뒤 천수를 누리다가 암으로 세상을 뜬다.

2차 세계대전이 끝난 뒤 나치 체제하의 의사들의 만행이 드러나고 난 뒤에야 비로소 의학연구를 위한 피실험자의 인권을 보호하기 위한 최초의 윤리강령인 뉘른베르크 강령이 제정된다. 1947년이다. 그나마 그런 규제가 생긴 것은 독일이 패전 국가였기 때문이다. 승전국인 미국의 사정은 어떨까? 벨몬트 선언의 배경이 된 터스키지 매독연구 사건*은 2차 세계대전 발발 전인 1932년부터 시작되

심스와 관련된 내용에 관해서는 디어드러 쿠퍼 오언스, 『치유와 억압의 집-여성병원의 탄생』, 이영래 옮김, 갈라파고스, 2021 참조.

* 미국공중보건원(Public Health Service) 소속 연구진이 앨라바마 주 터스키지 마을의 가난한 흑인 남성들을 상대로 1932년부터 1972년까지 무려 40년 동안 매독 연구를 한 사건. 매독이 인체에 끼치는 영향을 연구하기 위해 연구진들은 매독에 걸린 400여 명의 환자에게 병명도 알려주지 않고 치료도 해 주지 않은 채

어 무려 40년간, 1972년까지 지속되었다.

뉘른베르크 강령이 나오고, 그보다 더 진전된 헬싱키 선언이 있음에도 불구하고 실험과 관련된 국내외 의학자들의 추문은 끊이질 않는다. "아는 것이 곧 힘이요, 권력" 임을 알고 있는 의학자들의 욕망을 제어할 수 없는, 강제력 없는 선언적 강령일 뿐이기 때문이다. 한 가지 특징은 인체실험을 한 연구자들은 처벌을 받지 않는다는 것이다.* 인류의 행복을 위한 연구라는 순수한 의도를 인정해서인지….

임마누엘 칸트

• 해부된 '앎' 의 능력- 순수이성과 실천이성

데카르트가 인간을 몸과 영혼으로 분리했다면, 칸트(Immanuel Kant, 1724~1804)는 인간이 가진 정신세계를 지성(순수이성)과 이성(실천이성)으로 분리하고, 지성에 의해 인식 가능한 것을 시간과 공간이라는 형식 안에 실재하는 현상으로 국한했다. 즉

매독의 진행경과를 관찰했다. 이 사건을 계기로 미국에서는 피실험자 인권 보호를 위한 〈벨몬트 보고서〉가 채택된다.

* 2014년, 대학의 체육과 교수가 대학원생 백여 명을 상대로 10년 넘게 근육과 지방조직을 추출하는 생체실험으로 논문을 써 온 사실이 밝혀졌다. 이 사건은 대학이라는 조직 내에서 상하관계에 있는 사람을 대상으로 실험을 했다는 점에서 '연구윤리위반' 인 데다 의사면허도 없는 체육과 교수가 인체에 손상을 가하는 조직검사까지 시행했기 때문에 무면허 의료행위로 형사처벌 대상이기도 하다. 그러나 결과는 대학 자체의 가벼운 징계로 끝났다.(「한국체대 교수 학생 100여 명 상대로 10년 넘게 생체실험」, 〈경향신문〉 2014. 09. 17.)

인간은 자신의 지성으로 자신이 실지 경험 가능한 현상만을 안다고 말할 수 있다는 것이다. 따라서 신이라든지, 인간의 자유, 그리고 영혼은 주어진 시공간 안에서 인간이 실지 경험할 수 있는 대상이 아니므로 지성의 영역에서는 포착할 수 없는 것이다.

칸트의 비판철학을 질병과 연관시켜 생각해 보면 종래의 전통적 질병관은 부정될 수밖에 없다. 역귀라든지 신들림, 그리고 한의학 이론체계의 근간을 이루는 기와 경락의 경우도 신이나 인간의 자유, 영혼과 마찬가지로 시공간 안에 실재하는 현상이 아니므로, 인간의 지성이 세운 질서와 합법칙성으로 설명 가능한 대상이 아니다.

질병의 원인을 역귀의 심술이나 기의 침체, 경락의 막힘으로 설명하는 것은 의사의 주관적 사유이거나 상상력의 산물일 뿐, 병의 실제 원인으로 증명하거나 확인할 수 있는 것은 아니다. 따라서 기와 경락, 역귀로 질병의 원인을 설명하는 것은 "내용이 없어 공허하거나, 개념이 없어 맹목적인" 진단이 될 수밖에 없다.

칸트의 비판철학은 형이상학으로부터 자연과학을 분리해 낸 철학적 배경이 되고, 이런 비판철학의 영향으로 근대의학은 칸트 이전의 시대까지 만학의 여왕으로 군림하던 형이상학적 사유와 결별하고 자연과학적 사유체계를 따르게 된다. 근대의학이 칸트에게 빚진 것이 있다면 질병에 관한 신비주의를 극복할 수 있게 한 것이라고 할 수 있다.

현재 병의원에서 의사들이 환자들을 대상으로 하는 진단방식은 거의 칸트의 인식론을 따른다고 해도 무방하다. 의학교육은 의사들에게 몸과 질병에 개념을 심어줌으로써 의학적 사고의 자발성을 키우는 과정이라고 할 수 있다.

이론적 인식능력이라고 할 수 있는 지성의 힘으로 인간이 모든 자연에 대해 질서와 법칙을 부여하는 '자연의 입법자'가 되듯이, 영혼이 배제된 인간의 몸 또한 의학자들의 지성이 세운 질서와 합법칙성으로 인식 또는 설명 가능한 기계이거나 자연의 일부가 된다. 대신 의사는 인간의 몸에 대한 절대적인 권력을 확보하게 된다.

의사는 아픈 사람들의 몸에서 확인할 수 있는 감각자료들을 의학교육에 의해 길러진 지성, 즉 감각자료들을 개념화할 수 있는 지성의 능력으로 판단한다. 이어서 몸의 입법자로서 자신들이 세운 질서와 합규칙성에 따라 정상과 비정상, 건강과 병듦을 가른다.

칸트의 비판철학을 토대로 질병의 개념을 정의하면, 질병은 환자가 겪는 아픔〔Illness, Sickness〕이나 고통〔-Algia〕이 아니라, 몸이라는 기계 또는 자연이 질서〔Order〕가 없는 상태〔Disorder〕이거나, 편안함〔Ease〕이 없든지〔Disease〕, 규칙〔Norm〕에서 어긋난 상태〔Abnormal〕로 정의할 수 있고, 그래서 근대의학을 학습한 의사들에게 진단을 받는다는 것은 아픈 사람 자신의 주관적인 고통과 불편이라고 할 수 있는 아픔〔illness〕이 몸의 입법자라고 할 수 있는 의사들에 의해 질병〔Disease, Disorder〕으로 바뀌는 과정이라고 할 수 있다. 이때 치료란 당연히 몸의 질서와 규칙을 교란시키는 원인물질을 제거하거나 기계부품과 같은 몸의 일부를 교체하는 것이 될 것이다. 여기에 아픈 사람의 자유나 자율적 의지가 개입될 여지는 없다. 오스트리아의 신학자요, 문명비평가인 이반 일리치(Ivan Illich, 1926~2002)는 현대의학의 진단방식을 "진단적 제국주의〔Diagnostic Imperialism〕"라는 말로 표현했다.*

* Ivan Illich, 『Limits to Medicine』, Marion Boyars Publishers 2013, 76~88쪽 참조.

• **계몽주의와 인종주의**

"네가 네 자신의 인격에서나 다른 모든 사람의 인격에서 인간(성)을 항상 동시에 목적으로 대하고, 결코 한낱 수단으로 대하지 않도록, 그렇게 행위"하라고 하는 것이 칸트의 유명한 정언명법이다. 인간은 의지의 자율에 기초한 "도덕법칙의 주체"이고, 그 자체로 "신성한 것의 주체"인 이상 결코 "누군가의 수단으로 사용될 수 없"다고 한, 칸트의 이 정언명법은 인간의 존엄성과 관련하여 절대 훼손될 수 없는 원칙이며, 근대의 인권 개념의 사상적 배경이기도 하고, 칸트의 비판철학이 이루어 낸 인류 최고의 지적 자산이라고도 할 수 있다.

그런데 인격적 존재자이므로 그 어떤 경우에서라도 수단으로 이용되어서 안 된다는 칸트의 인간이 과연 이념과 피부색, 남녀노소, 건강한 사람과 병자의 차별이 없는 인류 전체를 포괄하는 보편적 인간 모두를 지칭하는 것인가.

칸트는 인간성을 구성하는 요소를 "동물성의 소질", "이성적 존재자인 인간의 인간성의 소질", 그리고 "이성적이며 동시에 책임을 질 수 있는 존재로서의 인간의 인격성의 소질" 세 가지를 꼽고 이 인격성의 소질은 "도덕법칙을 존경하는 능력"이라고 했다.* 그렇다면 이성을 가진 존재를 넘어 도덕법칙을 존경하는 능력을 가진, 즉 인격성을 갖춘 인간은 도대체 어떤 사람일까.

당연히 유럽인이며 백인 남성이며, 기독교인이어야 한다. 그리고

---

* 임마누엘 칸트, 『이성의 한계 안에서의 종교』, 신옥희 옮김, 이화여자대학교 출판부, 2015, 32~33쪽.

한 가지 더! 병자가 아니어야 한다. 아무래도 칸트가 병자들을 "대체 불가능한 인격성"을 지니고 있다고 평가했을 것 같지는 않다. 병자들은 살겠다는 이기적이면서도 유약한* 동물적 본능만 있을 뿐, 심신미약 상태에 놓여 있어 이성적 판단을 할 수 없고 책임질 수 있는 능력이 없다. 니체는 병자란 이성적 존재자로 대우받아야 하는 것이 아니라 오로지 "사회의 기생충"일 뿐이라고까지 하지 않았던가.**

그러므로 동물적 소질만 가지고 있거나, 나약하고 병든 인간은 목적으로 대우하는 것이 아니라 얼마든지 수단으로 사용할 수가 있다. 사실 의학은 이들을 수단으로 삼아 진보해 왔다고 해도 틀린 말은 아니다.

칸트가 인간의 정신세계를 예리한 해부칼로 자르듯 감성과 지성으로부터 분리해 낸 이성은 역설적으로 칸트의 "정언명령이 요구하는 내용과 압력을 해제하고 무능화"하는 한편, 이성에 의해 비이성적 존재라고 규정된 대상에 대해 무지막지한 "권력의 주유소" 기능을 했다.***

그렇다면 유럽의 백인 남성들만 가진 이성의 역할은 무엇일까? 지성과 구별되는 이성은 "영혼으로 하여금 일상적이고도 과학적인 지식에 만족하지 못하도록" 하는 것으로, "이념을 가지는 것"이

---

* 칸트는 '숭고의 미'라는 점에서 평화보다는 전쟁을 선호하고, 장구한 평화는 한낱 상인정신을, 그리고 그와 함께 천박한 이기심과 비겁함과 유약함을 만연시키고, 국민의 사유방식을 저열하게 만든다고 했다.(임마누엘 칸트, 『판단력 비판』, 백종현 옮김, 아카넷, 2018, 273쪽.)

** 프리드리히 니체, 『인간적인 너무나 인간적인』, 강두식 옮김, 동서문화사, 2007, 887쪽.

*** 지그문트 바우만, 『부수적 피해』, 정일준 옮김, 2013, 200~201쪽.

다.* 그 이념 중에서 가장 역사적이고도 현실적인 이념은 정복과 진보에 대한 이념이다. 그 정복이라는 것도 사실은 기껏 백인 남성들과 "피부색이 다르고, 코가 약간 낮은 사람들을 상대로 자행한 약탈행위"에 불과한 것이었지만. (조셉 콘래드, 『암흑의 핵심』 중에서)

알제리 정신과 의사, 프란츠 파농(Frantz Fanon, 1925~1961)은 휴머니즘은 "보편적 인간과 본질적인 인간성"을 이야기하지만, 수천 년 동안 인간으로 살아온 존재들을 느닷없이 검은 피부와 신체로 봉인된 "사물〔Thing〕"에 불과한 존재로 만들어버렸고, 여성들과 유럽 이외의 유색인종들을 보편적 인간이 아니라 "야만인, 짐승, 하위 인간으로 간주하고 취급해 버린 이념"으로 오로지 유럽인들의, 그중에서도 하나님만을 믿는 백인 남성들만을 위한 이념이라고 비판했다.**

과학은 세계를 수학과 공식으로 해석하는 세계관이며 그 세계관을 바탕으로 세계를 개조하는 기술을 개발하여 오늘날의 문명을 건설했다. 근대의학 역시 과학과 마찬가지로 수학과 공식, 개념과 법칙으로 인간의 몸을 해석하기 시작했고, 그렇게 해석하여 설정한 표준값에 인간의 몸을 끼워 맞추거나 개조하는 기술을 개발했다. 지금 수준에 결코 만족하지 못하는 의학자의 이성은 그 기술을 끊임없이 진보시킴으로써 인간을 뛰어넘는 완벽한 인간을 제작해 낼 수 있는 기술까지 개발했다. 의학의 진보는 아픈 사람을 위무하고 보살펴 주는 수순의 과거 의술과는 전혀 다른 성격의 의술로 바뀌

* 리쩌허우, 『비판철학의 비판』, 피경훈 옮김, 문학동네, 2017, 237쪽.
** 프라모드 K. 네이어, 『프란츠 파농, 새로운 인간』, 하상복 옮김, 앨피, 2015, 97쪽, 229쪽 참조.

게 된 것이다.

신체 모든 부위를 V라인으로 개조해 줄 수 있다고 자랑해 대는 의사가 가진 의술의 성격은 의학인가, 공학인가. 과거의 의술과는 다른, 20세기 의술의 가장 큰 특징은 그 배경이 되는 학문의 성격이 의학이 아니라 공학으로 변했다는 점을 꼽을 수 있다. 그래서 첨단 의술을 '생명공학' 이라고 하는데도 아무도 이의를 제기하지 않는다. 의사들조차….

의학에서 공학으로

프로크루스테스의 침대

20세기 이전의 과학과 21세기의 과학이 그 성격이 같은 것인가. 인류 역사에서 근대가 시작된 시기로 꼽고 있는 16, 17세기와 지금 우리가 살고 있는 21세기는 '근대' 라는 시대로 연속성을 가지고 이어지는 것이 아니라 전혀 다른 시대, 다른 세계라고 해야 옳다.

코페르니쿠스(Nicolaus Copernicus, 1473~1543)는 지구가 태양을 중심으로 돈다는 객관적 사실을 발견한 것이지 멈추어 있던 지구를 돌게 한 것은 아니다. 조선의 유학자들이 밟고 있던 땅도 태양을 중심으로 돌았을 것이고, 사과가 땅으로 떨어진다는 사실은 뉴턴(Isaac Newton, 1642~1727)이 살던 영국에서만 일어나는 일이 아니라 공자가 살았던 시절의 중국에서도 일어나던 일이다. 다만 공자를 비롯하여 조선의 유학자들과 달리 코페르니쿠스는 지구가 태양을 중심으로 돌고 있다는 사실을 수학적 근거로 증명한 것이고, 뉴턴은 사과가 땅으로 떨어지는 법칙을 수학으로 정리한 것이다. 과학적인 사실과 법칙은 종교나 이념, 체제, 자연환경과는 무관하게 유럽사회뿐 아니라 온 세상에서 통용되는 보편성과 함께 거부할 수도 부인할 수도 없는 강제성을 지닌다. 그래서 유럽인들, 특히 유럽인들 중에서도 백인, 기독교들인이 귀신이나, 과학적 사실이 아닌 것을 믿고 있는 사람들을 미성숙한 인종으로 간주하고 자신들의 지식을 강제로 주입하는 계몽의 대상으로 삼을 수 있었던 것은 과학적, 수학적 지식이 가지는 강제적 속성 때문이다.

그런데 현대의 과학은 코페르니쿠스나 베살리우스 시대와 달리 신비주의나 편견, 주관이 개입되지 않은 객관적 사실이나 기전, 법칙을 발견하는 수준이 아니다. 고개를 들어 별을 헤아리고, 그 별들의 운행 경로를 살피는 수준이 아니라, 기존의 별들 사이에 새로운 운행경로를 만들고, 그 경로를 따라 별을 만들어 쏘아 올릴 지경에까지 이르렀다. 그뿐인가. 현대의 과학기술은 고대사회의 신화에 등장하는 반인반수의 생명체, 키메라를 실험실에서 제조해 낼 수도 있게 되었다.

생명이란 원래 스스로 살아가는 힘을 가지고 있고, 자기 조절능력을 가진 것이어서, 기계공학적인 발상이 개입될 여지가 없고, 개입해서도 안 되는 것이 생명이 가진 속성이었다. 그런데 의학기술이 진보함에 따라 인간을 포함한 모든 생명체의 몸은 분해·조립, 냉동·보존이 가능하고, 신체장기는 서로 호환 가능한 기계부품처럼 인식되고 있고, 주검이 재활용되는가 하면, 규제만 없다면 생명 전체를 완전히 복제할 수 있는 수준의 세상이 되었다. 그와 더불어

의학의 성격이 공학으로 완전히 뒤바뀌게 되었고, 의사들은 흰 가운을 입은 프로크루스테스로 변신했다.

이 지상에 인간의 생명활동이 시작될 무렵부터 의술은 있었다. 수준이나 성격은 시대와 지역에 따라 천차만별이겠지만 의술이 지향하는 궁극적인 목표는 질병의 고통과 죽음의 두려움에 괴로워하는 인간을 돌보고〔Care〕, 보살피거나 위무하는 것〔Therapeia〕*이란 원칙에는 동서고금의 차이가 없었다.

그런데 첨단의학의 세계에서 의술은 아픈 사람을 보살피고 위무하는 수준이 아니라 깎아내고 절단하고 조립하여 건강한 사람으로 재건하거나 아예 원하는 생명을 주문자의 요구에 따라 제작해 내는 것을 사명으로 삼는다.

멋진 신세계

근대의학의 발전으로 실험실에서 생명을 제조 생산하는 것은 물론 나아가 인간의 지능을 능가하는 인공지능이 만들어질 것이라는 것은 19세기의 작가들이 이미 정확하게 예측했다. 당시로는 신예 청년작가라고 할 수 있는 메리 셸리(Mary W. Shelley, 1797~1851)가 19살의 나이에 발표한 공상과학소설 『프랑켄슈타인』에 이어, 괴테(Johan Wolfgang von Goethe, 1749~1832)가 일생을 바쳐 완성한 대작인 『파우스트』(2부 2막, 실험실)에 생생하게 묘사되어

* 치료라는 뜻의 Therapy의 그리스어 어원. 돌봄, 섬김, 치료의 의미를 담고 있다.

있다.

실험실

중세적이며 공상적인 목적에 쓰이는 복잡하고도 다루기 어려운 기계들이 놓여 있다.

메피스토: 대체 무엇입니까?

바그너:(더욱 나직하게) 사람을 만들어 냅니다

메피스토: 인간이라고요? 그래, 어떤 정든 남녀 한 쌍을, 정신을 이그을린 유리관 속에 가두어 놓았습니까?

바그너: 웬 천만의 말씀을! 지금까지 유행하던 출산방법은 순전히 엉터리 같은 장난이라고 우리는 선언합니다. 생명이 튀어나오는 오묘한 결합점이라든가, 체내에서 충동으로 밀치고 나와서 받거니 주거니 하여 자기 자신의 모습을 본떠 내는 자혜(慈惠)의 힘이라든가, 처음에는 내부의 것으로 다음에는 외부의 것으로 생장하는 그 수태 따위는 이제 엄숙도 신성도 아닙니다. 동물은 이후에도 역시 그런 짓을 즐길지 모르나 모름지기 위대한 천분을 타고난 인간이라면 장차는 좀 더 고원(高遠)한 출생이 필요합니다.

(중략)

인간이 자연의 신비라고 찬양해 오던 것을 우리는 오성의 힘으로 감히 해결한 것입니다. 그리고 자연이 종래에 유기적으로 빚어낸 것을 우리는 결정(結晶)시켜서 만들어 낸 것입니다. … 그리고 훌륭한 사고하는 뇌수(腦髓) 같은 것도, 장차는 학자에 의해 만들어질 것입니다.

괴테의 예측은 『파우스트』가 출간된 지(1831) 대략 1세기 지난 뒤, 영국의 소설가 헉슬리(Aldous Huxley, 1894~1963)가 더욱 실감나게 묘사한 소설, 『멋진 신세계』로 구체화되었고, 소설 속의 이야기는 공상소설 속의 이야기가 아니라 지금 이 시대를 살아가는 사람들에게는 너무나 익숙한 현실이 되어 있다.

신세계가 구세계와 다른, 가장 큰 차이는 늙음이나 질병 따위를 상상조차 할 수 없다는 것, 무엇보다 아기는 공장에서 규격화된 제품처럼 생산할 수 있어서, 바그너의 예언대로 아기를 직접 낳는 것은 "개들이나 하는 짓" 으로 여기게 되고, 인간의 감정마저 "감정공학대학의 감정공학자들" 이 생산해 낼 수 있는 세상이다.

그런 '멋진 신세계' 에서는 가정에 대한 개념이 없고 가정은 그저 아득한 전설 속의 이야기로 전해져 올 따름이다. 그 세상에서 전해져 오는 가정이란 "한 남자와 주기적으로 애를 낳는 여자와, 나이가 저마다 다른 한 무리의 사내아이들과 계집아이들이 모여서 숨이 막힐 정도로 꽉꽉 들어찬 몇 개의 작은 방으로 구성" 되는 곳으로 그곳에는 "숨 쉴 공기도 없고, 공간도 없고, 소독도 제대로 되지 않는 감옥으로서 암흑과 질병, 그리고 악취뿐인 곳" 이다.

그러니 "가족과 함께 산다는 말의 의미" 를 이해하지 못할 뿐 아니라 '멋진 신세계' 사람들에게 "가정이란 육체적으로뿐만 아니라 심리 정신적으로 더할 나위 없이 추악한 곳" 이며, "정신적으로 볼 때 가정은 비좁아 붐비는 생활의 마찰로 숨이 막히고 감정이 악취를 품는 토끼굴이요 누추하기 짝이 없는 곳" 이어서 "답답할 정도로 밀착되어 있는 집안 식구들 사이의 관계란 위험하고 음탕하고 비정상적인 요소로 가득 찬 곳" 이다.

우리는 지금 어디쯤 와 있는가. 콜레라 구신을 물리겠다면서 바가지를 긁어 대던 것이 불과 한 세기 전의 일이다. "알록달록한 영구 비행기"들이 막 숨을 거둔 사람들을 실어 나를 정도의 세계는 아니지만, 멋진 리무진이 꽃상여를 대신하는 수준의 조금은 황홀하기도 하고, 조금은 세련되기도 한 신세계에 진입한 것은 틀림없다. 이 황홀한 세계에도 1인 가구라는 말은 점점 더 익숙해지고 있고, 가정이란 굉장히 낯선 개념으로 바뀐 게 사실이다. 간혹 아득한 구세계의 가정을 떠올리며 "가난했지만 행복했던 시절"이라는, 도무지 이해할 수 없는 말을 넋두리처럼 내지르는 늙은이들을 가끔 볼 수는 있다.

남녀 사이에 출산을 위한 행위로서 성은 더 이상 의미가 없고, 오로지 욕망과 쾌락을 위한 성만 판치는 세상이기도 하다. 아이의 숫자는 기하급수적으로 줄어드는데 성은 산업으로 발전하여 누군가의 배를 불리고 어린 여성들이 성산업의 먹잇감으로 마구잡이 포획되고 있다. '멋진 신세계'에서는 볼 수 없는 것, 보지 말아야 하는 것, 보아서는 안 되는 것, 보도록 해서는 안 되는 것들이 내 손바닥 안에 무궁무진 펼쳐진다.

아늑하면서도 안전한 내 집이 있던 구세계와 달리 신세계에서는 가장 안전해야 할 가정에서 혈육에 의한 흉악범죄가 일어나기도 하고, 사람을 밀어내고 대신 짐승이 그 빈자리를 차지한 채 주인을 반려하는 것도 우리가 '멋진 신세계'로 진입했다는 증거로 삼을 수 있다.

정언명령과 생명공학

2020년 가을, 코로나 대유행으로 온 세상이 가라앉아 있을 때, 일본인으로 국내 방송계에서 활동하는 독신여성이 아이를 출산하여 화제가 된 적이 있었다. 배우자 사이에 문제가 있어서 인공수정을 통해 낳은 아이도 아니고, 배우자 없이 성관계도 없이, 정자은행에서 오직 건강하고 EQ 좋은 익명의 유럽 젊은이의 정자를 골라, 냉동 보존되어 있던 자신의 난자와 수정시켜 출산에 성공한 것이다. 앞으로 정말 고전적인 방식으로 수태하는 것은 『파우스트』의 바그너가 예언한 것처럼 "동물들이나 하는 짓"이 될지도 모를 일이 벌어진 것이다.

당사자가 외국인이면서 국내 방송연예계에 이름이 알려진 탓인지 국내 언론은 이 사실을 상당한 비중으로 보도를 했지만, 언론의 보도경향은 호기심 수준과 시청률을 의식한 흥밋거리 이상을 벗어나지 못했던 것 같다. 일부 여성단체와 진보를 표방하는 정당에서는 비혼 여성의 아이 낳을 권리를 주장하며 불임시술과 관련된 우리나라의 경직된 규제정책을 비난하기도 했다. 한편에서는 성관계 없이 태어난 이런 아이 역시 소중한 생명으로 받아들여야 한다는 윤리적 차원의 훈계까지 덧붙여지기도 했다.

그런데 남녀의 성관계 없이 여성 혼자서 아이를 출산할 수 있는 의술이 개발되었다는 것은 능력 있는 비혼 여성에게는 복음과도 같은 은혜로운 기술일지는 모르겠지만 막상 현실 속의 이 상황은 정녕 비극인지 희극인지 분간하기 어렵고, 이런 방식의 출산에 대해 아무런 윤리적 검증을 거치지 않아도 되는 것인지 우려스럽다.

아이를 낳아 기르고 싶은 모성 본능과 욕구는 충만하지만 아이를 갖기 위해 사랑하지 않는 남자와 결혼, 또는 성관계를 갖는 것이 용납되지 않아 익명의 남자가 수익을 목적으로 정자은행에 판매했을 지도 모르는 냉동정자로 아이를 출산했다는 여성. 출생한 아이의 처지는 단 한 치도 고려하지 않은 이기주의 극치가 아닌가. 그 아이는 태어난 것이 아니라 순전히 엄마의 모성본능과 종족보존 욕구를 충족시켜 주기 위한 수단에 불과한 존재로 '제작' 된 것이다. "인간을 수단으로 대하지 말고 목적 자체로 대하라."는 정언명령은 그저 한가로운 철학자들의 음풍농월에 불과한 소리가 되고 말았다.

그는 '사랑하지 않는 남자와 급조된 잠자리로 아이를 갖고 싶지 않았기' 때문에 정자은행에서 냉동된 정자를 선택했다고 한다. 그러면 제공받은 정자의 주인은 사랑하는 관계인가? 만약 그 정자가 보상을 받고 시장에 내다 판 정자라면? 남성의 몸에서 빠져나온 정자는 그저 돈만 있으면 얼마든지 선택 가능한 상품에 불과한 것인가?

그리고 오로지 엄마의 모성본능과 종족보존 본능을 충족시켜 주기 위해 아버지 없이 '만들어진' 이 아이의 정체성은 누가 어떻게 설명할 것인가. 유아기를 지나 모성의 보호로부터 벗어날 나이가 되었을 때 이 아이는 독립된 한 인격체로 온전히 성장해 갈 수 있을까? 냉동정자와 냉동난자의 인공수정을 통해 태어난 아이의 건강은 아무 문제가 없다는 것이 증명되었는가? 이 아이가 자연스런 수태과정을 거쳐 태어난 아이들과 달리 성인이 되어 치명적인 질환이나 희귀질환에 안 걸린다는 보장을 누가 하나?

또 저 시술이 모든 비혼 여성들이 원하기만 하면 쉽게 접근할 수 있을 정도의 비용부담이 없는 그런 시술인가? 그런 비용까지 국가가 책임져야 하는가? 여성단체들은 이 일을 계기로 비혼 여성들의 아이 낳을 권리를 국가가 보장해 줄 것을 요구한다. 그렇다면 비혼 남성들의 아이 낳을 권리는 어떻게 보장할 것인가. 비혼 여성과 달리 비혼 남성은 성관계 없이 아이를 낳기 위해서는 대리모가 필요하다. 첨단의학기술이 현란하기는 하지만 아직 인공자궁이 만들어졌다는 이야기는 들려오지 않고 있다. 그러면 대리모를 합법화해야 할까.

이번 건의 경우 엄마도 자신의 아들을 낳게 해 준 정자의 주인을 알지 못하고, 정자의 주인도 자신의 아들이 태어나 이 지상에 살아 있다는 사실을 전혀 알지 못한다. 막연하게 추정을 할 수 있을지는 모르겠지만. 아이 역시 자신의 아버지가 누구인지를 알지 못한다. 굳이 찾자면 찾을 수도 있겠지만 절대 찾으려 해서도 안 되고, 찾으려고 해도 찾아낸다는 것은 불가능할 것이다. 이런 상황은 비극인가 희극인가.

하지만 우리 사회는 대답하기 어려운 많은 과제들에 대해서는 입을 다물고 있고, 한 연예인의 독특한 출산과 그에 이은 육아일기를 구경거리로 삼아 여가를 보낸다.

게놈 프로젝트에서 커넥톰 프로젝트로

뉴 밀레니엄을 선포하기 바로 직전, 온 세상이 '멋진 신세계' 로 바뀔 것이란 전망이 가득했다. 그 전망을 뒷받침하는 근거는 게놈 프로젝트의 완성과 그 성과를 발판으로 삼은 생명공학의 거침없는 질주였다. 게놈 프로젝트가 완성되고 질병의 원인이 되는 유전자만 찾아내서, 그 유전자를 고치면 앉은뱅이가 일어서 걷게 되고, 눈먼 사람들의 눈이 번쩍 뜨이고, 원하는 아기를 원하는 시기에 맞춤으로 낳을 수 있을 것이라는 기대로 충만했던 시절이었다.

막상 뚜껑이 열리자 인체의 유전자 정보만 알면 질병의 고통이 없는 세상이 가능할 것이라는 기대는 연구자들의 허황하기 짝이 없는 과대망상에 불과한 것으로 판명이 났다. 인간과 침팬지가 서로 다른 존재임을 누가 봐도 한 눈에 알 수 있는데, 인간의 염기서열과 침팬지의 "염기서열이 당황스러울 정도로 흡사"하다는 것이 확인된 것이다.* 인간이란 존재가 가지는 현재의 위상은 수십억 년의 세월을 거치면서 점진적으로 변화해 온 진화의 산물임을 무시한 생명공학자들의 무지가 만천하에 드러나 버린 결과였다. 게놈 프로젝트를 주도했던 생명공학회사의 책임자조차 "인간 종의 놀라운 다양성은 유전자 코드 안에 있는 하드웨어와 관련된 것"은 아니라면서, "유전자 결정론은 죽었다."라는 소회를 밝히기도 했다.**

> 우리가 별생각 없이 인간본성이라고 부르며 살아온 것의 유전자 암호는 디옥시리보핵산 즉 DNA의 유기적 나선구조로 환원될 수 없

* 힐러리 로즈·스티븐 로즈, 『유전자·세포·뇌』, 김명진·김동광 옮김, 바다출판사, 2015, 63쪽.
** 황상익, 「유전자 조작기술의 발달과 의료 윤리」, 〈대한의사협회지〉 제44권 제4호, 2001.

> 다. 인간본성에 관해서는 할 말이 많다. 인간본성이란 비유적으로 말해서 상보적(相補的) 나선으로, 우리는 아직 그 유치원 단계의 문도 뜯고 들어가 보지 못했다. 다양한 학과 출신의 다양한 능력을 갖춘 심리학자와 정신분석가들이 빗장을 뽑으려고 손톱이 부러져라 노력했음에도 아직 그 문은 열리지 않은 것이다.
>
> - 주제 사라마구, 『눈뜬 자들의 도시』 중에서

그렇게 요란을 떨던 게놈 프로젝트는 완성이 되었고, 그 덕택에 장밋빛 희망으로 화려하게 빛나던 21세기로 진입한 지도 한참의 세월이 흘렀다. 하지만 게놈 프로젝트의 성과로 말미암아 세상에 어떤 변화가 일어났는지 그 성과의 실체는 모호하고, 또 이익은 누구에게 돌아갔고 피해 특히 유전체 정보가 집적됨으로써 생긴 피해는 어느 계층에 집중되었는지에 대해서는 아무도 관심이 없다.

게놈 프로젝트로 얻은 결과가 기대수준에 못 미치고 여기에 쏠린 관심이 줄어들자 생명공학자들의 시선은 줄기세포에 모아졌다. 만능 줄기세포를 배양하여 이식하면 이 지상에 불치병이라는 말이 사라질 것이라는 환상을 퍼트리면서. 그런데 줄기세포에 대한 환상이 황우석 교수의 사기극으로 금세 물거품으로 변하자 생명공학자들의 관심은 다시 사람의 몸 중에서 마지막 미개척지로 남아 있는 뇌로 모여들었다. 그렇게 기획된 거대한 프로젝트가 '커넥톰 프로젝트'다.

게놈 프로젝트가 인체의 유전자 정보를 해독하는 것이라면 커넥톰 프로젝트는 뇌의 신경망 회로를 하나하나 찾아내서 도식화하는 연구 사업이다. 연구자들의 시선이 뇌에 집중되자, 정부와 기업의 관심도 커넥톰 프로젝트에 집중되고 있다.

한국은 물론 미국, 영국, 일본과 같은 과학 선진국에서 뇌 연구에 엄청난 예산을 투입하고 있는 이유는 인구 고령화가 진행될수록 치매, 혹은 파킨슨씨병과 같은 뇌질환도 폭증하고 있기도 하지만, 한편으로는 인공지능에 대한 수요와 효용가치가 점점 더 확장되리라는 점, ICT 산업과 같은 첨단공학과 첨단의학의 융합으로 새로운 의료상품을 생산해 낼 수 있고, 그에 대한 수요가 어마어마할 것이라는 점 때문이다.

연구자들의 장담처럼 커넥톰 프로젝트의 결과로 파킨슨씨병과 알츠하이머병이 정복이 되고, 인공지능을 장착한 로봇이 인간의 기억과 능력을 넘어서는 일을 하게 되는 세상이 올지는 좀 더 지켜봐야겠지만, 가시적인 성과가 나타나기도 전에 뇌과학자들이 토해내는 거친 담론으로 인간이란 존재의 위상은 날개도 없이 추락하고 있다.

인간, '생각하는 존재'에서 '생각 없는 존재'로

베이컨으로부터 시작된 실험과학의 역사는 20세기에 와서 불멸성이라는 인간의 궁극적인 욕망을 충족시켜 줄 수 있는 복제기술을 개발했고, 21세기의 뇌과학은 정신의 물질화에 골몰하고 있다. 이제 '인간이란 어떤 존재인가'라는 물음이 무의미해졌다. 인간은 곧 뇌요, 뇌가 곧 인간이기 때문이다. 그런 뇌 연구를 위하여 정부는 '한국뇌연구원'이라는 연구기관을 설립하여 시민들로부터 뇌를 기증받기도 하고, 연구자들에게는 뇌를 분양하고 있다. 간 연구자도 있고 심장 연구자도 있지만 간이나 심장을 분양한다는 이야기를 들은 적은 없는데, 뇌만큼은 아파트처럼 분양도 하는 모양이다. 게다가 정부는 인간의 뇌를 밑천으로 한 뇌산업을 육성하고 있다. "뇌가 인간 그 자체"라는 뇌공학자들의 주장에 동의한다면 지금 벌어지고 있는 일들은 인간을 기증하고, 인간을 분양하고, 인간산업을 육성한다는 뜻이 된다.

> 인간의 뇌는 그저 적당히 20W 에너지 정도로 움직이는 섬유다발이지만 우주를 통틀어서 지금까지 알려진 것 중 단연코 뛰어난 컴퓨터다.*

아무리 성능이 뛰어난 컴퓨터라 할지라도 컴퓨터는 기계일 뿐, 거기에 인격성을 부여하는 사람은 없다. 그런데 뇌공학자들은 컴퓨터에 인격 이상의 의미를 부여한다. "디지털화와 빅데이터"가 진행되면 우리 "인간보다 컴퓨터가 훨씬 더 훌륭하게 정밀하게 정의된 세계를 만들어" 갈 것이라며 사이비종교인 같은 확증편향에 가까운 믿음을 온 세상에 전도하고 있다.

그러면 인간이란 존재는 어떤 존재인가. 생각하기 때문에 존재하는 것이 인간인가. 착각이다. 인간에게 원래 생각이라는 것이 없었다는 것이 뇌과학자들이 각고의 노력과 연구 끝에 얻은 결론이다. 즉 인간의 생각이라는 것은 뇌라는 "즉흥기관", "즉흥시인"이 만들

* 닉 채터, 『생각한다는 착각』, 김문주 옮김, 웨일북, 2021, 311쪽.

어내는 "반짝이는 표면" 같다는 것이다. 그래서 인간은 결국 뇌라는 "창조하고 꿈꾸고 상상하는 생물학적 기계"요, 무한대의 능력을 가진 컴퓨터의 명령에 놀아나는 꼭두각시에 불과한 존재가 된다.*

커넥톰 프로젝트를 통해 뇌과학자들이 어떤 성과를 내놓을지, 그 성과로 사회가 어떤 편익을 얻을지는 알 수 없으나, 벌써 기계와 인간이 결합된 새로운 종의 인간이 출현함으로써 인간이란 종의 정체성에 대해 심각하고도 도발적인 의문이 제기되고 있다.

인간은 이제 생각함으로써 존재하는 것이 아니라, 생각 없이 뇌의 지령에 따라 움직이는 단백질 기계로 변해가고 있다. 뇌와 컴퓨터의 접속(Brain-Computer Interfaces)은 공상과학소설에 나오는 이야기가 아니라 현실에서 일어나고 있는 실제상황이다.

---

* 닉 채터, 같은 책, 311쪽.

인간 이후의 인간〔Post-Human〕

뇌, 두개골 속에 탑재된 정보처리기계

16세기의 데카르트가 인간의 몸을 기계와 같다고 선언했을 때만 하더라도 "모든 종류의 생각, 즉 의식은 영혼에 속한다."고 하여* 인간의 사고작용만큼은 수학공식이나 과학법칙으로 설명할 수 없는 영혼의 영역으로 남겨 두었다. 대신 영혼이 자리 잡는 위치를 뇌 속으로 지목해 둠으로써 뇌에 대한 연구가 진행되면 영혼의 기능이라고 했던 생각, 의식의 실체도 수학공식이나 과학법칙으로 설명할 수 있는 여지를 남겨 놓긴 했다.

데카르트가 인간의 생각, 사유와 관련된 뇌의 기능에 대해 초석을 다진 이후 인간의 몸에 대한 신비주의를 하나하나 벗겨내기 시작한 근대의학의 눈길은 마지막까지 미지의 영역으로 남아 있던

---

* 르네 데카르트, 『정념론』, 20쪽.

뇌로 수렴되어 마침내 인간이란 존재와 그리고 인간이란 존재의 정체성에 대해서 더 이상의 논란이 필요 없다는 듯, 최종적으로 확신에 가득 찬 결론을 내린다. 동물은 영혼 없는 기계라고 했던 데카르트를 뛰어넘어, 영혼을 가진 인간도 동물과 다를 바 없는 기계라고 했던 라 메트리(La Mettrie, Julien Offray, 1709~1751)의 '인간기계론'*이 21세기에 와서 입증된 것이라고도 할 수 있다.

인간의 마음이나 정신이라는 것도 소변이 신장에서 생산되어 요로를 통해 배설된다든지, 답즙이 담낭에서 생산되고 분비되는 것, 또 '증기기관차가 기적소리를 내는 것' 처럼 뇌지도에 의해 구분된 각각의 뇌 구역에서 일어나는 분자운동, 혹은 신경전달물질의 작용 결과일 뿐이라는 것이 '뇌근본주의자' 들이라고 해도 지나침이 없을 뇌공학자들의 주장이다. 그래서 이들은 온 세상을 향하여 인간을 연구한다거나 자아를 연구하기 위해서는 철학이나 종교, 문학 따위를 기웃거릴 게 아니라 자연과학의 방법으로 뇌를 연구해야 한다면서 발상의 전환을 촉구하고 있다.

뇌근본주의자들은 뇌와 뇌를 축으로 하는 신경계는 "정보처리기계"이며, 그 기계는 인간으로 하여금 학습하고, 기억하고, 볼 줄 알고, 문제를 해결할 수 있도록 하는 전지전능한 기능을 가지고 있는 것이라고 온갖 해부학적 수사학을 동원하여 뇌를 예찬한다.** 그뿐 아니라 인류가 그 모습을 지상에 드러낸 뒤 지금까지 수많은 사상가들이 달라붙어 고민을 해 왔음에도 지금까지 만족할 만한 답을

* 라 메트리, 『라 메트리 철학선집』, 여인석 옮김, 섬앤섬, 2020, 124쪽.
** 페트리샤 처칠랜드, 『뇌과학과 철학』, 박제윤 옮김, 철학과현실사, 2006, 69쪽.

이끌어내지 못한 인간의 정체성과 존재론적 고민에 대한 해답까지도 뇌라는 환상적인 기계로부터 명쾌한 답을 얻을 수 있다고 한다.

> 우리가 생각하고 행동하고 행동을 자제하는 모든 것은 뇌를 통해 결정된다. 이 환상적인 기관의 구조가 우리의 잠재력과 한계, 성격을 결정짓는다. 우리는 우리 뇌다. 이제 뇌 연구는 오로지 뇌 질환의 원인을 규명하는 데에 국한되지 않고 우리가 왜 현재의 우리로 존재하는가에 대한 물음에 대한 답변을 찾는 데 활용하기도 한다. 이것은 곧 우리 자신에 대한 탐색이기도 하다.*

뇌과학자들에게 신경은 전지전능한 신의 위상을 넘어선 만능기능을 가진 물질이다. 신경 하나로 이 세상에 일어나는 모든 일이 설명 가능하고 조작 가능할 것이라 단언한다. 이들의 말을 듣고 있노라면 신경 하나로 설명되지 않는 영역이 없고, 해결되지 않는 문제가 없다. 신경경제학, 신경정치학, 신경건축학, 신경법학, 신경신학, 신경사회학, 신경마케팅, 신경미학… 이따위 황당무계한 소리들을 이해하기 힘든 생경한 전문용어를 열거하며 떠벌리고 있으니, 급기야 신경과학을 신경으로 설명하는 신경 신경과학, 또 그 신경신경과학을 신경으로 설명하는 신경 신경신경과학이 나올 것이라고 빈정대는 소리마저 듣고 있는 것이다.**

그러나 뇌와 신경에 도취된 뇌근본주의자들은 아랑곳하지 않는

---

* 카를 폭스, 『우리는 우리 뇌다』, 신순림 옮김, 열린책들, 2015, 27쪽, 35쪽.
** 마르쿠스 가브리엘, 『나는 뇌가 아니다』, 천대호 옮김, 열린책들, 2018, 269쪽.

다. 과대포장된 뇌과학에 대한 비판의 소리를 내는 인문학자들에 대해 "신경과학적 야만인들"이라는 폭언과 함께 "멸종위기종의 영토 보존 외침"이라는 경멸적 표현으로 무시해 버린다.* 대부분의 "선진 민주주의 사회의 신자유주의적 분위기에서 인문학 연구는 말랑말랑한 학문이라는 차원을 넘어 유한계층의 교양수업" 같은 것으로 전락**해 버린 것도 부인하기 어려운 사실이긴 하지만.

결국 근대 과학적 사고의 힘으로 신의 계시와 종교적 억압에서 풀려난 인간이 먼 길을 돌아와 마침내 뇌와 신경에게 신의 자리를 내준 꼴이 되고 말았다. 그리하여 인간은 의지의 자유도 없이, 두개골 속에 들어있는 한갓 1,400g짜리 단백질 덩어리 속에 탑재되어 있는 정보처리기계의 조종에 의해 움직이는 자동기계에 불과한 존재라는 것이 된다. 여기에 과연 인격이라든지 인간의 존엄이라는 비물질적인 가치가 끼어들 틈이 어디 있는가. 그런데 데카르트가 인간의 몸과 영혼을 분리한 것처럼 인간의 몸도 뇌와 기타 나머지 몸으로 분리 가능한 것인가.

휴머니즘의 종말

생명체가 실험실 시험관에서 만들어질 때부터, 인간의 장기가 기계부품처럼 갈아 끼워지고 산 자와 죽은 자 사

* 안잔 채터지, 『미학의 뇌』, 심희정 옮김, PARC, 2018, 9쪽.
** 로지 브라이도티, 『포스트휴먼』, 이경란 옮김, 아카넷, 2015, 19쪽.

이에서 장기가 서로 호환될 때부터 고전적인 인간의 존엄이라는 것은 빛이 바랜 것인지도 모른다.

악이 무엇인가라는 질문에 선명한 답을 하기는 어렵다. 선악을 나누는 명쾌한 기준을 설정하기도 어렵거니와, 선악은 서로 상대적인 가치를 지니고 있기 때문이다. 그렇다고 해서 이 세상에 악이 없다고 하는 것도 옳지 않다.

일본의 윤리학자 이마미치 도모노부(今道友信, 1922~2012)는 일반적으로 악이란 "남이 없기를 바라는 것"이라고 정의한다.* 그런 관점에서 보면 첨단의학기술로 각광받는 장기이식술은 뇌사자를 발굴하고 그 뇌사자의 죽음을 기다리거나 죽음으로 인정해 버린다는 점에서 악을 조장하는 기술이라는 평가를 받을 만하다.

그러나 장기이식기술에 대해 이런 윤리적 평가를 내리는 사람은 없다. 오로지 사경을 헤매는 사람을 살리는 착한, 윤리적인 첨단의학기술이라는 평가와 함께 기술의 육성과 보급대책만 요란하다. 그래서 정부 공식문서에 뇌사자를 '발굴'한다는 표현까지 등장한다. 대신 윤리적인 문제로 이런 첨단의술에 대해 어깃장을 놓는 것은 자칫하면 질병으로 고통받는 사람들의 눈물을 외면하는 반인륜적 처사로 비난받을 수도 있다. 게다가 이미 연구개발된 획기적 기술로 과거에는 당연히 죽었어야 할 사람들이 살아나는데, 그 기술이 없던 시절로 되돌아갈 수도 없다. 기술은 개발이 되고, 그 기술이 일상에 스며들면 다시는 되돌릴 수 없는 비가역적 상태로 굳어지기 때문이다.

---

* 이마미치 도모노부, 『에코에티카』, 정명환 옮김, 기파랑, 2013, 14쪽.

20세기에 들어와서 폭주하듯 그 발전속도를 높여 온 생명공학은 인간과 다른 동물종 사이의 경계마저 허물어 버렸다. 한 생명공학자는 복제동물을 생산하는 자신의 연구를 '인간화된 돼지'를 만들어 이식수술에 필요한 장기수급의 불균형 문제를 해결하는 것이라고 했다. 그렇다면 인간화된 돼지에서 적출된 장기를 이식받은 인간은 온전한 인간인가 아니면 '돼지화된 인간'인가?

> 분자생물학자들이 '종의 본질'이라는 개념을 그렇게 단호하게 무시하는 이유를 이해하는 것은 어렵지 않다. 종의 경계를 뛰어넘는 것이 새로운 생명공학 기술혁명의 본질이다. 종의 보존에 관한 도덕적, 윤리적, 철학적 주장에 대하여 일말의 가능성이라도 인정한다면, 이는 곧바로 생명공학 기술의 본질에 대하여 의문을 품는 것이다.*

첨단과학이라고 할 수 있는 생명공학은 인간에게서 출산의 신비를 지워버렸고, 주검을 재활용함으로써 산 자와 죽은 자 사이의 경계를 허물더니 신화 속에서나 등장하던 반인반수의 생명체까지 만들어냄으로써 인간과 다른 생물체 사이의 경계마저 없애버렸다. '인간으로서는 차마 해서는 안 된다'라는 인간적인 호소와 금기가, 그리고 공동체를 지탱하는 데 유용한 정서인 대중들의 불쾌감이 생명공학의 실용성 앞에서는 무력해져 버린 것이다.

대중들의 불쾌감은 시류에 따라 휩쓸리는 일시적 감정이 아니다. 불특정 사회적 약자를 향해 분출하는 혐오감정과도 다르다. 대중들

---

* 제러미 리프킨, 『바이오테크 시대』, 전영택·전병기 옮김, 민음사, 1999, 190쪽.

의 불쾌감은 "이성의 힘을 넘어서는 깊은 지혜의 감정적 표현"으로, 인간의 몸이 "자율적인 합리적 의지의 도구"로 전락하고 있는 이 시대에 "인간성의 핵심적인 본질"을 지킬 수 있도록 하는, 우리 인간에게 남아 있는 "유일한 표현"이며, "어떻게 전율하는지를 잊은 영혼의 천박성"을 지적하는 표현이다.*

반인반수 생명체가 만들어진 것이 끝이 아니었다. 이제는 생명체와 기계 사이의 경계까지 허물어지고 있다. 생물학과 뇌과학, 그리고 IT 기술이 융합하여 인공지능을 장착한 사이보그, 휴머노이드와 같은 기계인간이 제작 생산되어 우리 주변에서 자신들의 영역을 넓혀나가고 있다. 기계인간은 프랑켄슈타인의 괴물이나 반신반인 생명체와 달리 대중들의 불쾌감을 유발하지도 않는다. 오로지 실용적이고 혁신적이며, 스마트하다는 인상만을 심어준다. 우리는 이미 경험했다. 스마트한 기계인간 '알파고'의 괴력을….

인간이 생명체로서 그 모습을 드러낸 이래로 수만 년의 시간이 걸린 진화 과정을 거쳐 오늘의 모습을 갖추게 되었다. 그러나 이 시대의 인간은 생물학적으로 진화하는 존재라기보다는 기술과 기계에 의해 신체기능이 "향상, 증강"되는 존재로 위상이 바뀌게 된다.** 여전히 인간이 생물학적인 생명체인 이상 진화의 법칙을 벗어나지는 못하겠지만 앞으로 인류에게 생물학적 진화는 더 이상 의미

---

* 레온 R. 카스, 『생명공학의 윤리 3』, 「불쾌감의 지혜」, 김동광 옮김, 나남, 2016, 381~382쪽.

** 향상, 증강(Enhancement)이란 "과학기술의 적극적인 개입을 통해 인간 유기체가 갖는 인지, 감정적 기능, 신체적 능력, 건강수명과 같은 기초적인 능력들을 개선하거나 강화시키고자 하는 시도"를 일컫는다.(신상규, 『호모사피엔스의 미래』, 아카넷, 2014, 64쪽.)

가 없는, 오래된 교과서에나 나오는 낡은 이야기가 될 것 같다. 기술과 기계의 진화 속도를 생물학적 진화가 따라가지 못하는 탓이다.

그런데 그렇게 만들어진 그들은 누구인가? 우리와 같은 인간인가? 아니면 인간의 삶을 윤택하게 하는 도구인가, 아니면 평범한 인간을 지배할 초인간인가.

유럽의 르네상스와 함께 시작된 휴머니즘의 개념은 이제 곧 폐기되어야 할 운명에 내몰리고 있다. 백인, 남성, 기독교인을 휴먼, 즉 인간의 기준으로 삼았던 휴머니즘은 더 이상 이념적인 효력을 지탱하기는 어려울 것 같다. 기계인간에 의해서든, 남성 중심의 휴머니즘에 의해 핍박받았던 여성들에 의해서든, 휴머니즘으로 포장된 인종주의로 말미암아 잔혹하게 학대받았던 유색인종들에 의해서든… 중세 유럽에서 시작된 휴머니즘은 이제 거친 숨을 내뿜으며 그 끝을 향해 비틀거리며 걸어가고 있다.

포스트휴먼Posthuman

인간은 도구를 사용함으로써 인간이 가진 원초적 한계를 극복해 온 생물종이다. 인간이 가진 원초적 한계라고 하면 늙음과 죽음을 꼽을 수 있다. 그렇게 늙어 유약한, 또는 병든 신체를 보완하기 위해 인간이 선택한 도구는 지팡이다. 지팡이는 가장 원시적이면서도 일상에서 가장 익숙한 형태의 자연 보철물이라고 할 수 있다. 지팡이보다는 과학기술이 가미된 형태의 보철물은 틀니나 안경이라고 할 수 있겠다. 이런 형태의 보철물은 인간의 한계와 약점을 보완하는 수준에 머무는 것이어서 지팡이를 짚거나 안경을 쓴다고 해서 인간 자체의 속성이 달라지는 것은 아니다.

그런데 지금 이 시대의 인간은 첨단기계와 유기체가 융합된 첨단생명공학에 의해 기존의 인간형과는 유형이 전혀 다른 인간으로 재탄생하고 있다. 생로병사라는 생명체의 한계를 넘어선 인간 이후의 인간, 포스트휴먼이 첨단 생명공학에 의해 제작·생산되는 시대로 바뀌어 가고 있는 것이다. 뇌과학과 융합된 첨단생명공학이 지향하는 목표는 단순히 질병의 치료에 머무는 수준이 아니라 인간이 가진 한계를 극복한 새로운 인간의 창조에 초점이 맞추어져 있다고도 볼 수 있다. 생물체로서의 인간을 넘어선 인간이란 자연적으로 태어난 생명체가 아니라 기술과 기계의 힘으로 생물학적 신체의 한계를 극복한 기계인간으로, 여기에 유전자조작 기술을 더하면 늙음은 물론 죽음까지도 극복할 수 있는 인간보다 더 나은 인간, 즉 "포스트휴먼"이 제작·생산되는 것이다.*

"포스트휴먼은 죽음으로부터 면제될 수 있다는 것, 죽음이란 자연인이 살로 된 신체 이외에는 다른 대체가능성을 찾지 못해서 맞이하는 사태로, 미래의 포스트휴먼에게 몸은 실존의 근거가 아니라 장식물에 불과하게 된다."** 이런 포스트휴먼이 주도할 시대의 사고 특징은 휴먼의 시대와는 달리, 첫째, "물질보다 정보패턴에 특

---

* "기본적인 능력이 근본적으로 현재의 인간을 넘어서기 때문에 현재의 기준으로는 더 이상 인간이라 부를 수 없는 존재"를 가리킨다.(신상규, 『호모사피엔스의 미래』, 아카넷, 2014, 104쪽.)

** 이종관, 『포스트휴먼이 온다』, 사월의 책, 2017, 65쪽.

권을 부여하고"하고, 둘째, "인간적 본성의 요소로 간주되어 온 의식을 부수적 현상으로 간주"하며, 셋째, "신체를 우리가 조작하는 법을 배워야 할 최고의 인공기관으로 간주"하고, 넷째, "인간을 지능을 가진 기계와 흔적 없이 매끄럽게 결합할 수 있도록 재구성"하는 것으로 집약할 수 있다. 이럴 경우 인간의 정체성은 어떻게 설명할 것인가. "자아의 경계 구성과 재구성이 끊임없이 지속되면서 자아정체성 역시 유동적이고 불안정한 상태"로 남게 된다.*

고전적인 휴머니즘이 그 가치가 희석되고, 인간보다 더 나은 인공지능을 장착한 포스트휴먼, 이 기계인간이 출현했을 때 우리는 어떻게 해야 할 것인가.

> 인공지능의 급속한 발전은 머지않아 의식을 가진 기계의 출현을 예고하고 있다. 그 순간 인류는 깊은 철학적 고뇌에 빠지고 말 것이다. 강한 인공지능을 의식을 가진 존재로 인정한다면 그들은 인간의 고유한 특성이라고 여겨지고 있는 자유의지도 갖게 되는 것일까. 나의 의식을 복제한 기계가 탄생한다면 나라는 존재에 대한 인식, 즉 정체성은 또 어떻게 정의해야 될까.**

이런 철학적 고민 때문에 과학기술의 연구가 중지된 적은 없다. 여성이 남자와 성관계도 없이 만들어낸 아이가 우리 주변에 살고 있지만, 그 누구도 이 아이의 인간으로서의 정체성에 대해 의문을

---

* 김선희, 『과학기술과 인간 정체성』, 아카넷, 2012, 101~102쪽.
** 레이 커즈와일, 『마음의 탄생』, 윤영삼 옮김, 크레센도, 2016, 291쪽.

제기하지 않는다. 아예 관심이 없다고 해야 하는 것이 옳다. 인공지능의 발전으로 의식을 가진 기계가 출현한다고 한들 그것은 호기심의 대상이거나 놀라운 과학기술에 대한 찬사만 쏟아질 뿐 우리와 같은 인간이 아니라고 배제되거나 혐오의 대상이 되지는 않을 것이다. 정작 배제되거나 혐오의 대상이 되는 것은 같은 인간이면서도 나와는 피부색이 다른, 나와는 성별이 다른, 나보다는 (경제적으로 사회적으로) 못한 인간들만 배제와 혐오의 대상이 될 뿐, 인간이 과학기술을 통해 만들어 낸 제작물들은 과학의 역사에서 언제나 경탄과 찬미의 대상이 되어왔다.

벌써부터 로봇은 사람 이상의 대접을 받고 있지 않은가? 로봇수술을 한다고 동네방네 선전해 대는 병원들, 그 병원들의 의사 수준은 결국 공장에서 만들어 낸 한갓 기계보다 못한 수준을 자백하는 꼴인데도 사람들은 몰려간다. 첨단기술로 치료하는 최고 최상의 병원이라며….

기계인간의 출현이 예상되는 미래의 전망은 우울하다. 미래는 이런 극소수의 초인간이 인류를 지배할 것으로 전망한다.* 미래사회의 노동구조는 "소수의 엘리트, 즉 고급과학기술자와 주력 로봇 노동자(기계), 그리고 로봇의 보조 역할이나 자투리 역할을 하게 될 하급 자연인 노동자 계층"으로 재편될 것이라는 전망까지 나오고 있다.** 그 전망에는 하급 자연인 노동자 계층에도 편입되지 못하는

---

* 「호킹의 마지막 '경고'… "유전자조작 슈퍼휴먼이 인류 지배할 것"」, 〈경향신문〉 2018. 10. 15.

** 한국포스트휴먼연구소·한국포스트휴먼학회 편저, 『제4차 산업혁명과 새로운 사회 윤리』, 아카넷, 2017, 36쪽.

실업자들이 대량으로 발생할 것이라는 사실은 빠져 있다.

우리 사회 일각에서 기본소득*이 논의되고 있는 것을 좌파 정권의 포퓰리즘적 복지정책이라 함부로 폄하하기 어려운 것은 앞으로 전개될 사회의 불평등구조에 대한 최소한의 안전망이라고 할 수 있기 때문이다. 그것은 불확실한 전망이라기보다는 지금의 현실이 증명한다. 특히 코로나19 대유행이 몰고 온 사회의 변화는 디지털기계 중심의 IT 산업의 지배력이 더욱 견고해지는 계기가 되고 있다.

인공지능과 자유

그런데 인공지능의 활용범위는 과연 어디까지일까? 인공지능이 운전하는 자율주행자동차에 앉아 책을 보고, 영화를 보면서 먼 거리를 이동할 수 있다 하더라도 인공지능은 지금 실용성과 효율성이라는 잣대만으로 과대평가되고 있는 것은 아닐까? 무엇보다 인간보다 무생물인 기계에 대한 과도한 가치평가를 내림으로써 그 어떤 이유에 의해서라도 훼손되지 않아야 할 인간의 존엄성을 너무 가볍게 여기는 것은 아닌가.

인공지능의 지적능력이나 로봇의 업무수행능력이 아무리 뛰어나다 하더라도 인간의 명령어가 입력되어야만 작동하는 기계라는 점에서 의지의 자율이라는 것이 없다. 칸트는 인간에게는 의지의 자율이란 것이 있기 때문에 법칙과 공리가 지배하는 자연과학의 세계

* 한국포스트휴먼연구소·한국포스트휴먼학회 편저, 같은 책, 185~211쪽 참조.

와는 달리 도덕적, 윤리적 판단을 할 수 있다고 했다. 즉 의지의 자유는 윤리와 도덕의 유일한 원리이며 그 윤리성의 원리는 정언명령이어야 한다. 따라서 의지의 자유가 없는 인공지능이 판단하고 결정을 내리는 데 있어서는 윤리적 판단이 개입될 여지가 없다.

인공지능이 장착된 자율자동차가 통제범위를 벗어나고 제어불능 상태에서 사람을 다치게 하면 이를 자동차 사고라고 하지 자율자동차의 일탈 또는 방종이라고 하지는 않을 것이다. 이름은 자율자동차이지만 의지의 자유라는 게 없는 기계이기 때문이다. 따라서 사고에 대한 책임을 묻기도 어렵다.

우리는 이미 경험을 했다. 최근에 인공지능 챗봇, '이루다'가 서비스를 시작한 지 얼마 되지 않아 곧 서비스를 중단하고 말았다. 대화를 통해 스스로 학습할 능력을 갖춘 인공지능 로봇이었지만, 스스로 윤리적 판단을 할 능력이 없다 보니 여성혐오와 여성폄하, 성희롱 발언이 난무하는 바람에 결국 서비스를 중단한 것이다. 서비스를 중단한 것도 '이루다'의 자율적 판단이 아니다. 더 이상 외부로부터 명령어가 입력되지 않아 기능을 중단한 것이다. 인공지능은 누군가의 설계에 의해서, 그리고 외부에서 유입되는 에너지에 의해 작동하는 것이지 자기입법의 주체가 아니며, 운동의 자발성도 없다. 따라서 이루다의 서비스 중단은 자유의지에 의한 자기결정과는 아무 상관이 없다. 누군가의 설계에 의해 작동 가능한 자유라면 그것은 자유라고 할 수가 없다.

앞으로 혁신에 혁신을 거듭하며 진화해 나갈 인공지능의 지성과 로봇의 술기를 인간이 따라갈 수도 없겠지만 윤리적 판단이 개입될 여지는 점점 좁아질 것이다. 인간의 지능을 대체할 인공지능 로봇이나 기계를 제작·생산하는 궁극적인 목적이 효율성과 실용성에 기반한 경제성일 것이기 때문이다. 게다가 인공지능과 기계의 세계에는 동정이나 연민이 있을 수 없고, 다름이나 소수를 배려할 수 있는 유연성이나 관용이란 것이 없다. 무엇보다 생명현상을 기계공학적 발상으로 해석함으로써 생명에 대한 예의禮儀나 외경畏敬, 존엄이 있을 수 없다.

어느 전쟁이든 전쟁범죄가 없는 전쟁이 있을 수 없겠지만 인공지능이 전쟁에 투입되었을 경우, 인간인 군인들과는 달리 양심의 가책이란 걸 느낄 수 없는 기계가 저지른 일을 전쟁범죄로 단죄할 수 있을 것인가. 미국 국방성은 'Iron Man' 처럼 인간과 기계가 융합된 기계군인을 개발 중에 있으며, 유전적인 변형과 약물에 의한 기능증강으로 군인의 전투력을 높이려는 연구를 진행 중이다.*

기술시대는 기술이 환경변화를 유발하고, 변화된 환경이 새로운 문제를 일으키게 되고, 그 문제를 해결하기 위해 또 새로운 기술을 개발해야 하는 순환구조를 가진다는 특징이 있다. 선순환인지 악순환인지 구분조차 안 되는 소모적인 순환이 반복되고, 그런 과정에서 과학에 대한 맹신이 생겨난다. 신화를 대체한 과학이 다시 신화가 되고, 과학이 종교, 종교 중에서 사이비종교와 같은 위상과 영향력을 가지게 된 것이 지금의 현실이다.

그런데 뇌 연구가 정말 편견 없고 사심 없이, 인류 전체의 삶의 질을 높이고 인류의 평화를 위한 연구일 뿐일까. 도대체 뇌과학자

---

* Alan Smart and Josephine Smart, 『Posthumanism』, University Toronto Press, 2017, 1쪽.

들이 뇌 연구에 몰입하는 궁극적 목적은 무엇일까.

> 나는 이 책이 많은 일반독자들에게 우리의 뇌에 대해 자주 제기되는 일련의 문제들에 대한 답변을 제시하고 대학생들과 젊은 뇌 연구자들에게는 보다 폭 넓은 신경문화(neuroculture)화의 토대를 제공해서 각자 고유한 연구 영역을 넘어 일반대중들과 대화를 시작하는 계기가 되기를 바라 마지않는다. 이러한 대화의 중요성은 두말할 나위가 없다. 이는 뇌 연구가 가질 사회적 영향 때문만이 아니라 사회로부터 뇌 연구를 위한 후원을 요청할 수 있는 기회가 되기도 하기 때문이다.*

지금 뇌과학과 인공지능에 쏟아지는 관심과 지원 역시 게놈프로젝트나 줄기세포처럼 일시적 현상일 가능성도 있다. 머지않은 장래에 또 새로운 과제가 등장하면서 뇌에 대한 관심은 봄날의 잔설처럼 녹아내릴지도 모른다. 과학의 진보는 사실과 진리의 발견에 의해서가 아니라 패러다임의 변화에 의해 이루어지는 것이기 때문이다.** 문제는 그 과정에서 나타난 결과가 비가역적이라는 것이다.

인공지능에 대한 과도한 기대와 맞물려 인간이란 존재가 가지는 가치의 추락은 회복하기 힘든 나락으로 굴러 떨어질 가능성이 높다. 우리는 지금 인간에 의한 인간의 노예화에 대해서는 격분하면서도, 기계와 도구의 노예가 되어가고 있는 우리 자신의 초라한 모습에는 눈을 감고 오로지 혁신적인 기계의 능력에 박수와 찬사를 보내고 있다.

---

* 카를 폭스, 같은 책, 25쪽.
** 토마스 S. 쿤, 『과학혁명의 구조』, 김명자 옮김, 두산동아, 1999, 47~62쪽 참조.

의술과 영혼

기술사회

2021년 1월 25일, 한 통신사의 유·무선 네트워크 장애로 통신사의 전국 네트워크에 장애가 발생했고, 특히 점심시간 직전 발생한 장애로 말미암아 식당가를 비롯한 자영업자들에게는 재난 수준의 피해가 발생했다. 통신사는 며칠 뒤 장애 원인을 "최신 설비 교체작업 중 발생한 라우팅 오류" 탓이라고 했다.* '라우팅 오류' 가 도대체 무엇을 뜻하는 지 알 수도 없었지만, 통신사의 이 발표를 전하는 지상파 방송 뉴스 앵커는 불쑥 "기계가 아닌, 사람이 문제였다" 면서 뉴스를 시작했다.**

어떤 면에서는 전문적인 것 같기도 하고, 한편으로는 기만적인

---

* 「KT "인터넷 먹통, 디도스 공격 아닌 라우팅 오류였다"」, 〈매일경제〉, 2021. 10. 25.
** 〈MBC 뉴스 데스크〉 2021. 10. 29.

것처럼 느껴지기도 하는 라우팅 오류란 기계나 설비의 문제가 아니라 사람이 일으킨 문제라는 것 정도만 막연하게 짐작할 수 있을 뿐, 스마트폰이, 또 컴퓨터가 먹통이 되면 아무것도 할 수 없는 세상 한가운데 내던져진 사람은 그 상황을 타개할 수 있는 아무런 수단도 대책도 없다는 것이 확인된 사건이었다. 기계는 전지전능한 반면 늘 사람이 문제인 세상… 사람이 아닌 기계가 주인인 세상이 지금 우리가 살고 있는 세상의 모습이다.

프랑크푸르트 학파 소속의 미국 철학자, 마르쿠제(Herbert Marcuse, 1898~1979)는 "압도적인 능률성과 생활수준의 향상이란 두 개의 근거 위에서 폭력보다 오히려 기술로 사회의 원심력을 정복하는 특성"을 지닌 것이 현대 기술사회의 특성이라고 했다.* 과학이라는 수식이 붙은 그 기술은 함부로 비판할 수 없는 합리적 성격을 가지게 되고, 그리하여 기술이 사회에 끼친 영향은 비가역적으로 결코 기술 이전의 시대로 되돌아갈 수가 없도록 만드는 것이 기술사회의 특성이다. 가령 스마트폰 중독을 이야기하지만 스마트폰 없던 시대로 되돌아갈 수 없고, 대기오염을 걱정하긴 하지만 자동차 없던 시대로 되돌아갈 수는 없듯이.

독일의 실존철학자 하이데거(Martin Heidegger, 1889~1976)는 현대의 기술은 자연을 "도발적으로 닦아 세"운다고 했다. 공기를 닦아세워 질소를 채취하고, 대지를 닦아세워 광석을, 광석은 또 우라늄을, 우라늄은 원자력 공급을 위해 닦아세워진다. '닦아세움' 이라는 이 도발적인 요청은 "자연에 숨겨져 있는 에너지를 채굴하고, 캐낸 것을

* 마르쿠제, 『일차원적 인간』, 차인석 옮김, 삼성출판사, 1979, 13쪽.

변형시키고, 변형된 것을 저장하고, 저장된 것을 다시 분배하고, 분배한 것을 다시 한번 전환해 사용" 함으로써 "최소의 비용으로 최대의 효과를 창출하려는 것" 이다.*

그런데 자연 속에서 개발을 하고 닦아세울 대상이 거의 고갈될 지경에 이르자 기술의 시선이 머문 곳이 바로 인간의 몸이다. 현대사회 인간의 몸은 기계처럼 당연히 기술개입의 대상이 되고, 생산의 원료로 취급되기도 하며, 그 몸을 재생산, 재활용, 재건축할 수 있는 수준에 따라 문명사회의 수준을 가늠하기도 한다.

올더스 헉슬리가 『멋진 신세계』에서 인간의 감정도 '감정공과대학' 에서 제작될 것이라고 한 것은 소설가의 허황한 망상이 아니었다. 초보적인 감정을 가진 기계가 일상의 한 부분이 된 것은 오래전의 일이고 인간보다 더 섬세한 감정을 적절하게 적나라하게 표현할 수 있는 기계도 이미 우리 실생활에 깊숙이 파고들고 있다. 국회의원이 국회에서 들고 나올 정도로 리얼돌은 은밀한 곳에 감추어두어야 하는 신기하고도 음란한 기계가 아니다. 법원은 인공 에로스를 자동생산하는 기계의 판매를 허용했다. 성인의 은밀한 사생활에 국가의 개입이 최소한도로 제한되어야 한다는 것도 당연한 이치이긴 하다.

> 고성능의 인공 질이 장착된 안드로이드들, 전문 시스템이 실시간으로 남성 성기 상태를 분석해, 질의 온도와 압력을 조절했다. 질 내부에 장착된 방사측정 센서가 사정의 시기를 미리 예측해 자극에 변화

---

* 마르틴 하이데거, 『강연과 논문』, 이기상·신상회·박찬국 옮김, 이학사, 2015, 21~23쪽.

를 줌으로써 원하는 만큼 오랫동안 관계를 지속할 수 있게 해 주었다.

- 미셸 우엘벡, 『소립자』 중에서

적어도 성기능이란 한 영역에서만큼은 인간보다 더 나은 기계가 등장함으로써 인류 역사가 시작된 이래로 인간 사회를 유지하게 해 왔던 숭고한 감정 중의 하나인 에로스는 드디어 종말을 고했다. 그리고 생식기능으로서의 성도 완전히 종말을 맞았다. 성에는 단지 성적 쾌락이 있을 뿐이고, 임신과 그에 이은 출산은 쾌락의 방해물이거나, 여성의 사회 진출과 경력 쌓기에 걸림돌일 뿐이다. 이 시대에 모성을 거론하는 것은 시대착오적인 남성 중심의 사고방식이다. 여성 단체에서는 임신 주수와 상관없는 자유로운 낙태를 주장하는데, 정식 혼인을 못 하여 당당하게 의학기술의 혜택을 받을 수 없었던 어린 엄마는 갓난아기를 변기통에 빠뜨려 죽이기도 하고, 쓰레기봉투에 담아 버리다가 산후조리도 하지 못한 채 쇠고랑을 차고 차디찬 옥에 갇히고 있다.

제작된 몸과 영혼

인간의 몸을 재료로 삼아 병든 몸을 건강한 몸으로 재건축할 수 있도록 한 기술이 첨단생명공학이 자랑하는 이식수술이다. 속수무책으로 삶을 포기할 수밖에 없는 사람에게 새 생명을 심어주는, 그야말로 첨단의학의 꽃이라고도 할 만한 시술이다. 그러나 장기이식수술은 뇌사자와 같은, 장기 제공자의 죽음을 바라는 기술인 탓에 그 자체로 비윤리적 속성을 안고 있는 한편, 불평등한 기술이기도 하다. 그 수혜자는 재력이 있는 사람이 될 가능성이 높은 반면, 장기의 공여자는 대개 공여의 대가로 물질적 보상을 바라거나, 아니면 더 이상의 진료비를 감당할 수 없는 경제적 계층이 될 가능성이 높기 때문이다. 현실적으로 장기의 수요와 공급의 불일치를 해결하는 것이 불가능하기 때문에 나타나는 현상이기도 하다. 그렇다고 해서 장기이식기술이 개발되기 이전의 시대로 되돌아갈까? 그것도 불가능하다.

그렇다면 이식 가능한 장기공급만을 전담할 생명체를 복제, 제작할 수만 있다면 장기이식이란 첨단기술의 윤리적 한계는 물론이고 수요공급의 불균형에 따른 불평등이란 난제도 쉽게 극복할 수 있지 않을까라는 발상은 충분히 가능하다. 하지만 아무리 인간의 몸이 기계와 같다고 하더라도, 살아있는 인간의 몸을 누군가의 이익을 위해 함부로 쓰고 버릴 수는 없다. 하지만 만약 그 인간이 영혼이 없고 몸만 가진 인간이라면 어떨까.

노벨상 수상작가인 일본 출신 소설가, 가즈오 이시구로의 소설, 『나를 보내지 마』는 순전히 인체장기 공급 목적으로 제작된 복제인간들의 이야기다. 공상과학소설 같은 비현실적인 이야기이지만, 그렇다고 해서 첨단생명공학이 인간들의 사유체계를 지배하고 있는 현실에서 허투루 흘려버릴 이야기도 아니다.

소설의 주 무대인 헤일섬에서 제작되어 사육되는 인간은 장기기증 후 죽어갈 복제인간과 죽어가는 그 복제인간을 마지막까지 간병하다가 죽어갈 또 다른 복제인간, 두 종류가 있다. 그들은 헤일섬 밖의 인간들과는 다른 존재들이다. 성교는 가능하지만 성교를 통해 아이를 가질 수 없는 존재이기도 하고, 태어난 것이 아니라 제작된 존재이기 때문에 부모가 있을 수 없고, 있다면 그들을 이 "세상에 나오게 하기 위해 기술적으로 필요한 존재" 였던 근원자가 있을 뿐이다.

> 우리는 모두 알고 있어요. 우리는 부랑자나 인간쓰레기, 창녀, 알코올 중독자, 매춘부, 정신병자나 죄수들로부터 복제된 거예요. 그게 우리의 근원이에요. 누구든 자신의 근원자를 찾고 싶다면, 진짜 그 일을 해내고 싶다면 빈민가로, 쓰레기통으로, 화장실로 가야 한다고 말이에요. 그런 곳들이 우리가 시작된 곳이니까.
>
> - 가즈오 이시구로, 『나를 보내지 마』 중에서

복제인간의 근원자들은 사회의 주류들로부터 함께 살 가치가 없거나, 살 수 없는 존재들로 평가되어 사회 한편에 격리되어 있는 존재들이지만, 장기이식만을 생각한다면 몸 하나만은 상당히 쓸모가 있고 가치가 있다. 그렇다 하더라도 근원자의 몸을 함부로 훼손할 수는 없다. 왜냐하면 살 가치가 없다는 평가를 받은 근원자들도 자유라는 것이 있고, 영혼이 있기 때문이다.

그러나 제작된 몸이라면 사정은 달라진다. 인간을 포함한 지상의 모든 생명체는 목적 없이 세상에 태어나지만, 이 세상에서 제작된 모든 것들은 제작자의 목적에 의해 태어나고, 만들어진 목적에 따라 쓰이고, 그 쓰임새가 없어지면 폐기되는 운명을 지닌다. 제작이란 것은 "물질에 형태를 부여하는 것이고, 그것을 유연하게 하여 순종적으로 만들어 도구로 전환하여 지배"하는 것*이기 때문에 제작된 것은 제작자의 의지만 있을 뿐 자신의 자유가 없다. 장기 공급을 위해 제작된 복제동물이 그 역할을 다하면 폐기되는 것이 당연하듯이 장기 공급을 위해 만들어진 복제인간의 운명도 마찬가지 경로를 밟아야 한다는 것에 대해 이의를 제기할 이유는 없다.

헤일섬에서 사육된 학생들은 "그저 의학재료를 공급하기 위한 존재"로 "시험관에 들어 있는 베일에 싸인 물질"에 지나지 않았기에, '영혼'이라는 것이 있다는 것을 생각조차 할 수 없었다. 그들은 만들어진 존재이므로 비기계적인, 비물질적인 정신이나 영혼이 있을 수 없기 때문이다. 그들을 사육하는 교사들은 물론 학생들 자신들조차 그렇게 생각했다. 그래서 그들의 쓰임새가 다하고 난 뒤 폐기처분하더라도 윤리적 문제로 갈등을 겪어야 할 이유는 없다. 영혼이 없는 복제동물과 마찬가지이니까.

몸과 뇌, 전체-부분의 오류

인간의 마음과 정신, 영혼이라는 비물질적 실체를 찾기 위해 인간의 몸 중에서 마지막으로 두개골 속에 은폐되어 있던 뇌가 첨단 과학기술에 의해 닦아세워지고 있고 쥐어 짜내지고 있다. 그런데 뇌를 아무리 닦아세우고 쥐어짜 봐도 손에 거머쥘 수 있는 것은 그냥 으깨어지는 단백질 덩어리뿐, 현미경으로 들여다본다 하더라도 기껏 확인할 수 있는 것은 뇌세포와 그 세포 속에서 일어나는 분자운동 정도…. 그래서 엉뚱하게도 인간의 마음

* 앙리 베르그손, 『창조적 진화』, 황수영 옮김, 아카넷, 2014, 276쪽.

이나 정신, 영혼이라는 것이 '없다' 라는 쪽으로 귀결되는 모양새다. 있는 것이라고는 뇌와 뇌세포와 세포에서 일어나는 분자운동뿐…. 그래서 인간의 뇌와 뇌세포에서 일어나는 분자운동이 바로 우리 인간이라는 허무한 결론에 이르고 있다. 인간 이외의 다른 동물은 뇌가 없다는 듯이, 동물이 아닌 식물은 의식과 혼이 없다는 듯이…. 이 시대에도 꽃이, 나무가 말하는 소리를 듣는 사람들은 분명히 있다.

뇌근본주의자들의 말대로 과연 기억이 뇌 속에 저장되었다가 인출되는 것이 맞는지, 인간의 행동은 물론 정신세계까지 뇌라는 단백질로 구성된 기계에 의해서 조종되는 것이 맞는지, 정말 인간의 인격조차도 뇌에 의해서 관장되는 것이 맞는지…. 쏟아지는 일방적인 주장에 대한 어떤 검증도 거치지 않은 채 뇌가 바로 우리 인간이라는 단순명쾌한 정의는 어느새 이 시대 첨단과학의 최대 성과처럼 유포되고 있다.

과연 뇌 하나로 나라는 인간의 모든 정체성을 다 설명할 수 있는가? 나 자신에게 나의 뇌는 은폐되어 있고, 나는 나의 뇌 세포들의 분자활동을 의식할 수도 없고 감지할 수도 없다. 인간은 자신의 얼굴과 몸을 의식하며 살지만 자기자신의 몸에 뇌가 있음을 의식하고 사는 사람은 없다. 자신의 행동 하나하나, 말 한마디 한마디가 뇌에서 내려 보낸 지령이라고 인식하는 사람은 없다. 내 생각을 내가 말하는 것일 뿐이다.

뇌가 있음을 인식하는 것은 뇌공학자들이 너무나 생소하고 현학적이어서 이해할 수 없는 전문용어를 늘어놓을 때뿐. 듣고 돌아서면 나는 뇌의 명령을 받아서가 아니라 내 자유의지에 따라 내가 행동하고 내가 말한다.

신경과학자들이 뇌 하나로 나의 인격과 정체성까지 설명하겠다며 들여다볼 수 있는 것은 극히 제한된 자료들뿐이다. 논리학적 정합성으로 따지자면 부분-전체의 오류〔Mereological Fallacy〕를 범하는 것이다. 게다가 극히 일부분의 자료를 가지고 한 인간의 인격과 정체성, 영혼의 세계까지 설명하려 드는 것은 지적 오만의 극치라고 할 수도 있다. 나는 나의 정체성을 뇌로 드러내는 것이 아니라 몸, 그것도 지금 시점의 몸이 아니라 삶이라는 역사가 켜켜이 쌓인 몸으로 드러낸다.

그래서다. 헤겔은 신경해부학을 "적법하게 학문이라는 이름을 걸칠 수 없는", "잡다한 지식의 취합물에 불과한 것"이라 혹평하고, 해부학은 "신체의 각 부분을 생명 없는 물체"로 다루듯 하기 때문에 "정지해 있는 육체적 존재로서 상정된 것"을 자신의 행위로서 극복할 수 있는 "부정의 힘을 지닌 존재"인 인간의 정신을 설명할 수 없다고 했다.*

또 자연과학을 "생명이나 생명력 있는 존재의 자기운동" 대신 "직관이나 감각적 인지에 의한 단순한 규정을 표면적인 유추를 통해 주논점으로 하여 도식을 외면적이고 공허한 방식으로 이용하는 것을 학문적인 구성"으로 내세우는 "형식주의"라 비판한다. 그래서 자연과학적 방법으로 알게 되는 앎은 "천지만물을 이루는 온갖 자연적, 정신적 형태에 일반적인 도식에 알맞은 규정을 적용하여 모든 것을 그 어느 한쪽으로 편입시키는 그런 방법으로 얻어지는

* G. W. F. 헤겔, 『정신현상학 1권』, 임석진 옮김, 한길사, 2012, 34~35쪽.

것이어서, 이런저런 명찰이 붙어 있는 해골이거나 아니면 양념가게의 상표가 붙어 있는 통조림 진열대와 흡사한 일람표"라고 혹평한다.*

그렇다면 인간의 정신, 그리고 영혼은 인간 뇌, 그중에서도 어느 영역에 위치하고 있는가? 찾을 수가 없다. 뇌 속 어디에도 인간의 정신이, 영혼이 자리 잡고 있는 곳은 없기 때문이다. 정신이란 공간을 차지하는 것이 아니라 "시간 속의 몸에 들어와 있는 것"인데,** 시간이란 잠시도 머물지 않고 그저 그냥 강물처럼 흘러가는 것 아닌가.

영혼이 머무는 자리

헤일섬의 학생들은 순전히 특정 목적을 위해 설계된 생물학적인 몸을 가진 존재로 자유가 없는 존재이고, 자유가 없기 때문에 영혼이 있을 수 없다. 아니 영혼이 아예 없는 물질 그 자체로 말하고 움직이는 기계에 불과한 것이다. 영혼조차도 뇌 속의 어느 언저리에 또아리 틀고 있는 물질이라고 생각하고 쉴 새 없이 뇌를 파헤치는 뇌과학자들에게는 입에 군침이 도는 실험도구가 될 수 있을지는 몰라도, 영혼은 뇌 속의 어느 한 부분의 공간을 차지하는 실체가 아니다.

인간에게 영혼이 없다고 생각하는 사람은 없다. 뇌 하나로 인간

---

* G. W. F. 헤겔, 같은 책, 88~89쪽.
** 헤르베르트 플뤼게, 『아픔에 대하여』, 김희상 옮김, 돌베개, 2017, 56쪽.

이란 존재의 모든 것을 설명하려 드는 뇌과학자들조차도 영혼의 존재를 믿기에 영혼의 존재를 과학적으로 입증하겠노라 열정적이면서도 허무한 연구를 계속 하고 있는 것 아니겠는가.*

인간에게 영혼은 있다. 그렇다면 인간의 영혼은 도대체 어디에 있는 것인가.

> 어째서 우리가 너희 작품을 걷어갔냐고? 너는 작품이 사람을 드러낸다고 했지. 사람의 내면을 말이야, 네가 말한 게 바로 그거지. 그렇다면 그 문제를 제대로 짚은 셈이다. 우리가 너희 작품을 걷어 온 건 거기에 너희의 영혼이 드러나 있다고 생각했기 때문이야. 좀 더 세련되게 말하자면 그걸로 너희한테도 영혼이라는 게 있음이 증명되기 때문이란 말이다.
>
> - 가즈오 이시구로, 『나를 보내지 마』 중에서

영혼이라는 것은 뇌 속의 어느 한 부분의 공간을 차지하는 실체가 아니라 밭을 일구고 가꿈으로써 농작물이 자라나듯이 몸으로 가꾸어지는 삶을 통해서 경작되는 것이어서 비록 근원자로부터 복제되어 제작된 몸을 가진 인간이라 할지라도, "인간적이고 교양 있는 환경에서 사육된다면," 비록 장기수급을 위해 복제인간으로 제작된 헤일섬 학생들이라 할지라도 "일반인들처럼 지각 있고 지성적인 사람으로 성장"하여 얼마든지 영혼을 가질 수 있음이 그들이 창작한 예술, 즉 그림을 통해서 입증된 것이다.

* 「정재승의 영혼공작소, 영혼, 과연 실존인가 물리적 현상인가」, 〈한겨레신문〉, 2017. 05. 06.

영혼은 결코 법칙과 공식, 그리고 인간이 가진 기술에 의해 제작될 수 있는 것이 아니다. 영혼 그 자체가 인간의 이성이 입법한 질서와 규칙에 예속되지 않는 것이고, 시공간의 경계에 구속되지 않는 특권을 가진 것이기 때문이다. 그래서 영혼은 제작될 수 있는 것이 아니라 겉으로 드러나지 않게 내면에서 서서히 자란다. 곡식이 땅 밑에서 경작되어 끝내 지상으로 솟구쳐 열매를 맺듯이 내면의 세계에서 자란 영혼은 어느 한 순간에 표출된다. 인문정신으로, 예술의 형식으로.

인간이 숭고함, 거룩함, 장엄함, 광활함, 그리고 아름다움 앞에 섰을 때 인간의 영혼은 꿈틀거린다. 영혼이 꿈틀거리면서 인간은 자기자신을 표현한다. 시로, 소설로, 노래로, 그림으로, 몸짓으로, 눈물로, 웃음으로, 아우성으로, 노동으로… 그래서 영혼을 가진 인간은 생명체 중에서 유일하게 이 세상에 오직 하나뿐인 자기자신을 표현하는 존재가 되는 것이다. 영혼은 인간을 생물학적인 존재를 넘어 형이상적 존재로, 예술적 존재로 거듭나게 만들어주는 내면의 힘이다. 유한성을 가진 몸과 달리 무한성을 지닌 것이 또한 영혼이기도 하다. 그런 영혼이 자리잡고 있는 곳은 어디일까. 뇌가 아니다.

> 우리의 영혼은 대개 저 바깥에, 저 세계 저곳에 있다. 우리에게 혼을 불어넣어 주는 것은 세계다. 우리의 영혼은 대개 몸과 세계의 경계에 위치한다. 내가 몸을 다루는 방식에서 생겨나는 상태는 다시금 세계로부터 규정된다.*

---

* 헤르베르트 플뤼게, 같은 책, 166쪽.

3부
예술

뇌와 인간

신경·정신·마음

우리의 언어 습관에서 신경과 정신을 명확하게 구분하기는 쉽지 않다. '신경 좀 써라.' 는 말과 '정신 바짝 차려라.' 는 말은 일상에서 거의 비슷한 의미로 쓰이는 말이다. 그렇다고 해서 학술용어에서도 개념이 선명하게 구분되는 것도 아니다. 가령 신경성 질환이라고 하면 중추 또는 말초신경과는 전혀 연관이 없는 심리적 질환을 포괄하는 의미로 통용된다. 환자는 고통을 호소하는데 온갖 검사로도 증상의 원인이 뚜렷하게 밝혀지지 않을 때, 한국의 의사들은 대개 "신경성입니다."라는 말로 얼버무리기 일쑤다. 또 한편, 뇌를 중심으로 한 중추신경계나 뇌에서 파생되어 나온 말초신경계에 구조적, 기질적 병리현상이 있을 때는 신경계 질환으로 분류한다.

동아시아 문화권에서는 심장이 몸에서 군주의 역할을 하는 기관이라 하였으니 심장에서 인간의 정신활동이 일어나는 것으로 이해했다고 할 수 있다.* 동아시아 문화권에서 제일 먼저 발간된 일본의 해부학 서적인 『게이타이 신쇼〔解體新書〕』에는 "머리가 저장하고 있는 것은 뇌와 의식" 이라고 서술하고 있다.** 이것은 머리, 즉 두개골 안에는 뇌 이외에 의식을 관장하는 또 다른 기관이 있는 것으로 이해하고, 당시 뇌기능에 대한 이해가 부족했던 결과가 반영된 서술이 아닐까 싶다.

반면에 서구에서는 고대 그리스 때부터 뇌의 기능과 역할을 좀 더 분명하게 정립해 두었다. 히포크라테스는 감정과 사고, 정신이 생겨나는 자리를 뇌라고 하였고, 또 플라톤은 인간의 머리가 구형인 이유를 우주의 혼을 본으로 해서 만든 것이기 때문이라면서, 우주를 닮은 머리라는 구형체 속에 있는 것이 "가장 신적이고 우리에게 있는 모든 것에 대해 주인노릇을 하는 것" 이라고 했다.*** 뇌를 신진대사 과정에서 생기는 액체를 담아두는 그릇 정도로 이해하고, '수제비 빚어먹고 골 메운다' 고 했던 한 동아시아 문화권과는 서구 문화권의 뇌에 대한 인식이 고대사회 때부터 달랐다.

19세기는 뇌의 세기라고 할 만큼 신경과학 분야의 탁월한 진전이 있었던 한 세기라고 할 수 있다. 그 영향으로 인간의 정신, 심리를 다루는 심리학이나 정신의학도 자연과학의 범주에 들어가게 된다.

갈(Franz Joseph Gall, 1758~1828)은 대뇌정위설을 내세우며 골상학으

---

* 황제가 기백에게 신체 장기의 역할과 그 역할의 귀천에 대해 묻자, 기백은 먼저 심장은 군주의 기관으로 신명이 나오는 곳이라고 설명한다.(心者 君主之官也, 神明出焉) 『황제내경-소문』, 영란비전론(靈蘭秘典論)편
** 스기타 겐파쿠 외, 『解體新書』, 김성수 옮김, 한길사, 2014, 170쪽.
*** 『플라톤의 티마이오스』, 박종현·김영균 역주, 서광사, 2000, 121~122쪽.

로 과학적 인종주의의 단초를 제공한 인물이고, 또 히스테리 연구로 유명한 마르틴 샤르코(Jean Martin Charcot, 1825~1893)는 '신경증의 나폴레옹'이라는 별칭을 얻을 만큼 신경과학 분야에 막대한 영향을 미쳤다. 그는 프로이트의 스승이기도 하다. 그리고 운동성 실어증과 감각성 실어증의 뇌의 병리기전을 규명한 폴 브로카(Paul Broca, 1824~1880), 칼 베르니케(Carl Wernicke, 1848~1905)의 활동시기도 이 무렵이었으며, 브로드만(Korbinian Brodmann, 1868~1918)에 의해 뇌의 각 영역별 기능을 밝힌 뇌 지도가 완성된 것(1904)은 19세기를 막 넘어선 20세기 초엽이었다.

흑인은 뇌간〔Brain Stem〕만 발달하여 지능이 없고, 과잉발달한 육욕만 있다고 하여 차별적 인종주의의 아버지라는 평가를 받는 고비노(Joseph Arthur Gobineau, 1816~1882)의 학설도 신경해부학의 발전이 없었더라면 나오지 않았을 학설이다. "심리학은 자연과학이고, 시간 속에 공존하거나 연속하는 개별적인 유한한 사고 흐름에 관한 보고"*라고 했던 근대 심리학의 아버지, 윌리엄 제임스(William James, 1842~1910)의 『심리학의 원리』가 출간된 해(1890)도 19세기 말이었다.

20세기에 들어와서는 분자생물학과 함께 영상기술〔PET, MRI, fMRI〕 등이 발달함으로써 뇌세포를 구성하는 뉴런Neuron과 뉴런과 뉴런 사이를 연결하는 시냅스Synapse에서 일어나는 분자운동까지도 객관적, 입체적으로 확인 가능하게 되었고, 이에 뇌과학자들은 뇌에서 일어나는 분자생물학적 현상으로 인간의 행동은 물론 마음

* 윌리엄 제임스, 『심리학의 원리 1』, 정양은 옮김, 아카넷 2012, 647쪽.

과 정신을 넘어 영혼의 세계까지 과학적 언어로 입증하려 하고 있다. 그런 연구로 얻은 성취가 무엇인지는 아직 실체가 분명하지 않지만 인간이 겨우 1,400g짜리 단백질 덩어리에 불과한 뇌라는 물질이 내보내는 전기신호에 따라 조종당하는 기계나 다를 바 없는 존재로 전락하고 있는 것만은 분명한 사실이다. 몸을 기계와 같은 것으로 간주한 데카르트식 사고방식이 진보를 거듭하여 뇌마저 기계화함으로써 형이상학을 누르고 최종적으로 승리를 한 것처럼 보인다. 그런데 과연 인간의 마음, 정신의 실체를 해부학으로, 분자생물학으로 자연과학의 언어로 입증 가능할까?

인간이 자신의 마음을 확인할 수 있는 유일한 방법은 반성뿐이며, 반성은 생명체 중에서 유일하게 인간만이 가진 능력이지만, 자연과학적 범주에 속하는 인간의 행위가 아니다.

마음, 인간과 기계의 차이

인간이라는 생명체가 기계나 물질과 다른 가장 근본적인 차이는 마음이 있다는 점을 꼽을 수 있을 것 같다. 인간의 마음은 주어진 상황에 따라 시시각각 요동을 친다. 하지만 기계인 '알파고'는 마음이 없다. 그래서 머뭇거림이 없고, 주저함이 없고, 두려움이 없고, 초조함도 없고. 망설임도 후회도 없다. 이런 기계와 마음을 가진 인간과 겨루게 한 것은 처음부터 불공정한 경기였다.

그런데 인간의 마음은 어떻게 생겨나는 것일까? 자신의 마음을

드러내는 언어는 어떻게 만들어진 것인가. 사물이 먼저 있고 언어가 만들어졌을까, 아니면 인간의 언어가 있어 사물이 생겨났을까? 언어가 입력된 뇌가 컴퓨터라고 하면서 왜 똑같은 사물을 두고 나라마다 표현하는 언어가 다를까? 돌, Shi(石), いし, Stone, Stein, Pierre….

> 위를 쳐다보면 해와 달이 빛을 발하고, 아래를 내려다보면 산과 하천이 아름다운 무늬처럼 펼쳐져 있으니, 이는 위와 아래의 위치가 확정된 것으로, 이로써 하늘과 땅이 생겨난 것이다. 오로지 인간만이 같이 어울릴 수 있으며 영혼을 지니고 있기에 이들을 삼재(三才)라 부른다. 인간은 오행(五行)의 정화요, 천지의 마음이다. 마음이 생겨나면서 그와 함께 언어가 확립되고, 언어가 확립되면서 문장이 함께 분명해진다. 이것이 바로 자연의 이치인 것이다.*

인간 사회에서 하늘이라는 말이 만들어지기 전에도 하늘은 사람들의 머리 위에 있었고, 땅이라는 말이 생겨나기도 전에 땅은 사람들의 분주한 삶을 떠받치고 있었다. 사물事物과 경물景物이 있음으로 해서 인간에게는 마음이 생겨났고, 백지와 같은 마음 위에 오욕칠정이 덧칠되어 감정이 표출되고, 앎과 함께 말과 글이 만들어졌고, 그로 하여 예술이 생겨나기 시작한 것이다. 이 모든 과정은 기

---

* 유협, 『문심조룡(文心調龍)』, 제1장 「원도(原道)」, 최동호 역편, 민음사, 2005, 31쪽.(日月疊璧 以垂麗天地象, 山川煥綺, 以鋪理地之形, 此蓋道之文也. 仰觀吐曜 俯察含章 高卑定位 故兩儀旣生矣 惟人參之, 性靈所鐘 是謂三才, 爲五行之秀, 實天地之心, 心生而言立,言立而文明, 自然之道也.)

계적인 뇌의 지령에 따라 이루어지는 것이 아니라 자연스럽게 이루어지는, 자연의 도道이다.

게다가 이런 마음은 공간을 차지하는 것이 아니고, 그 마음은 끊임없이 변하고 반전하기도 하고 사라졌다가 다시 생겨나기도 하는 것이어서 물리화학적 방법으로는 측정 자체가 불가능하다. 첨단과학기술로 마음을 객관적으로 측정 가능하다 하더라도 그것은 지나간 과거의 정지된 마음이지 바로 지금 이 순간의 꿈틀거리며 요동치는 마음이 아니다.

> 시간이란 운동이야, 공간 운동 말이야. 그렇지 않나? 잠깐 기다려 봐! 그러므로 우리는 시간을 공간으로 재는 거야. 하지만 이는 공간을 시간으로 재려는 거나 마찬가지야. 그건 과학을 하나도 모르는 사람들이 하는 일이지. 함부르크에서 다보스까지 오는 데 스무 시간이 걸려. 그래, 기차를 타면 말이야. 하지만 걸어서 오면 얼마나 걸리겠나? 그런데 마음속으로는 1초도 안 걸리지? (중략) 우리는 공간을 우리의 감각기관으로 인식하지. 시각과 촉각으로 말이야. 좋아. 그러면 시간을 인식하는 기관은 무엇이야? 나에게 좀 알려줄 수 있겠어?
>
> - 토마스 만, 『마의 산』 중에서

누군가에게는 화살처럼 지나가고 누군가에는 정지된 것이나 마찬가지로 더디게 흘러가는 것이 시간이듯이 인간의 마음을 어떤 획일적 기준에 맞추어 객관적으로 측정하려는 것은 어리석기 짝이 없는 일이다.

측정한다는 것은 "실제적으로나 관념적으로 두 대상을 서로 몇

번이고 겹쳐 놓는다는 것을 암시하는 아주 인간적인 조작"*이다. 그러나 인간의 마음은 다시 재현할 수도 없고, 절대 겹쳐서 재고 측정할 수가 없다. 시간을 따라 지나가 버리기 때문이다.

인간의 마음은 대뇌피질에서 일어나는 신경물질의 분자운동과는 무관하고 '나'를 둘러싼 세계와의 관계에서 일어난다는 것은 반박의 여지가 없다. 그나마 확인할 수 있는 분자운동이라는 것도 지나간 한 시점의 정지된 마음을 드러내는 현상일 뿐, 시간이 지나고 나면 그런 분자운동이 뇌 속의 뉴런에 자그마한 흔적조차 남기지 않는다.

뇌가 곧 '나'라고 생각하는 뇌과학자들은 일관된 목소리로 "뇌는 컴퓨터와 같"은 것이며, 인간의 마음이란 것은 뇌의 화학물질 중 "연예인과 같은 존재인 도파민의 역할"에 불과한 것이라고 주장한다.**

그러나 한순간 사라져 버리는 뇌 속의 분자운동과는 달리 인간의 마음은 시간이 지나더라도 여운을 남기기도 하고 상처가 되어 삶에 깊은 고랑을 파 놓기도 한다. 당시에는 쓰라리고 쓰라리던 고통의 마음이 시간이 지나면서 아련하고도 가슴 벅찬 추억으로 되돌아올 때도 있다.

컴퓨터는 차가운 기계일 뿐, 마음이 없다. 하지만 악한 마음이든 선한 마음이든 무관심한 마음이든 마음이 없는 인간은 없다. 단지 그 마음이 어떻게 생겨나서 어디에 담겨있는지를 알 수 없을 뿐.

---

* 앙리 베르그손, 『창조적 진화』, 황수영 옮김, 아카넷, 2014, 329쪽.
** 캐서린 러브데이, 『나는 뇌입니다』, 김성훈 옮김, 행성B이오스, 2016, 55쪽.

생명현상, 변화의 지속

20세기 초, 자연과학의 합리주의에 반기를 든 프랑스 철학자 베르그손(Henri Bergson, 1859~1941)은 인간의 신체 중에서 뇌의 역할을 신경과학자보다 더 선명하게 정리한다.

뇌는 구심신경과 원심신경 사이의 "중앙전화국 역할"을 하는 기관으로 "받아들이는 운동"과 관련해서는 분석기관이고, "행사된 운동과 관련해서는 선택기관"*일 뿐, 척수의 기능(반사반응)과 마찬가지로 "자신이 받은 것에서 어떤 것도 덧붙이지 않"기 때문에 "표상을 만들어 내거나 심지어 준비하는 데 사용되는 기구가 결코 아니"라는 점을 들어 당시의 첨단학문이라고 할 수 있는 신경과학의 뇌 국재화론을 반박한다.**

그리고 순간순간 선택을 필요로 하는 유기체의 삶에서 뇌는 기억의 기관일 뿐 아니라 망각의 기관이기도 하다. 따라서 "받아들이는 감각"과 "행사하는 운동"들 사이에 있는 정신에게 "추와 균형을 제공"하는, 즉 "삶에 대한 주의"의 역할을 하는 기관이 뇌다.***

인간을 비롯한 모든 생명체에게는 자연스러운 삶의 한 과정이라 할 수 있는 망각이 인공지능에는 없다. 망각이 있다면 그것은 기계의 고장이거나 입력 오류, 시스템 오류, 아니면 배터리 방전 탓이다. 망각이 되풀이되는 인공지능은 결국 폐기처분되겠지만, 인간은 망각의 기능이 없으면 살 수가 없다. 뇌는 컴퓨터와 달리 기억의 기

---

* 앙리 베르그손, 『물질과 기억』, 박종원 옮김, 아카넷, 2012, 59~60쪽.
** 앙리 베르그손, 같은 책, 59~60쪽.
*** 앙리 베르그손, 같은 책, 291쪽.

능도 있지만 망각의 기능도 있다.

작동을 하든 정지 상태에 있든, 기계는 기계다. 그러나 정지 상태 즉 모든 물질대사가 정지된 상태에 이르러 열이 없는 신체는 인간의 신체가 아니며, 더 이상 생명체로서의 지위를 누리지 못한다. 생명은 "형태를 유지하면서 한순간도 동일한 상태에 있지 않는 것이 내는 열의 산물"이기 때문이다. 그래서 "생명과 생명이 없는 자연물 사이에는 아무리 탐구해도 다리를 놓을 수 없는 심연이 아가리를 벌리고"(토마스 만, 『마의 산』 중에서) 있는데, 정지상태, 즉 생명이 없는 물질, 열이 없는 물질을 대상으로 연구된 결과를 살아있는 인간의 몸에 적용하여 뭔가를 설명하려는 노력은 부질없는 노릇이다.

베르그손은 생명현상을 비가역적인 시간의 흐름에 따른 "변화의 지속"으로 설명한다. 과학은 "반복의 측면"만을 취하는 것이기 때문에 지속되는 변화 속에서 "매 순간 무언가를 창조하는 생명현상"을 자연과학으로 설명하려는 것이 온당한 일인가. 인간은 결코 동일한 행동을 반복할 수가 없다. 기계가 아니기 때문이다. 그래서 병든 몸이 치료된다는 것도 원상회복을 의미하는 것이 아니라 달라진 몸으로 새로운 환경에 적응되었음을 의미한다. 인간의 몸은 지속이라는 생명현상이 실현되는 공간이므로 되돌아갈 원상이라는 것이 있을 수 없다. 시간의 흐름에 따라 몸이 변해가는 것은 병든 몸이나 건강한 몸이나 차이가 없다.

> 과학은 반복된다고 간주되는 것, 즉 가정상 지속의 작용을 벗어나는 것 위에서만 작용할 수 있다. 한 역사의 잇따르는 순간들에서 환원불가능하고 비가역적인 것은 과학에 의해 표상될 수 없다. 이러한 환

원 불가능성과 비가역성을 표상하기 위해서는 사유의 근본적인 요구들에 부응하는 과학적 습관들과 결별해야 하며, 정신을 위반하고 지성의 자연적 경향을 거슬러 올라가야 한다. 그러나 바로 여기에 철학의 역할이 있는 것이다.*

생명체에 물질대사의 흔적, 즉 "지속의 흔적이 남아 있는 한 유기체는 단순히 기계장치와 더욱 명백하게 구분"되는 것이므로 유기체의 생명활동을 "과학이 무기물질에서 절단해 내는 인공적 체계와 동일시할 수는 없다."는 것이 자연과학의 합리주의에 맞서는 베르그손의 철학이다.**

표상과 상징행위

신경계의 특수한 기능 중의 하나가 위험에 대응하는 반사반응이라고 할 수 있다. 몸의 반사운동을 일으키는 신경회로는 뇌를 거치지 않고 척수 단위에서 운동신경을 자극하여 몸의 움직임을 유발한다.

가장 손쉽게 확인할 수 있는 것은 슬개골 반사다. 무릎의 슬개골 부위를 가볍게 타격하면 내 의지와는 상관없이 무릎 아래쪽 다리가 들린다. 또 눈가에 바람만 스쳐도 눈꺼풀이 깜빡인다. 이 눈꺼풀의 움직임은 나의 의지와는 상관이 없고 뇌의 기능과도 무관하다. 뇌

* 앙리 베르그손, 『창조적 진화』, 63쪽.
** 앙리 베르그손, 같은 책, 65쪽.

의 명령을 받지 못했다고 해서 압핀을 그냥 밟고 지나가는 사람은 없다.

갓난아기의 손바닥에 엄마의 손가락을 대면 그 연약한 손으로 엄마의 손을 끊어놓을 듯이 강하게 거머쥔다.〔파악반사, Grasp Reflex〕 갓난아기의 뇌는 미성숙 상태에 있기도 하지만, 아기의 파악반사 반응에 뇌가 하는 역할은 없다. 그렇다면 갓난아기의 필사적인 손운동을 어떻게 설명할 것인가.

뇌와 척수신경이 구심신경으로부터 들어온 자극을 받아 원심신경, 즉 운동신경을 작동시킨다는 사실에는 차이가 없다. 하지만 척수신경에 기억이 있고 의식이 있다고 주장하는 신경과학자는 없다. 뇌의 기능과 척수의 반사기능은 운동을 전달하고, 배분하고, 억제하는 전도체라는 점에서 본성의 차이가 없고, 척수에 표상을 산출하는 속성이 없듯이 뇌백질에도 표상을 산출하는 속성은 없다.

표상을 산출하기 위해서는 뇌 또는 척수의 신경세포에서 일어나는 독자적 분자운동이 아니라 반드시 내 신체 밖에 대상이 있어야 한다. 쇼펜하우어가 "세계는 내 의지의 표상이다."라고 했던 것은 표상이 인간의 뇌 속에 저장되어 있다가 출력되는 것이 아니라는 사실을 철학자의 언어로 표현한 것이라고 할 수 있다.

대상을 통해 표상을 산출하는 것이 바로 인간의 상징행위다. 상징행위는 "모든 인간행위와 문명의 기본단위"이기도 하고, "문화를 탄생시키고, 문화의 영속을 가능케 하는 것"으로 인간의 뇌와 척수의 기능과는 관련이 없다.* 게다가 인간의 상징행위는 인간 개

* 레슬리 화이트, 『문화과학』, 이문웅 옮김, 아카넷, 2002, 29~44쪽 참조.

개인의 개별적 행동이 아니라 집단 전체가 공유하는 것이다. 따라서 보편적인 개념과 법칙으로 개개인의 행위와 사고를 기계적으로 해석하는 신경과학으로는 한 집단 전체가 공유하는 상징행위, 즉 문화현상을 설명할 수가 없다.

똑같은 뇌구조를 가지고 있으면서도 가시면류관을 쓴 예수의 십자가상 앞에서 어떤 사람은 두 손을 모으고 경건하게 기도를 하는가 하면, 어떤 사람은 감정에 일말의 미동도 없이 무표정하게 그냥 지나간다. 이 차이를 신경과학으로 설명이 가능할까. 왜 태극문양 하면 한민족이 떠오를까. 왜 상가喪家의 복장은 검은색이어야 하고,* 이 빛깔이 개인의 취향을 넘어 상주라면 누구라도 감히 거역할 수 없는 강제성을 갖게 되었을까. 이런 의문을 뇌 속에서는 답을 찾을 수가 없다.

척수가 상징행위를 할 수 없듯이 뇌백질도 상징행위를 할 수 없다면 뇌백질의 기능에 대해 과도한 평가를 할 이유는 없다. 척수나 뇌는 운동을 유발하는 기관이라는 것은 같고 차이가 있다면 척수의 운동은 단순한 반면, 뇌가 유발하는 운동은 복합적이고 정교하고, 섬세하다는 정도이다. 인간이 다른 동물과 구분되는 것은 표상을 산출하고, 상징행위를 할 수 있는 능력 때문이지 뇌의 크기나 뇌의 기능 때문이 아니다.

---

* 우리 사회의 상복이 검은색으로 바뀐 것은 근대 이후의 일이다. 전통적인 상복은 흰색 아니면 황토색이었다. 상복의 형식과 빛깔이 바뀐 것이 사람들의 뇌가 바뀐 탓은 아닐 것이다.

물질·정신·기억

인간을 물질로 취급할 수 없는 한편, 여타 생명체와는 격이 다른 위상을 가지는 이유는 절대적 유일성을 가진 인격이 있기 때문이다. 그런 인격은 어떤 물질의 구성으로 제작되는 것이 아니라 "시간의 길 위를 전진"하면서, "그것이 끌어 모으는 지속으로 부풀어가는 것"으로 한 주먹의 눈을 굴려 눈사람을 만드는 것과도 같다.* 그렇게 형성되어 가는 인격은 "매 순간 축적된 경험과 함께 형성되며 또 부단히 변화한다." 생각해 보라. 나의 어린 시절의 인격과 청년 시절의 인격, 장년의 인격, 노년의 인격이 세월 따라 변화 성숙되어 가지 않고 어린 시절에 고정되어 있다면 어떻게 될 것인지를.

따라서 "의식적 존재에 있어서 존재한다는 것은 변화하는 것이고, 변화한다는 것은 성숙하는 것이며 성숙한다는 것은 자신을 무한히 창조하는 것", 즉 "창조적 진화"로 이루어진다. 이때 "의식적 존재의 기본은 기억"이다.**

인간은 지나온 삶에서 축적된 기억을 통해 물질세계, 또 동물의 세계와는 차원이 다른 정신세계를 구축한다. 인간은 이 정신세계를 통해 복제 불가능한 인격성을 드러내게 된다.

그렇다면 인격성의 기반이 되는 인간의 기억은 인간의 신체 어디에 저장 축적되어 있을까? 무언가를 측정하는 것에 길들여져 있는

---

* 앙리 베르그손, 『창조적 진화』, 21쪽.
** 앙리 베르그손, 같은 책, 30쪽, 44쪽.

과학적 사고방식으로 본다면 인간의 기억은 인간의 신체 어딘가에 저장되어 있고 어떤 도구에 의해 측정 가능해야 한다. 그러나 뇌 속 어디에도 측정 가능한 기억의 흔적을 찾을 수는 없다.

몸을 기준으로, 더 엄밀하게는 피부를 기준으로 나는 나 이외의 '사물', '경물', '타자'와 분리된다. 베르그손의 기억 이론에 따르면 내 몸 밖에 있는 사물, 경물, 타자들에 의해 나의 과거 기억이 환기되고, 내 몸 안에 있는 마음(정신)은 그 기억을 운동의 형태로 전환하여 내 몸을 움직이게 한다. 다시 말해서 "과거는 물질에 의해 작동되고 정신에 의해 표상" 되는 것*으로 기억의 위치에 대한 질문에 베르그손은 다음의 단 한 문장으로 정리한다.

> 정신은 물질로부터 지각들을 빌려와 거기서 자신의 양분을 이끌어 내고, 자신의 자유를 새겨 놓은 운동의 형태로 물질에게 지각들을 빌려준다.**

마르셀 프루스트(Marcel Proust, 1871~1922)는 이 한 문장으로 요약되는 베르그손의 기억의 철학을 지루하다 싶을 정도로 어마어마한 분량의 장편소설 『잃어버린 시간을 찾아서』로 풀어놓았다.

프루스트의 대표작인 『잃어버린 시간을 찾아서』는 '베르그손식 소설'로도 알려진 것처럼 베르그손의 철학을 충실히 따라가면서 시간여행을 하듯 자신의 삶 속 기억들을 역추적한 것으로 프루스트

---

* 앙리 베르그손, 『물질과 기억』, 371쪽.
** 앙리 베르그손, 같은 책, 409쪽.

자신은 이 소설을 평면 속의 심리학이 아니라 '시간 속의 심리학' 이라고 했다.*

이 소설에서 프루스트는 베르그손의 철학을 넘어 자신만의 독특한 관점의 기억 이론을 제시한다. 그래서 "프루스트는 신경과학자였다."는 평가를 받기도 했다.**

프루스트 효과

프루스트는 기억을 "의도적 기억"과 "비의도적 기억"으로 나눈다. 먼저 의도적 기억은 "지성과 눈에 의한 기억"으로 '기억나지 않는다.', '그런 사실 없다.'를 앵무새처럼 되뇌이는 정치인들의 "의도적 망각"과 거의 같은 성격으로 "과거에 대해 진실이 결여된 측면"만을 보여준다. 반면에 비의도적인 기억은 "우리의 내부에 있는, 우리가 어찌할 수 없는 과거를 필연적으로 깨워내는 것"으로, 그렇게 깨어난 기억들은 비의도적인 기억이기 때문에 "스스로 형성되며 유일하게 진정성"을 띤 기억들이다.***

"잃어버린 과거를 기억과 망각의 가장 적절한 조화 속에서 소생"시키는 힘을 가진 비의도적 기억을 촉발시키는 것 중에서 우리가 일상에서 흔히 경험하는 것은 냄새다.

---

* 마르셀 프루스트, 『어느 존속 살해범의 편지』, 유예진 옮김, 현암사, 2021, 중 「프루스트가 설명하는 〈스완네 집 쪽으로〉」 참조.
** 조나 레러, 『프루스트는 신경과학자였다』, 최애리·안시열 옮김, 지호, 2007.
*** 마르셀 프루스트, 같은 책, 244쪽.

나는 장미의 향기를 맡는다. 그러면 곧 어린 시절의 막연한 추억들이 기억에 떠오른다. 사실을 말하자면, 그 추억들은 장미의 향기에 의해 환기된 것이 아니다. 나는 그 향기 자체에서 추억을 맡는 것이다.… (중략) 그러나 장미가 우리들 각각에게 주는 다양한 인상들로부터 그것이 가진 개인적인 면을 먼저 제거했다는 것을 잊지 말아야 한다. 당신은 거기서 객관적인 면, 즉 장미의 향기에서 공통적인 영역에 속한 것, 그리고 요점을 말하자면 공간에 속한 것을 보존했을 뿐이다.*

프루스트는 베르그손의 이 서술을 자신의 어릴 적 경험과 결부시켜 실감나게 묘사함으로써 훗날 '프루스트 효과' 라는 개념을 만들어내기도 했다.

아주 오랜 과거로부터 아무것도 남아 있지 않을 때에도, 존재의 죽음과 사물의 파괴 후에도, 연약하지만 보다 생생하고, 비물질적이지만 보다 집요하고 보다 충실한 냄새와 맛은, 오랫동안 영혼처럼 살아남아 다른 모든 것의 폐허 위에서 회상하고 기다리고 희망하며, 거의 만질 수 없는 미세한 물방울 위에서 추억의 거대한 건축물을 꿋꿋이 떠받치고 있다.

- 마르셀 프루스트, 『잃어버린 시간을 찾아서』-1권 스완네 집 쪽으로 중에서

* 앙리 베르그손, 『의식에 직접 주어진 것들에 관한 시론』, 최화 옮김, 아카넷, 2011, 205쪽.

프루스트의 소설 중 이 대목이 사람들에게 회자되면서 냄새가 잊고 있던 기억을 환기시킨다는 '프루스트 효과' 라는 말이 만들어졌고, 중요한 광고기법으로 활용되기도 했다.

프루스트는 우리의 기억이라는 것은 나의 의지나 나의 지적 능력과도 무관한 것이라고 주장한다. 그렇다면 도대체 기억은 어디에 숨어 있는 것인가.

> … 우리가 잃어버린 영혼은 어떤 열등한 존재나 동물, 식물 혹은 무생물 속에 갇혀 있어, 우리가 우연히 나무 곁을 지나가거나, 그 영혼의 감옥인 물건을 손에 넣는 날까지는—많은 사람들에게 일어나는 일은 아니지만—우리에게는 잃어버린 존재가 된다. 그러다 그날이 오면 영혼은 전율하고 우리를 부르며, 우리가 그것을 알아보는 순간 마법이 풀린다고 한다. 우리 덕분에 해방된 영혼은 죽음을 정복하고, 우리와 더불어 살기 위해 돌아온다.
>
> 우리의 과거도 마찬가지다. 지나가 버린 과거를 되살리려는 노력은 헛된 일이며, 모든 지성의 노력도 불필요하다. 과거는 우리 지성의 영역 밖에, 그 힘이 미치지 않는 곳에, 우리가 전혀 생각도 해 보지 못한 어떤 물질적 대상 안에 숨어 있다. 이러한 대상을 우리가 죽기 전에 만나거나 만나지 못하는 것은 순전히 우연에 달려있다.
>
> - 마르셀 프루스트, 『잃어버린 시간을 찾아서』 - 1권 스완네 집 쪽으로 중에서

이로써 우리가 선친의 유품들을 소중하게 간직하고 있는 이유가 바로 선친의 영혼과 대면하기 위한 것임을 이해하게 된다. 그렇게 유품과 마주할 때 선친에 대한 기억이 되살아나는 과정에서 뇌가

하는 역할은 무엇일까? 프루스트는 뇌란 "거기에 무엇을 넣든 특수한 반응을 일으킬 수 없는 무기력하고 온순한 그릇"과 같은 것이라고 설명한다.* "뇌는 유기체로부터 영양을 공급받으면서 정작 유기체의 활동에는 아무런 도움도 주지 못하는 기생충"과 같다고 했던 쇼펜하우어**의 냉소만큼이나 차가운 평가다.

나는 뇌가 아니다

나라는 존재는 몸과 정신이 하나로 통합된 인격체로서의 지위를 가진 존재이지 결코 '뇌'라는 물질의 지령에 복종하는 기계적 존재가 아니다. 편도체를 자극하고 옥시토신을 흡입하면 백화점에서 구매욕이 발동된다는 사실이 실험실에서 동물을 상대로 한 신경생리학적 실험을 거친 '사실'이라 하더라도, 그것은 어디까지나 뇌과학자들의 가설에 불과한 것일 뿐, 자본주의 사회에서 인간의 구매욕을 부추기는 데 있어 사회경제문화적 요인을 배제하고서는 설명이 불가능하다. "천만 원 들고 백화점 개구멍 찾는 '샤넬 노숙자들'"***의 편도체가 보통 사람들의 편도체와 어떻게 다른지 뇌과학자들이 설명할 수 있을까? 그런데도 뇌세포의 역할만을 강조하고 부각시키는 것은 인격을 말살하고 인간을 목적지

---

* 마르셀 프루스트, 『잃어버린 시간을 찾아서』- 스완네 집 쪽으로, 145쪽.
** 아르투어 쇼펜하우어, 『쇼펜하우어 철학에세이』, 김욱 옮김, 도서출판 지훈, 2005, 214쪽.
*** 2021. 12. 25. 〈조선일보〉 인터넷판 기사 제목.

향적으로 가공된 실험실 안에서 사육되고 있는 실험동물과 같은 취급을 하는 것이나 다름없다.

인간이 인격을 가지고 있다는 것은 복제가 불가능하다는 것이고 대체가 불가능하다는 의미와 함께 양도와 거래가 불가능하다는 의미를 담고 있다. 그 이유는 인간이라면 그 누구라도 유일무이한 자신만의 정신세계를 갖고 있기 때문이다. 그 정신세계가 구축되는 데 있어 가장 필수적인 전제 조건은 자유다. 그러나 뇌과학은 인간에게서 자유를 부정하고 인간을 컴퓨터처럼 얼마든지 조작 가능한 뇌가 탑재된, 변형 가능한 유전자가 심어져 있는 기계로 취급한다.

한 인간의 정신세계가 과연 물리화학적으로 분석이 가능한 것이며, 뇌과학이 설계해 놓은 듬성듬성한 알고리즘으로 설명이 가능할 정도로 그리 단순하고 기하학적이며, 선형적이거나 수학적인 세계인가? fMRI의 사양이 더 향상된다면 순간의 한 단면이 아니라 인간의 사고작용이 일어나는 전 과정을 상세하게 들여다볼 수 있을 것인가. 우리가 볼 수 없는 것, 보이지 않는 것을 객관적으로 증명하겠다는 발상은 무모하다 못해 망상에 가깝다.

인간을 신체 장기 중의 하나인 뇌와 그 속의 세포에서 내려지는 명령어에 복종 구속되어 있는 존재라고 주장하는 것은 인류의 역사가 시작된 이래로 인류가 이룩해놓은 모든 사회, 문화, 철학적 성취들을 깡그리 부정하는 것이 된다. 만약 고대사회와 중세 봉건사회, 그리고 현대사회를 살아가는 인간들의 뇌세포 구조가 다르다면 그 원인은 고대, 중세, 현대사회의 문화와 환경, 그리고 시대 철학이 다르기 때문이지 신체 내부의 생물학적 요인 때문이 아니다.

좁디좁은 이 한반도 땅에 사는 같은 한 민족이면서도 서울 사람과 대구 사람의 말씨가 다르고, 북한 사람과 남한 사람의 사고방식과 생활 습관이 다른 것이 뇌 구조의 차이인가?

시대 상황에 따라 격변하는 시민들의 정치 성향조차도 뇌세포의 두께로 설명하려 드는 뇌근본주의자들*의 식견으로는 그렇다!라고 할 수 있을지는 모르겠지만, 같은 뇌 구조를 가지고 있으면서도 지역별로 시대별로 사람들의 사고방식은 물론 말씨까지 다른 이유는 인간이 사회적 동물이며, 정치적 동물이고, 종교적 동물이기도 하면서 죽음 이후를 생각하는 형이상학적 동물이기 때문이다. 그러므로 나는 내 몸과 함께 정신이 만들어낸 인격을 가진 '나'이지 뇌연구나 뇌산업의 재료로나 쓰였다가 소각장으로 내동댕이쳐질 '뇌'가 아니다.

* "보수와 진보는 뇌 특정 부위의 두께와 크기가 다르기 때문에 사람의 정치적 성향은 바뀌지 않는다." (정재승의 영혼공작소 - 「보수와 진보는 뇌의 두께가 다르더라」, 〈한겨레신문〉, 2016. 2. 27.)

과학주의의 치명적 한계

건강과 삶의 태도

인간의 몸을 구성하는 여러 장기 중에서 뇌의 기능과 중요성을 부정할 수는 없다. 그러나 뇌 역시 다른 신체 기관이 정상적으로 작동하지 않고서는 제 기능을 할 수 없다는 사실도 분명하다. 위장관으로부터 영양 공급이 되지 않고 그래서 저혈당 상태가 지속이 되면 뇌는 기능을 소실한다. 호흡 기능이 떨어져서 저산소 상태에 빠지면 뇌는 치명적인 손상을 입는다. 그런데 사람이 숨을 쉰다는 행동이 뇌의 지령을 받아서 일어나는 행동인가? 자기가 숨을 쉰다고 의식하고 숨을 쉬는 사람은 없다. 정상적인 호흡은 불수의적 운동이다. 심장은 신체기관 중에서 대표적인 불수의 운동기관이다. 심장박동에 돌발적인 변화가 일어나 사망에 이르게 되는 과정에 직접 원인이 되는 것은 거의 외부요인이지 뇌는 아무 관계 없다. 그저 심장기능의 변화에 따른 이차 영향을 받을 뿐.

뇌사, 즉 뇌의 기능이 정지되었더라도 심장이 박동하고 호흡기능이 살아있으면 그 사람은 살아있는 사람이다. 뇌사를 사망자와 동일시한 것은 순전히 장기이식을 위한 실용 목적에 의해 만들어진 개념이지 생물학적인 현상과는 전혀 상관이 없고, 형법에서도 사망으로 인정하지 않는 개념이다.

또 뇌는 건강한 삶의 절대적인 조건이 되는 것도 아니다. 뇌가 온전하고 그 어떤 손상도 없는 상태라 해서 뇌의 주인이 반드시 건강한 것도 아니다. 우울증이나 불안, 자폐증, 조현병을 앓는 사람의 뇌에서 이상소견을 발견하는 것은 극히 드문 일이다. 이런 병을 앓는 환자들에게서 나타나는 뇌의 분자생물학적 변화는 질병의 결과이지 원인이 아니다.

사실 근대의 과학적 사고가 태동하기 전까지는 건강은 몸이 아니라 삶의 태도 문제였고, 도덕의 영역이었다. 퇴계(退溪 李滉, 1502~1571)가 저술한 의학서적이라고 할 수 있는 『활인심방活人心方』, '사람을 살리는 처방' 이라는 책은 의서라기보다는 도덕의 실천을 강조하는 종교경전에 가깝다.

퇴계가 내린 첫 번째 처방인 중화탕中和湯*은 우리가 상식선에서 생각하는 액체 성분의 마시는 탕약이 아니다. 건강한 몸과 마음을 가꾸기 위하여 "생각을 간사하게 하지 말 것"이며, "좋은 일을 실천할 것", "남을 속이지 말고"와 같은 서른 가지의 행실을 마음에 새겨두고 탕약처럼 수시로 음미하라는 도덕적 권유다. 그리고 화기환和氣丸은 씹어 먹는 환약이 아니라 옛사람들의 잠언을 곱씹고 또

* 퇴계 이황, 『활인심방』, 이철완 편저, 나무의 꿈, 2009, 39쪽, 40~41쪽.

곱씹어 분노를 조절하여 몸과 마음의 평형을 유지하라는 것이다.*

한의학에서 이야기하는 건강은 음양이 조화를 이루는 상태인 성도聖道가 유지되는 것을 일컫는 것으로, 『황제내경』에서 말하는 성도**를 일상의 실천윤리로 담아낸 것이 중용이다. 따라서 한의학의 근간을 이루는 철학적 배경은 중용의 철학이라고 할 수 있다.

삶의 태도에서 찾게 되는 건강은 의술의 개입이 필요치 않는 몸과 마음의 균형과 조화를 의미하는 것으로, 서구사회에서도 마찬가지다.

서구문화의 뿌리라고 할 수 있는 고대 그리스 사회에서도 건강과 관련하여 제일 중요한 가치는 중용이었다. 이 중용을 실현하는 실천원리가 칼로카가티아Kalokagathia와 소프로쉬네Sophrosyne인데, 이는 용기, 절제, 정의와 같은 덕이 하나의 인격체 안에 모두 갖추어져 있는 상태로 동아시아 문화권의 중용의 개념과 큰 차이가 없다.

반면에 요즘 시대의 건강은 그 사람의 삶의 태도와는 전혀 상관이 없고, 병의원에서 첨단기계로 측정한 그 사람의 신체와 관련된 갖가지 지표들(신장, 체중, 시력, 혈액검사, 방사선 소견 등)이 표준값에 해당되는지 여부로 판단한다. 몸에서 측정되는 각종 지표들이 표준값을 벗어나게 되면 건강하지 못하든지 아니면 병들었다는 것으로 인정된다. 여기에 도덕적 판단이나 당사자의 삶의 태도에 대한 평가가 개입될 여지는 없다. 특히 감정노동은 몸에 그 어떤 병리적인 흔적도

* 퇴계 이황, 같은 책, 47쪽.
** "…음양 양자가 조화를 이루지 못하면 봄만 있고 가을이 없음과 같고, 겨울만 있고 여름이 없는 것과 같으니 음양이 서로 조화를 이루는 것을 성도(聖道)라 합니다."(凡陰陽之要, 陽密乃固, 兩者不和 若春無秋, 若冬無夏 因而和之 是謂聖道) 홍원식 옮김, 『황제내경-소문』「생기통천론편」, 33쪽.

남기지 않기 때문에 최첨단 정밀검사로도 객관적 증거를 찾을 수 없지만, 노동자의 혼을 태우다시피 하여 죽음으로까지 몰고 간다.

물론 WHO가 정의한 건강은 신체적 안녕뿐 아니라 사회적, 경제적 안녕에다 영적 안녕까지 포괄하고 있지만, 신체적 안녕 이외에는 의학 외적 영역으로 의사들이 간여할 수 있는 부분이 아니고, 병의원에서 첨단장비로 확인할 수 있는 것도 아니다.

객관성과 비철학이라는 난폭함

현재 첨단병의원에서 온갖 검사를 통해 얻어낼 수 있는 자료들은 어디까지나 몸의 상태와 관련해서 참고해야 할 자료들이지, 건강함이나 병듦을 보증하는 지표들은 아니다. 종합검사에서는 아무 이상이 없는데 계속 불편하다고 하는 사람에게 의사는 무엇을 할 수 있을 것이며, 검사에서 큰 이상이 나타났음에도 당사자는 전혀 불편함을 느끼지 않고 살아왔다면 이때 의사는 어떤 치료를 강요할 수 있는가.

문제는 근대사회의 특징이라고 할 수 있는 과학적 사고로 말미암아 객관성에 대한 맹목적인 믿음이 생겨났고, 객관성에 대한 신봉이 인간의 몸, 그리고 인간의 질병, 나아가 인간의 삶 전체에 생물학을 중심으로 한 자연과학적 사고로 접근하게 만들었다는 것이다.

근대과학에서 어떤 것을 객관화한다고 하는 것은 그것을 '측정'하는 것을 뜻한다. 사실상 실험과 계량적 방법을 통해 다양한 생명현상

> 과 생명기능이 측정되고, 모든 것이 측정된다. 우리는 소위 표준값이라는 것을 설정할 정도로 대담해졌다. 그리고 이것은 분명 의학적인 실수의 주요 원인이 되고 있다.*

첨단의학의 시대에는 사람들은 자신의 건강을 입증받기 위해, 신체의 여러 지표들이 표준범위 안에 들어있는지를 확인하기 위해 아스클레피오스의 신전에 들어서듯 첨단기계가 즐비한 병원으로 몰려가고, 의사들은 그 기계를 가동시키며 열심히 측정한다. 대형병원의 건강검진권을 고가의 선물인 양 주고받기도 하고, 몸에 대한 측정이 대규모 사업으로 변질되어 간다.

살아 있는 몸과 생명은 단 한순간도 정지되어 있는 것이 아니라 흘러가는 시간을 따라 시시각각 변화하는 것이기 때문에 측정한다는 것이 불가능하다. 그러므로 생명과 또 생명체의 삶을 유지하게 하는 건강 역시 과학의 환원주의적 방법에 의해 측정되거나 평가될 수 있는 성질이 아니다. 무엇보다 건강은 내 몸에 대한 나의 주관적 감정과 연결되어 있는 것이어서 객관적으로 평가됨으로써 오히려 건강을 훼손하는 경우마저 생기기도 한다. 검사 결과가 어떠하든 간에 '건강함' 또는 '병듦' 이라고 받아들이는 것은 몸의 주인인 주체의 의지다. "인간은 육체라는 시녀의 아들이 아니라 자유로운 정신의 아들" 이기 때문이다.**

---

* 한스 가다머, 『철학자 가다머, 현대의학을 말하다』, 이유선 옮김, 몸과 마음, 2002, 159쪽.

** 아르투어 쇼펜하우어, 『의지와 표상으로서의 세계』, 홍성광 옮김, 을유문화사, 2012, 191~192쪽.

생명체인 인간의 건강은 자신이 영위하는 삶의 태도와 주위 환경과의 조화나 적응을 통해 가꾸어지는 것이지 사회는 물론 자신의 의지로부터도 고립된 기계로서의 몸 안에서 찾거나 만들어질 수 있는 것이 아니다. 건강하다는 것은 내 몸이 쾌적한 상태를 유지할 때인데, 이때 나는 내 몸을 의식하지 못한다.

칸트는 몸의 쾌적과 만족의 개념으로 건강을 설명한다. 몸의 쾌적함이라는 것은 몸이 편안한 상태가 유지됨으로써 주체의 몸에 대한 무관심을 불러오는 것이다. 따라서 건강이란 몸에 대한 일체의 관심을 유발하지 않는, 몸의 편안함을 느끼는 상태에서 자신의 직무에 전념할 수 있게 하여 자유롭게 "자연으로부터 수동적으로 받을 수 있는 것에조차 의존함이 없이" 자신의 절대적 가치를 추구하게 하는 것"이라고 정의할 수 있다.* 그러고 보면 장자莊子가 이야기한 상아喪我의 경지〔齊物論〕, 다시 말해 '자기 스스로를 잊어버리는 경지'와 흡사한 개념이다.

이런 건강개념은 MRI도 CT도 초음파도 없었던, 의료수준과 자원을 지금과 비교조차 할 수 없던 칸트 시대의 건강개념이라고 생각할 수도 있겠지만 시대가 달라졌다고 해서 건강에 대한 개념이 그 시대와 크게 달라진 것은 아니다. 건강은 인간이 삶을 통해 지향하는 가치**이지 시공간을 점유함으로써 자연과학적 방법, 즉 법칙이나 개념으로 공식화하거나 도구로 측정 가능한 실체가 아니기 때문이다.

---

* 임마누엘 칸트, 『판단력비판』, 이석윤 옮김, 박영사, 1974, 63쪽.

** 가치를 뜻하는 value의 라틴어 어원인 'valere'는 원래 건강하다는 의미다.(조르주 캉길렘, 『생명에 대한 인식』, 여인석·박찬웅 옮김, 그린비, 2020, 247쪽.

그러나 측정을 통해 건강을 평가하는 과학적 사고에만 숙달된 의사들은 과학 너머를 사유할 능력이나 지식이 없다. 그래서 과학적 사고의 한계를 인식하지 못한 의사의 처방에는 "비철학이라는 난폭"이 수반된다.* 의사들이 비철학이라는 '난폭함'을 수반하는 기계적 처방을 하게 되는 이유를 심리분석학자 칼 융은 의학교육에서 찾는다.

> 의학교육은 한편으로는 그 기억하는 것들의 기초에 관한 진정한 지식을 갖추지 않은 채 그저 암기만 해 놓은 엄청나게 큰 기억재료의 저장으로 이루어지고, 다른 한편으로는 '여기서는 오래 생각하지 않는다. 손으로 받아든다(생각하지 말라, 행동하라)'는 원리에 따라 진행된 실제적인 숙달경험으로 이루어지고 있다. 그러다 보니 의사들은 모든 전문가 가운데서 사고기능을 발전시킬 기회가 가장 적다. 의사들은 처방을 하고 그들 자신이 숙고해서 만든 것이 아닌 방법을 기계적으로 응용하는 데 익숙해져 있다.**

융의 이런 비판은 독일의 의학교육 제도를 겨냥한 것으로 보이지만 지금 현재 한국 의과대학의 교육제도나 관행과 큰 차이는 없다. 오히려 상황은 더 나빠졌을지도 모른다. 암기하여 기억재료의 저장고에 넣어두어야 할 지식이 융의 시대와는 비교할 수 없을 만치 많아졌기 때문이다.

---

* 카를 야스퍼스, 『기술시대의 의사』, 김정현 옮김, 책세상, 2010, 77쪽.

** 칼 구스타브 융, 『정신요법의 기본문제』, 한국융연구원 융저작번역위원회 옮김, 솔, 2007, 200쪽.

앞으로는 어떻게 될까. 의사들이 암기력이 아무리 특출하다 하더라도 인공지능의 기억력과 기억용량을 따라갈 수 있을까. 최근 의료계의 추세는 보다 더 객관적이고 과학적인 처방을 위한 증거기반의학〔Evidence Based Medicine〕을 중시한다. 그런데 의사가 숙지하거나 확보하고 있는 증거와 인공지능에 입력되어 있는 증거가 비교가 될까. 진료 현장에서 인공지능의 영역이 넓어질수록 처방의 비철학이라는 난폭함은 점점 더 심해질 것이다.

정상과 비정상, 인간과 비인간

사실 표준값을 정해놓고 그 기준에 따라 정상과 비정상을 나누는 의사들의 과학적 사고는 결코 의학적 실수 정도로 넘어갈 일이 아니다. 자신들이 설정한 기준에 따라 정상과 비정상을 구분하여 비정상을 도려내고, 나아가 인간과 비인간을 구분한 뒤 비인간을 절멸시키도록 만든 것이 근대의학의 흑역사다.

아우슈비츠는 정상인인 나와 다른 남을 세상에 더 이상 존재할 가치가 없는 거추장스러운 물질로 규정한 뒤 6백만 명이 넘는 인간을 폐기해야 할 물질처럼 첨단공학적 방법을 동원하여 단시간에 대량으로 최종처리해 버린 사건이다. 최종처리가 가능하게 한 배경에는 객관성을 신의 계시만큼이나 신봉하는 의사들의 과학적 사고가 있었다. 사람을 원료로 한 죽음을 대량생산하던 아우슈비츠라는 첨단공장이 가동될 때 의사들이 적극적인 역할을 했다. 이것은 "건축과 원예의 전략들을 의학의 전략과 결합한 것"으로, "원예와 의학은 살아서 번성하게 되어 있는 유용한 요소들을 박멸해야만 할 해로운 병적인 요소들로부터 구분하고 분리"한다는 점에서 그 대상이 다를 뿐 똑같은 지적 활동이다.*

이 참혹한 의학의 흑역사는 주술사들이 의사 노릇을 하던 신화의 시대가 아니라, 이성과 계몽의 힘으로 인류 최초로 문명의 빛을 환하게 밝히던 20세기의 유럽에서 일어난 일임을 기억해야 한다.

> 1944년까지 나를 포함한 오직 소수의 의사만이 친위대장의 최종명령을 알고 있었다. 병자와 아이들부터 처리를 시작하고, 아직 일할 수 있는 자들은 오직 경제적 목적을 위해 이용하라는 것이었다. 나는 친위대에 맹세했듯이 절대적으로 자발적인 의지를 갖고 임무를 수행했다. (중략)
>
> 소각로는 좁고, 이에 따라 소각장의 수용력이 좌우되었다. 수확물은 차고 넘쳐 너무 많은 쥐들이 잡혔다. 해결책은 우리 손에 달려 있었다. 그러나 순수하게 이상적인 목표치를 달성하기란 어려운 일이었다. 실제로 1번과 2번 소각로가 스물네 시간 내에 처리할 수 있는 있는 시신이 2000구 정도였고, 고장을 막기 위해서는 그 이상은 무리였다.
>
> "다른 두 소각로는요?" 네 번째 와인을 들이켜기 전에 보이트 박사가 물었다.
>
> "3번과 4번은 상당한 애를 먹이는 중입니다. 하루에 1500구를 처리

---

* 지그문트 바우만, 『현대성과 홀로코스트』, 정일준 옮김, 새물결, 2013, 120~137쪽.

하는 데 그치고 있습니다. 여간 실망스러운 것이 아니지요."

- 자우메 카브레, 『나는 고백한다』 중에서

바우만은 홀로코스트는 인간의 이성과 과학에 기반을 둔 "현대 문명의 합리적 세계관"이 있었기에 가능했다고 했다. 그리고 인간을 공장식으로 살처분해 버린 잔혹함보다 더 잔혹한 것은 "희생자들을 파괴하기 전에 비인간화"시키는 과정인데, 그 과정에 명분과 정당성을 부여한 것은 바로 "고립된 영역의 의학적 실천, 개별 인간의 신체를 겨냥한 의학 그 자체, 건강과 정상성의 모델 분리 전략, 첨단의학의 수술기술"이었다.*

또 한 가지 중요한 사실은 아우슈비츠에 복무했던 요제프 멩겔레 류의 의사들이나 이시이 시로의 731부대에 복무했던 의사들이 상부의 부당한 명령에 어쩔 수 없이 복종한 것이 아니라 자발적 의지를 가지고 적극적인 연구를 통해 자신의 실적들을 쌓았고, 그 실적을 근거로 의학자로서의 입지를 구축했다는 사실이다.**

하지만 그들이 저지른 악에 대한 합당한 처벌을 받았는지는 의문이다. 특히 731부대 소속 의사들의 만행으로 제일 많은 희생자가 나왔던 한국에서조차 의료계든 시민사회든 그들의 범죄행위를 공론화하거나 책임을 묻는 움직임은 없었다.

오히려 인류의 행복을 위해, 의학의 발전을 위해서는 '저변 인

---

* 지그문트 바우만, 같은 책, 137쪽.
** 731부대에 소속된 의사 53명은 패전 후 곧바로 일본으로 귀환한 뒤 그 이후 일본의료계와 의학계의 요직과 중책을 맡는다.(전쟁과의료윤리검증추진회, 『731부대와 의사들』, 스즈키 아키라 옮김, 건강미디어협동조합, 2014, 98~99쪽 참조)

구' 중에서 누군가는 겪어야 하는 부수적 피해 정도로 이해하고 있는 것은 아닌가. 히로시마와 나가사키에 인류 최초로 핵폭탄을 떨어트림으로써 도시 전체를 절멸시켜 버린 미국 대통령 트루먼(Harry S. Truman, 1884~1972)의 행위를 우리 사회가 악이라고 규정한 적은 없다. 일본에 이어 두 번째로 많은 원폭피해자가 있는 나라이면서도 핵폭탄 자체에 대한 거부감도 없다. 핵은 일제의 손아귀에서 한민족을 해방시켜 주었고, 북의 위협으로부터 우리를 지켜주는 은혜로운 물건으로 생각해 왔다.

그런데 의학사에서 지울 수 없는 참극으로 남아 있는 아우슈비츠와 731부대의 생체 실험은 전쟁이라는 특수한 상황에서 일어난 사건으로, 아우슈비츠 이전에는, 또 그 이후에는 절대 일어나지 않았고, 일어나지도 않을 사건으로 이해되는 측면이 있다. 과연 그럴까. 황우석 사건은 언제 일어난 일인가?

아우슈비츠와 731부대 이후에 의사들의 실험연구를 규제하기 위해 마련된 윤리강령은 그야말로 강제성 없는 윤리강령일 뿐, 실적에 혈안이 된 의사들의 실험을 규제한다는 것은 현실적으로 어렵다. 명분이 뚜렷하기 때문이다.

> 연구 활성화와 의료 및 생명공학 산업발전, 일자리 창출을 위해서도 필요하지만, 무엇보다 국내 환자 수십만 명과 그 가족들이 매일 흘리고 있는 눈물, 후손들이 받게 될 고통을 우리 사회가 외면하지 말아야 한다"*

---

* 국가생명윤리정책연구원, 보건복지부 공청회 자료집, 「4차 산업혁명 시대에 생명윤리정책을 말한다」, 2017. 08. 30. 세션 1 토론문 73쪽.

생명공학자의 이 간절한 호소를 반박하고 나설 용기 있는 사람은 그리 많지 않다.

과학주의와 인간의 한계상황

생명공학 연구의 활성화, 그리고 생명공학 산업의 발전으로 우리 인간이 누릴 수 있는 혜택이 무엇일까? 국내 환자 수십만 명과 그 가족들이 매일 흘리는 눈물은 치료기술의 결핍 때문이 아니라, 이웃과 사회의 배려 결핍 때문에 흘리는 눈물이 아닐까?

인간은 과학적 사고에 의해 분석 가능한 몸, 몸 중에서도 지극히 일부분을 차지하고 있는 뇌 하나로 다 설명할 수 있는 존재가 아니라, "특정한 기간, 공간, 역사성 등 그때그때마다 자신을 둘러싼 '상황' 속에서 생활하고 사유하는 존재"다.*

인간을 포위하고 있는 상황들은 가변적이기도 하고, 인간의 의지에 의해 극복 가능한 것이기도 하지만, 인간의 의지와 노력으로도 극복하기 어려운 한계상황이 있다. 칼 야스퍼스(Karl Jaspers, 1883~1969)가 말했던 인간이 인간으로 남아 있는 한 벗어날 수 없는 한계상황이란 '죽음', 죽음에 이르기까지의 '고통', 삶을 지탱하기 위한 '투쟁', 그리고 그 투쟁 과정에서 생길 수밖에 없는 '죄책'이다.

이런 한계상황에 묶여 있음으로 해서 생기는 존재의 불안은 과학

---

* 칼 야스퍼스, 『철학 1』, 이진오·최양석 옮김, 아카넷, 2017, 89쪽 및 역주 참조.

으로는 설명할 수도 없고, 해결할 수도 없다. 그런데 '과학주의'*를 신봉하는 생명공학자들은 그 불안과 고통마저 과학기술로 해결하려는 야심찬 기획을 한다. 생명의 순환주기에서 죽음에 이르기 직전, 필연적으로 겪게 되는 늙음조차도 "삶의 불가피한 일부가 아니라 폭넓은 병리학적 결과들을 빚어내는 질병의 과정"으로 규정하고, '늙음'도 치료 가능한 질병이라며** 흘러가는 시간에 몸을 맡긴 채 하릴없이 늙어가는 사람들을 조롱한다.

그렇다면 죽음은 어떨까. 죽음 역시 과학주의 시각에서 보면 얼마든지 막아내고 유보할 수도 있다. 의학적으로 호흡을 멈추고 심장박동이 정지되면 '죽음'으로 인정되는 것이니, 호흡을 유지하게 하고 심장만 뛰게 하면 얼마든지 죽음을 거부하고 생명을 유지할 수 있을 것 아닌가. 삶에서 죽음에 이르는 과정에 그렇게 간단하면서도 세련된 기술이 개입된 결과로 나타난 것은 "죽음을 해산"하지 못하는 '불임의 삶'이 대량생산된 것이다.***

> 기괴한 의료기구들로 환자를 감아놓은 의사는 환자의 병세보다는 자신의 출세에만 급급할 따름이다. 오로지 자신의 경력에 그럴듯한

---

* 과학주의란 "오직 자연과학적으로 보증되고 전문용어(혹은 적어도 전문적이라고 여겨지는 용어로) 표현된 지식만이 진짜 지식이라는 생각이다."(마르쿠스 가브리엘, 『나는 뇌가 아니다』, 전대호 옮김, 열린책들, 2018, 168쪽) 가령 보통 사람들이 '늙었다'고 하는 것을 의사들은 '노화'라고 하고, '돌아가셨다', '숨을 거두었다'라고 하는 것을 의사들은 'Expire'라고 하는 경우다.

** 데이비드 A. 싱클레어·매슈 D. 리플랜트, 『노화의 종말』, 이한음 옮김, 2020, 부키, 137쪽.

*** "삶이 비롯하는 순간 우리는 누구나 죽음을 잉태합니다. 거듭 말하지만, 생명은 죽게 되어 있기 때문입니다. 그렇다면 삶의 과정은 결국 죽음을 해산하기 위한 죽음 회임의 긴 기간이라고 말할 수 있습니다."(정진홍, 『만남, 죽음과의 만남』, 궁리, 2003, 21쪽.

훈장 하나 남기기 위해서 말이다. 짐승을 잡으려고 혈안이 된 사냥꾼과 다를 게 무엇인가. 사회나 그 구성원에게 죽음을 막아 준 것만으로도 감사할 줄 알아야 한다고 이죽거린다. 이들에게 당사자의 자존심이나 인간다움 따위는 안중에도 없다. 그저 최고의 기록에만 목을 매는 운동선수와 같다고나 할까.

기술에 도취한 나머지 인간으로서 최소한의 품위마저 저버린 의사의 행위, 아무리 의식을 잃은 환자라고는 하지만 사람의 몸을 최첨단 기술로 고깃덩어리 취급한다는 것이 말이 되는가.*

불임의 삶을 양산하는 첨단의학기술 때문에 2018년 4월부터 새로운 법이 만들어졌다. 존엄사법이다. 다소 장황하다 싶은 '호스피스완화의료 및 임종과정에 있는 환자의 연명의료결정에 관한 법률' 의 별칭이기도 하고, 너무 길어서 '연명의료결정에 관한 법률' 이라는 약칭으로 부르기도 하는 이 법안에 대해 누가 존엄사법이라는 별칭을 붙였는지 궁금하다.

연명치료를 거부하는 것이 존엄한 죽음을 선택하는 것이라면 삶의 의지를 불태우며 병마와 끝까지 싸우다 끝내 삶의 의지가 꺾이고 만 사람들의 죽음은 존엄한 죽음이 아닌가? 이런 사람들의 죽음은 어떤 죽음이라고 불러야 할까. 또 말기암 환자임에도 경제적 이유 때문에 호스피스완화의료서비스를 받을 수 없고, 그래서 상급의료기관에서 임종을 맞을 수 없는 사람들, 이 밖에도 산업현장에서 일하다 죽어간 사람들, 길거리에서 쓸쓸히 죽어가는 노숙자들의 죽

---

* 장 아메리, 『자유죽음』, 김희상 옮김, 산책자, 2010, 163~164쪽.

음, 쪽방에서 세상과 절연되어 고독에 찌들다 죽어간 사람들의 죽음은 존엄사법의 적용 대상이 아니다. 그렇다면 이들의 죽음은 어떤 죽음인가? 그리고 온갖 첨단정비에 칭칭 동여매인 채 존엄한 죽음은커녕 죽지도 못하고 살아가는 저 많은 불임의 삶들은 어떤 삶들인가. 그래서 "잘 죽여주는 나라가 복지국가"라는 섬뜩한 제목 아래, 자신이 하는 일을 "사람을 잘 죽여주는 일"〔웰다잉플래너〕이라고 소개하는 글이 인터넷 일간지*에 버젓이 실리는 이 세상은 도대체 어떤 세상인가?

인간이 한계상황에서 벗어날 수 없듯이, 병든 인간을 상대하는 의사가 벗어날 수 없는 한계도 있다. "인간의 생명은 동물의 생명처럼 순수하게 객관적"일 수 없고, 결코 "인간은 전체로서는 객관화될 수 없는" 존재인 이상 객관성을 신봉하는 의사는 결국 한계에 부닥치고 만다. 그래서 의사의 과학주의는 인간을 그 자신으로서가 아니라 "대상으로서 수용된다는 부적합성"이 생긴다. 이때 의사는 환자에게 "건강을 불러와 그 대가를 지불하게 하는 하나의 기계장치"가 될 수밖에 없다.**

절대 한계상황에서 벗어날 수 없는 운명을 가진 인간은 인류의 역사가 시작된 이래로 자신들이 운명적으로 감당할 수밖에 없는 한계를 달래고 극복하기 위하여 주술(종교)과 예술에 의지하여 위안을 찾았다.

그러나 과학은 전통과 계시를 파괴하고 대신 절대화된 권력이 되

* 〈프레시안〉, 2016. 12. 22.
** 칼 야스퍼스, 같은 책, 285~296쪽.

어 인간들의 생활과 사유를 지배하기에 이른다. 지금 온 세상 사람들이 뿌리를 알 수 없는 불안과 우울에 시달리고 있지만 그 원인도 해결책도 찾지 못하고 있다. 지난 시절에 불안과 우울에 시달리던 인간을 위무하던 예술과 종교가 과학에 의해 일상에서 분리된 채 거리에서 매매, 거래되는 상품으로 변질됐기 때문이다.

과학적 사고의 한계

1956년 일본의 구마모토현 미나마타시 주민들 사이에서 집단괴질이 발생했다. 이 병에 걸린 사람들은 한漢나라 여태후의 고문으로 "손발이 잘리고, 눈알이 뽑히고 귀가 도려내지고, 벙어리가 되는 약을 먹고 인간 돼지라고 이름 붙여 오줌 항아리에 갇히고, 그리고 결국 숨통이 막혀 죽게 되었다."는, 유방의 후궁 척부인의 죽어가는 모습과 흡사했다. 원인은 미나마타 신일본질소비료공장에서 뿜어낸 유기수은이었다. 사태가 점점 심각해지자 일본정부는 이른바 전문가들을 파견하여 역학조사를 실시했다. 객관적인 실태와 과학적 인과관계 조사를 위해서….

그런데 주관이 개입되지 않는 절대적 객관의 세계가 과연 가능할까? 더군다나 인간이 인간을 대상으로 하는 연구에서 연구기금을 제공하는 측의 의도, 연구자의 의욕과 선입견, 그리고 피험자의 피해의식과 방어본능이 배제된, 순수하고 너무나도 순결한 무균질의 연구라는 게 있을 수 있을까.

환자들은 선생님의 휴머니즘이나 학술연구를 격려하고 있음이 분명했다. 이곳, 내가 나고 자랐던 미나마타라는 지역에는 예로부터 가령 이런 식으로 멀리에서 온 손님을 내접하는 방법이 여러 가지가 존재한다.

하지만 만일, 예를 들어 행여라도 그 선생님이 새로운 논문을 쓰기 위한 관심만으로 자신들을 조사하고 있다는 것을 알게 되면, 환자들의 늘어진 성대는 정말로 막대기나 벽처럼 딱딱하게 굳어버린다. 오체불만족한 이 사람들이 발산하는 저 불가사의한 정겨움은 오간 데 없이 사라지고, 둘 사이에는 금세 두꺼운 벽이 가로놓이고 만다.

- 이시무레 미치코, 『슬픈 미나마타』 중에서

사물이 아닌, 감정을 가진 사람을 대상으로 한 역학조사에서 의사를 포함한 전문가들은 미나마타 해안에서 잡힌 어패류를 원인으로 지목했다. 전문가의 역학조사는 아무런 보상책도 없이 미나마타에서 잡힌 생선은 팔지도 먹지도 못하게 된 어민들 숨통만 끊어놓은 결과를 초래했다. 그나마 병아리 눈물 정도의 보상이 나오게 된 것은 의학의 힘이 아니라 피해자들의 투쟁과 정치의 역할이었다.

의학이라는 객관적 지식만으로는 인간의 몸과 마음이 가진 불확실성과 주관적인 정서를 설명할 수도 없고, 이해할 수도 없고, 병든 세상과 부닥치면서 생긴 아픔과 상처에 대해서는 아무런 처방을 할 수도 없다.

1956년에 처음 모습을 드러낸 미나마타병은 2001년까지 일본 현지에서 2,265명의 환자가 확인되었다. 미나마타는 아직 끝난 것이 아니다. 유기수은이 아니더라도 종류와 독성을 짐작조차 할 수 없는 엄청난 양의 유기화학용제들이 지금도 소리 없이 대기 중으로, 강과 바닷속으로 분출되고 있고, 우리 몸속으로 스며들고 있다. 게다가 과거에는 보지도 듣지도 못했던 미세먼지까지 인간이 숨 쉬어야 할 대기를 가득 채우고 있다.

미나마타병의 근본 원인은 근대산업문명의 소행임을 정확하게 진단하고 보고한 것은 의사들이 아니라, 미나마타 현지를 발로 뛰면서 현장의 생생한 모습을 르포 형식으로 기록한 작가 이시무레 미치코(石牟禮道子, 1927~2018)였다.

그는 "구천을 떠돌고 있는 죽은 영혼과 생령生靈의 언어"를 살려, 근대에 대항하는 주술사가 되고자 하였다. 그 밑바탕에는 상상력과 연민이 없는 객관성만을 추구하는 과학적 사고가 아니라, 이웃의 고통과 아픔에 공감하고 거악을 비판하고 분노할 줄 아는 인문정신이 있었다.

음침한 과학

한국사회의 수준을 증명하는 온갖 객관적 지표들(GDP를 포함하여 자동차보유대수, 평균수명, 병실보급률…)은 선진국 수준이며 G7에 한국을 포함하여 G8이라고 부르기도 한다. 한국사회에도 이제 곧 인간을 능가하는 인간 이후의 인간, 인공지능이 장착된 기계인간이 사회의 주류로 우뚝 설 날이 올 것 같다.

그러나 한국사회는 OECD 국가 중에서 삶의 주관적 만족도는 꼴찌 수준이다. 당연히 건강에 대한 주관적 만족도 역시 꼴찌 수준이다. OECD 국가 중에서 최고 수준의 자살율과 최저수준의 출산률은 좀처럼 개선될 조짐이 보이질 않는다. 시대의 흐름에 올라타지 못한 잉여인간들은 질식하거나, 무기력, 열등감에 시달리다 체념하고 절망한다. 이런 사람들에게 한 주먹의 항우울제나 항불안제가 어떤 효과가 있을까.

기술혁신을 통한 팽창과 확장의 기세도 한계가 있기 마련이다. 지금 우리가 맞닥뜨리고 있는 이 시대가 바로 그 한계에 부닥친 채 제자리를 맴돌고 있는 상황이다. 그리하여 근거를 알 수 없는 공포와 불안에 시달리면서 정신세계는 점점 더 피폐해지고 있다. 그 실상은 헤르만 헤세(Hermann Hesse, 1887~1962)가 경험했던 허무와 공포, 즉 "승리와 번영을 누렸던 한 시대"가 저물어가자 "정신에게 몰아닥친 공포의 징후"와 같은 것이기도 하다.

> 삶의 메마른 기계화, 도덕의 깊은 타락, 국민들의 믿음 상실, 예술의 진실하지 못함 등이 그것이었다. 저 중국의 신기한 전설에서처럼 '몰락의 곡조'가 울려 퍼졌는데, 그것은 마치 파이프오르간의 길게 끄는 저음부처럼 몇십 년 동안 울리면서 학교나, 잡지 아카데미에는 부패의 모습으로 흘러들었고, 아직 진실성을 잃지 않고 있던 예술가나 시대 비평가에게는 우울증과 정신병으로 흘러들었으며 모든 예술에 대해서는 거칠고 천박한 과잉생산으로 날뛰었던 것이다.
>
> - 헤르만 헤세, 『유리알 유희』 중에서

과학 그 자체만으로는 합리적이면서 실용적인 것, 여기에 더하여 경제적인 가치 이외의 것은 그 어떤 가치도 살려내지 못하며, 예술을 고려하지 않은 과학은 한갓 "음침한 과학"*에 불과한 것이 되고 만다. 예술을 고려한다 함은 과학적 사고에 윤리적 판단을 더하라는 이야기다.

지금 물기 없이 깡마른 이 시대에 절실한 것은 더 실용적이면서 경제적인 기술이나 혁신된 기술이 아니라, 음침한 과학에 의해 유지되는 합리적 세계를 거부할 수 있는, "비합리적 특권"이 보장되는 예술정신이다. 그것은 아주 멀고도 먼 옛날, 옛사람들의 불안한 삶에 용기와 희망을 심어주고, 삶을 긍정하게 했던 신명과 신바람을 부추기던 신비한 마법이나 주술 같은 것들이다. 그것은 화려한 객관적 지표와 형편없는 주관적 만족도 사이의 괴리를 좁혀주는 다리 역할을 하는 것이기도 하다.

---

* 멜빈 레이더·버트럼 제섭, 『예술과 인간 가치』, 김광명 옮김, 이론과실천, 1993, 337쪽.

인문치유

이성적 인간의 부조리

근대사회를 탈주술의 사회라고 하는 것에서 보다시피 21세기의 과학적 사고에 젖어 사는 사람들은 과학과 주술은 단 한 치의 접점도 없이 서로 대립관계에 놓여 있는 것으로 생각한다. 근대인들에게 주술은 그저 하루빨리 청산해야 할 미신이요 구시대의 잔재일 뿐이다. 그래서 과학과 예술 사이에도 넘기 어려운 높은 장벽이 놓여 있는 것 같다. C. P. 스노우(Chales Percy Snow, 1905~1980)가 두 문화*를 이야기한 이후 두 문화 사이의 간격은 더 벌어졌으면 벌어졌지 좁혀졌을 리는 없다.

2020년, 이탈리아를 기점으로 유럽에서 코로나19가 창궐하여 유럽 전역의 의료체계가 붕괴될 시점에 프란치스코 교황은 사순 제3

---

* C. P. 스노우, 『두 문화』, 오영환 옮김, 사이언스북스, 2001.

주일째 비가 쏟아지는 바티칸 광장에서 홀로 무릎을 꿇고 고통에 시달리는 인류를 위해 성모님의 특별한 보호를 청했다. 그리고 페스트로부터 로마를 구한 것으로 믿고 있는 기적의 십자고상 아래서 간절히 기도했다. 고통에 빠진 인류를 구원해 달라고 과학이 아닌 신앙에 기댄 것이다. 신앙이 없는 사람들조차 프란치스코 교황의 이런 경건하고 장엄하면서도 간절한 의례를 비과학적이면서, 부질없는 주술이라고 비난하지 않았다.

미국의 의료사회학자, 르네이 C. 팍스Renee C. Fox는 의학연구, 특히 첨단의학과 관련된 연구의 특징을 다음과 같이 설명한다.* 첨단의학연구는 첫째, 불확실성과 위험성, 우연성이 복합된 '확률의 경기' 라는 점, 둘째, 주기성을 가진다는 것. 즉 탁월한 효과를 자랑하는, 혁신적 신약이 개발·시판되고 나면, 어느 틈에 부작용이 생기면서 시장에서 사라지고 그를 대체하는 획기적인 신약이 또 개발된다는 것, 그리고 그 획기적인 신약의 수명도 그리 길지 않다는 것이고, 셋째로는 생명공학자들은 자신들이 만든 생명체, 즉 복제동물이 가진 불확실성과 잠재적 위험이 과학이 아닌, 우연의 힘으로 극복되기를 바라는 그들만의 간절한 소망이 담긴, "고도로 구조화되고 의례화된, 경박스러워 보이는 연극행위"를 한다. 그 생명체에게 이름을 붙이는 것이다. 복제양 '둘리', 복제소 '영롱이', 복제양 '메디', 복제개 '스누피' …. 이는 복제 동물에 대한 애정과는 전혀 관련이 없고 단지 자신들의 연구가 성공하기를 바라는 과학적 주술이라고 했다.

---

* 르네이 C. 팍스, 『의료의 사회학』, 조혜인 옮김, 나남, 1993, 357쪽.

과학자들의 이런 행위는 인간이 아무리 과학적 사고를 하고, 과학적 행위를 한다 하더라도 요행이나 초월적 힘에 기대는 주술적 사고에서 벗어나기 어렵다는 것을 증명하는 것이라고도 볼 수 있다. 그 이유는 과학이 모든 문제를 해결하거나 답을 줄 수도 없거니와, 인류가 과학적 사고를 하기 시작한 역사는 지극히 짧은 반면, 주술의 역사는 인류 출현의 역사와 함께해 왔기 때문이기도 하다. 인류 문화에서 장례 문화가 없어지지 않는 한 주술 문화도 사라지지는 않을 것이다.

인간 세상에 종교가 없는 사회가 있을 수 없기 때문에 아무리 과학이 진보하더라도 과학과 종교적 주술은 인류의 역사와 함께 공존할 수밖에 없다. 베르그손은 동물세계에는 미신이 없다고 하면서, "이성을 타고난 유일한 존재"인 인간은 또한 "그의 존재성을 비이성적인 것들에다 의존할 수 있게 하는 유일한 존재"라고 했다. 비록 "과학에 의해 물러나긴 했지만, 마법에의 경향은 존속"하며, "과학에의 집중이 한순간 산만해지면, 곧바로 마법은 우리 문명사회로 진입한다." 이때 "마치 깨어 있는 동안 억압된 욕구가 꿈속에서 만족하기 위해 아주 가벼운 졸음을 이용하듯이"* 인간은 마법에 의존하게 되는데, 이런 인간의 행동을 "이성적 존재의 부조리"라고 했다.**

인류학자 레비-스트로스(Claude Levi-Strauss, 1908~2009)는 과학과 주술의 차이를 이렇게 설명한다. 주술은 "총체적 포괄적 결정론"을

---

* 앙리 베르그손, 『도덕과 종교의 두 원천』, 박종원 옮김, 아카넷, 2015, 251쪽.
** 앙리 베르그손, 같은 책, 147~148쪽.

전제하는 반면, 과학은 "우선 여러 개의 차원을 구분"하고 "그중 일부에만 결정론적 형식을 부여하고, 그 밖의 차원에는 같은 결정론적 형식을 적용하지 않는다." 또 "주술의 의례가 엄격하고 치밀한 것은 존재양식으로서의 이 결정론적 진리가 무의식적으로 파악되기 때문"이다.

"주술적 사고나 의례란, 결정론적 작용을 인식하고 응용하기에 앞서, 결정론적 작용을 포괄적이고 전체적인 양식으로 추측하고 활용하는 일"이다. 따라서 주술적 의례나 신앙은 앞으로 태어날 새로운 과학에 대한 믿음의 표현이라고 했다.*

그러므로 "실물보다 앞서가는 그림자처럼 주술은 어떤 의미에서 그 자체로 완벽한 것이며, 실물은 아니면서도 곧 뒤에 올 실체와 마찬가지로 완성되고 논리 정연한 것"이어서 주술은 과학과 대척점에 있는 것이 아니라, "과학의 은유적 표현"이 되는 것이다.**

약은 물론 먹을 것도 귀하던 시절, 태반을 약으로 삶아먹던 옛날 사람들과 태반주사를 맞는 요즘 사람들의 차이는 무엇일까? 태반주사를 처방하는 이 시대의 의사가 태반을 약으로 쓰던 옛날 사람들을 조롱하고 비하할 근거는 없다. 오히려 옛사람들의 선견지명에 다소곳이 고개를 숙여야 하지 않을까.

---

* 레비-스트로스, 『야생의 사고』, 안정남 옮김, 한길사, 1997, 63쪽.
** 레비-스트로스, 같은 책, 66쪽.

주술과 예술

인류학자의 상세하고 해박한 설명에도 불구하고 과학과 주술의 접점을 찾기란 쉽지 않다. 근대 이후 과학적 사고가 주술에 대해 워낙 적대적인 태도를 취해왔고, 미신과 주술은 야만의 상징처럼 여겨져 왔던 탓일 게다. 특히 한민족의 신화에 뿌리를 둔 주술적 사고는 일제강점기를 거치면서 우리 민족 전체의 수치와 아픔으로 남아있는 것이기도 하다. 하여 과학과 주술을 같은 반열에 올려놓고 같은 가치로 자리매김한다는 것이 쉬운 일은 아닌 것 같다.

과학과 주술의 접점을 찾기가 어려운 제일 큰 이유는 금기에 대한 해석과 태도의 차이 때문일 수도 있다. 주술은 금기, 다시 말하면 하지 말라는 것, 해서는 안 되는 것을 각인시킴으로써 인간에게 영향력을 행사하는 기술인 반면, 과학은 오랜 세월 한 사회에서 굳어져 왔던 금기를 부정하고 해체함으로써 그 영향력을 확대해 왔다.

주술적 사고가 하지 말라는 것에 무게 중심이 쏠려 있다면, 과학적 사고는 하면 된다, 할 수 있다는 쪽에 쏠려 있는 것이다. 이런 진취적인 과학적 사고 덕택에 인류는 문명사회로 진보할 수 있었고, 주술적 사고가 섬김과 기원의 대상으로 삼던 신 대신, 인간이 신 놀이(God Play)를 할 정도의 기술을 가지게 되었다. 그래서 하지 말라는 것과 할 수 있다는 사고 사이의 간격은 좀처럼 좁혀들 것 같지는 않다.

사진에는 이상이 없는데… 아마 근육이 놀랬는 모양입니다.

목과 어깨가 아파서 정형외과를 찾아간 20대 청년에게 경추 MRI를 촬영한 뒤 의사가 청년에게 한 말이다. 근육이 놀랬다는 것은 의학적 개념과 범주를 벗어난 진단이요 표현이지만, 진단을 내리는 의사의 표정과 말투는 지극히 진지하고 자연스러웠다. 목이 아픈 환자에게 방사선 촬영을 하고, 그 결과까지 확인이 되면 과학으로서의 의학의 역할은 끝이 난다. 그런데 경추에 대한 방사선 영상 소견이 정상이라고 해서 청년의 통증이 없어지는 것은 아닐 터인데, 그다음 의사가 할 일은?

앞에 앉은 환자가 불편을 호소한다면 의사로서 무언가 역할을 해야 한다. 그러기 위해서는 1+1=2, 즉 인과율로 설명하는 과학을 넘어서는 상상력과 창의력이 필요하고, 청년에게 통증을 유발하는 세계에 대한 비과학적인 해석 능력이 필요하다. 거기에는 과학적 사고에 전혀 담겨 있지 않는 환자의 고통에 공감하는 윤리적 태도까지 담겨 있다. 그 태도에서 가장 중요한 것은 연민의 감정이다.

연민은 "인간의 고통에 들어 있는 모든 심각하고 지속적인 것 앞에서 마음을 사로잡아 그 마음을 고통받는 인간과 결합시키는 감정" 이다.(제임스 조이스, 『젊은 예술가의 초상』 중에서) 연민의 감정을 담은 주술은 고통받는 사람에게 어떤 형식이든 끝까지 희망과 용기를 줄 수 있지만, 과학은 그 역할이 끝나면 매몰차게 돌아선다. 과학의 세계에는 "간격이 없고 우연이 없고, 연민이 없고, 운명이 없" 기 때문이다.

과학의 적대행위에 의해 오래전에 소멸되었을 것 같던 주술은 예술의 형태로 변형되어 우리의 일상 속에 깊이 들어와 있다. 과학 중에서도 의학은 "과학과 예술의 가장 오래된 결합태" 이다.* 하지만 현대의 첨단의학은 인류의 가장 오래된 신화적 사고를 부정하고 스스로 객관성의 신화를 구축한 뒤로 예술과도 벽을 쌓고 말았다. 그리하여 예술적 감정, 즉 "욕망과 혐오를 초월" 하는 미적 감정이 빠져버린 첨단 의술은 인간에서 분리된 인간의 몸만을 하나의 사례로 접근하여 기계적인 처방만을 반복한다.

알츠하이머병을 앓는 이의 글쓰기

스페인 소설가 자우메 카브레의 소설 『나는 고백한다』의 주인공 아드리아 아레볼 이 보스크는 미학이론과 사상사 교수로 1976년 튀빙겐 대학교에서 박사학위를 받았고, "문화사 방면에서 다섯 가지 상징적인 연구"를 한 사람이며, "열 개인지 열다섯 개인지 되는 외국어를 구사할 정도로 언어능력에도 천재적 소양을 가진 석학" 이다.

그런 그가 나이가 들면서 시나브로 "뇌가 퇴행한다는 진단"을 받고 삶의 유통기한이 생겨버린다. 기한을 특정하기는 어렵지만 그 기한이 끝나면 가장 절친했던 친구도 못 알아볼 지경이 되어 요양시설 같은 곳에 들어가야 하는 처지의 알츠하이머병 환자다. 아드리아 아레볼을 진단한 전문의는 그의 뇌는 "뉴런에 아밀로이드 플

* 한스 요나스, 『기술 · 의학 · 윤리』, 이유택 옮김, 솔, 2005, 9쪽.

레이크가 침착"한다는 따위의 의사들만이 쓰는 지극히 과학적이고 현학적이기도 하고, 무표정한 표현이 아니라, "돌이킬 수 없는 방식"으로 "시멘트에 침략"을 당한 상태여서, "오늘날의 의학기술로는 그에게 더 해줄 것이 없다."고 누구나 알아들을 수 있는 명쾌하고도 단호한 진단을 내린다.

주인공은 요즘 시대에 휴대폰도 컴퓨터도 쓸 줄 모르고, 클릭이 무슨 뜻인지도 모르는 데다, 바로 곁에서 이메일을 주고받는 방법을 가르쳐 주어도 도무지 이해를 하지 못하고, 단기기억상실이 반복되어 주변에서는 "산만한 현자"라고 부르는 석학이다. 소설의 요지는 그런 주인공이 "기억과 망각 사이를 경주하는 기분으로", "약간의 잉크와 수많은 눈물이 섞여 아주 혼란스럽게 작성된 매일매일의 기록"을 토대로 밤을 세워가며 300쪽 가량의 책을 쓰게 되는 이야기다.

소설은 진짜 치매환자들이 맥락 없는 이야기를 주절주절 늘어놓듯이 일관성도 없이 널뛰듯 하고, 시공간의 경계도 구분하기 힘들 정도로 혼란스럽지만 한 가지 일관된 흐름은 산만한 현자의 불완전한 기억을 토대로 악의 뿌리를 추적해 가는 과정이다.

아드리아 교수는 파편처럼 흩어져 버린 기억들을 차근차근 복원해 나가는 과정에서 아버지의 악을 정면으로 바라보게 된다. 홀로코스트 피해자와 관련된, 아버지가 일생 동안 애장품으로 소장했던 바이올린 '비알'에 얽힌 어두운 이야기, 또 "미성년자 성매매를 포함한 여러 불법적인 사업에 연루"된, 그리하여 끝내 "목이 잘린 채" 죽음을 맞이해야 했던 아버지의 악을…. 그리고 아들의 뜻과는 상관없이 최고의 바이올리니스트로 키우려는 어머니의 몰인정하고도 맹목적인 교육열까지.

아드리아 아레볼은 골동품상을 했던 아버지의 유산이라 할 수 있는 골동품과 고문서들을 통해 자신조차도 가문의 악과 연결되어 있음을 깨닫게 된 뒤, "발카르카의 비에 젖은 거리를 걸으며 비로소 나는 내 가족 중 한 사람으로 태어난 것이 결코 용서할 수 없는 실수"였음을 "고백"하는 것으로 소설의 첫 문장을 시작한다. 그러나 혼을 다 쏟아 부을 정도의 사투에도 불구하고 끝내 악의 뿌리를 찾지 못한 채 아드리아 교수는 평생의 친구는 물론 자기가 쓴 책조차 알아보지 못할 지경에 이르러 요양원으로 격리된다.

> 악이 어디 있는지 알 수 없었고, 나의 불가지론적 혼란스러움을 어떻게 설명해야 할지 몰랐다. 이 여정을 계속하기 위한 철학적 도구가 부족했다. 악이 머무는 곳을 찾고 싶었으며, 그것은 어느 한 사람의 내면에 존재하지 않는다는 사실을 또한 알고 있었다. 그렇다면 여러 사람의 마음속에 있을까? 악이란 왜곡된 인간의 의지의 결과물일까. 그게 아니라면 악마에게서 비롯되어 악마가 생각하기에 유용하다고 생각하는 인간에게 침투시키는 걸까?
>
> - 자우메 카브레, 『나는 고백한다』 중에서

자우메 카브레가 결국 "악이란 악마가 존재하지 않는다."는 사실을 확인한 알츠하이머병 환자 아드레볼을 통해 말하고자 하는 악이란 '홀로코스트'나 '518'과 같은 구체적인 사건을 두고 하는 말이 아니다. 악이란 우리의 평범한 일상 속 길거리에 흩어져 있어 "아무도 알아차리지 못하는 무해한 모래 알갱이" 같은 것으로부터 시작되는 것이지만, 그 무해한 모래알갱이가 처음에는 "눈을 간지럽" 히다가, "손의 가시" 가 되고, "뱃속에서 불덩이" 로 변했다가 끝내 많은 사람들에게 "양심의 가책" 이 되고 마는 것이다. 그 한 조각 양심마저도 관료주의적 타성에 빠져들어 '행정기계' 가 되면 "말과 사고를 허용하지 않는 악의 평범성" 이 몸과 마음 속으로 파고든다.* 그런데 인공지능은 말과 사고를 허용하지 않는 기계다. 설계된 명령어에 따를 뿐이다. 그런데도 그 활용범위가 점점 넓어지고 있다.

아드리아와 베르나트는 문학과 음악을 매개로 평생을 서로 믿고 의지하며 살아온 관계다. 기억이 허물어져 가는 아드리아가 마지막까지 의지할 수 있는 친구관계였기도 하지만, 아드리아가 자신이 쓴 책을 자신이 쓴 것인지도 알아보지 못할 지경이 되자 평생을 이어 온 우정을 한순간에 배신하고 베르나트는 그 책을 자신의 이름으로 출간한다. 베르나트의 뇌 구조가 한순간에 바뀌어버린 것일까. 아마도 베르나트는 "욕망과 혐오를 자극" 하는 부적절한 예술이 자극하는 감정에 사로잡혀 있었던 것 같다. "욕망은 우리에게 뭔가를 소유하고, 찾아가라고 부추기고, 혐오는 우리에게 버리고, 떠나라고 부추기는 것" 이기 때문에….(『젊은 예술가의 초상』 중에서)

신경과학자들은 악은 인간의 뇌 속에 있다고 주장한다.** 악이라는 설명하기 어려운 사회현상을 개인의 생물학적 문제로 축소시켜 버리는 참! 편리하면서도 명쾌한 발상이다. 사람들의 뇌만 바꾸어 놓으면 세상의 모든 악은 자취를 감추고 세상에는 아무 근심걱정도

---

* 한나 아렌트, 『예루살렘의 아이히만』, 김선욱 옮김, 한길사, 2011.
** 범죄와 악을 순전히 개인의 뇌의 문제로 보는 주장은 『폭력의 해부』(에이드리언 레인, 이윤호 옮김, 흐름출판, 2015) 참조.

없게 될까.

뇌가 곧 나 자신임을 주장하는 뇌근본주의자들의 공통점은 두개골을 덮고 있는 두피를 경계로, 그 바깥 세계는 아무런 오류가 없는 무릉도원인 반면, 만악의 근원은 인간들의 두개골 속 자그마한 뇌 속에 들어있다고 생각한다. 그래서 한국 사람의 뇌를 바꿔 자살률을 줄여보겠다는 기가 막힌 발상을 하는 것이다. 언론은 이를 큰 특종이나 된다는 듯이 열심히 받아 적고 있다.*

인간 피부 밖의 세상에 대해서는 일말의 관심도 지식도 없는 과학주의자들, 신경중심주의자들, 뇌근본주의자들의 난폭한 기계적 처방에 정부와 기업, 언론까지 합세하여 온 세상이 힘을 실어주고 있다. 대신 철학의 열정은 "완전히 창백해진 꿈의 세계"로 무책임하게 도피해 버리고 철학적 성찰이 없는 이 시대의 과학은 자기정당화를 넘어 이 세상 모두에게 강요가 되고 있다.**

아우슈비츠 이후에도

"어쨌든 여기서 아우슈비츠 이후에 시를 쓰기란 불가능하다는 말을 언급하지 않을 수 없네."

"누가 그랬는데?"

---

* 「"우리나라 자살률, 절반으로 낮추는 것이 인생의 목표이자 꿈"」, 〈경향신문〉, 2021. 04. 17.

** 한스 게오르크 가다머, 『과학 시대의 이성』, 박남희 옮김, 책세상, 2009, 127쪽, 157쪽.

"아도르노."

"나는 동의해."

"나는 그렇지 않아. 아우슈비츠 이후에도 시는 있어."

"아니, 내 말은… 없어야 한다는 거야."

"아니야. 아우슈비츠 이후, 대박해 이후, 카타르인에 대한 대학살 이후, 정말 한 명도 남지 않았던 그 대학살 이후, 언제 어느 곳에나 있어 왔던 대학살 이후… 잔인함은 수 세기 동안 도처에 존재해 왔고, 그걸 생각해 본다면 인류 역사는 '무엇무엇 이후 시의 불가능'에 대한 역사가 될 거야. 그렇지만 실제로 역사는 그렇게 흘러오지 않았어. 왜냐하면 아우슈비츠의 경험을 설명할 수 있는 사람들이 누구겠어?"

"그것을 겪은 사람들. 그것을 만들어 낸 사람들. 학자들."

"맞아. 그 모든 것들이 역사를 말해 주겠지. 그 기억들을 위해 박물관도 세워졌고. 다만 한 가지 부족한 것이 있어. 살아있는 경험의 진실 말이야. 이것은 학술적인 연구로 전해지지 않아."

베르나트는 철해진 서류를 덮고 친구를 바라보았다. 그럼?

"예술만이 그것을 전할 수 있지. 문학 작품을 통해서 말이야, 생체험에 가장 가까운 장르라고나 할까."

"젠장."

"그래. 아우슈비츠 이후 시는 어느 때보다 필요해."

- 자우메 카브레, 『나는 고백한다』 2권 중에서

소설 속 주인공인 아드리아가 악과 연루된 불편한 가족사와 어두운 유년기를 극복할 수 있었던 힘, 그리고 순간순간 "생각이 뒤죽박죽" 되고 마는 알츠하이머병을 앓으면서도,

'악의 문제' 라는 책을 쓸 수 있게 했던 힘은 그가 가진 이성의 힘이 아니라 인문학적 상상력과 예술적 감수성이 촉발하는 성찰의 힘이었다.

인생의 도반이라고 할 수 있는 베르나트와의 관계가 유지될 수 있었던 것도, 이별과 재회를 거듭했던 연인 사라와의 관계가 유지될 수 있었던 것도 음악과, 문학, 그림과 같은 인문예술의 힘이었다, "오늘날의 의학기술로는 더 해줄 것이 없다."고, 과학의 영역에서 손을 들어버린 치매를 극복하게 한 치유의 힘은 읽고, 쓰고, 듣고, 보면서 스스로 성찰하고 깨달아 가는 인문예술의 힘이었다.

아드리아가 끝내 인격이 무너질 정도의 중증 치매환자가 되어 요양병원에 수용된 것은 "시멘트"가 뇌를 완전히 정복해 버린 결과라기보다는 필생의 과업이라고 생각하고 혼을 쏟아 부어 넣었던 악의 뿌리 찾기가 미완성으로 마무리되고, 그로 말미암아 삶의 긴장이 풀리면서 주의력과 집중력이 흐트러졌기 때문이리라. 1+1=2의 사고방식으로는 아드리아의 치매, "개인마다 다른 속도로 진행하는" 병을 설명할 수가 없다. 하물며 읽고 쓰는 데 아무 문제가 없는 사람을 가두어 놓고 "주변정리를 하라"는 처방이 과연 치매에 합당한 처방일까.

아름다움이 세상을 구원하리라

현재의 추세라면 인공지능이 시도 쓰고, 소설도 쓰고, 그림도 그리고, 음악 연주에 작곡까지 할 수 있는 시대는 분명히 올 것이다. 이미 와 있다. 아이들은 벌써 "AI격차가 공부격차"라는 말을 반복해서 들으며 인공지능의 지도에 따라 공부를 하고, 미래를 설계하기도 하니까. 또 그렇게 인공지능에 의해 만들어진 작품인지, 제품인지에다 힐링이라는, 무슨 뜻인지 이해하기 힘든 수식어를 붙여 시장에 내놓으면 아마 비싼 가격에 팔려나갈 것이다. 한평생 노래만 하던 가수가 화가에게 주문제작하여 그린 그림이 비싼 값에 팔려나가는 세상인데, 하물며 인공지능이 만든 것이라면 오죽 하겠는가 그래서 '아우슈비츠 이후' 가 아니라 '인공지능 이후 시는 불가능해졌다' 는 말이 나돌 수도 있다.

하지만 인공지능이 생산한 작품은 어디까지나 호기심을 자극하는 상업적 흥행물이지 예술이라고 하기는 어렵다. 인공지능이 만든 시를, 소설을, 그림과 음악을 예술이라고 하기 어려운 이유는 예술창작에서 밑거름이 되는 자유라는 것이 없고 감정이입이라는 것이 없기 때문이다. 인공지능은 세계와 대면하면서 감정이입이 되는 것이 아니라, 설계자의 좁은 작업실에 갇힌 채 정보와 명령어가 입력될 뿐이다.

무엇보다 인공지능이 만들어낸 생산물에는 예술혼이 없다. 혼은 만들어지는 것이 아니라 잠시도 쉬지 않고 흘러가는 시간 위에 얹혀 있는 몸 안에서 경작되는 것으로, 그 씨앗은 몸 밖에 있는 세계가 뿌리는 것이기 때문에 몸으로 살아낸 삶이 없는 인공지능에는 혼이 있을 수가 없다.

하지만 지금 우리는 기계적 합리주의에 굴종하고 있다. 식당에서 주문한 음식을 종업원이 들고 와서 손님이 직접 상을 차려 먹으라고 하면 소리를 버럭버럭 지르면서 화를 낼 사람들이 로봇 서빙기가 날라 오면 아주 즐거운 표정으로 하하 웃으면서 손수 상을 차려 먹고, 음식값까지 손수 결재하고 있지 않은가. 왓슨(인공지능)이 진단을 하고, 수술까지 한다는 첨단병원에는 예약이 밀려있어 진료받기가 하늘에 별 따기인데, 의사가 진료하는 동네병의원은 몰락의 길을 걷고 있다.

인공지능이 가진 편리성과 효율성, 생산성과 경제성은 사람이 하는 일에 견줄 수는 없겠지만 인공지능의 활용영역이 넓어질수록 인간의 존엄성은 점점 더 훼손될 것은 너무 분명한 사실이다.

칸트가 인간의 지적 능력을 순수이성과 실천이성으로 갈라놓으면서도 둘 사이를 연결하는 '판단력' 이라는 인간의 능력을 설정해 둔 것은 이성의 시대가 불러올 인간의 위기를 극복할 수 있는 대안을 제시해 놓은 것이라고 볼 수 있다.

인간이 자연이나 기계의 일부가 되지 않게 하는 것은 인간이 도덕적 판단을 할 수 있기 때문이고, 누군가의 설계로 만들어진 알고리즘에 예속되지 않고, 자신의 입법에 따라 악을 지양하고 선을 실천할 수 있는 의지의 자유가 있기 때문이다. 그것을 가능케 하는 것이 판단력에 기반한 미학적 감수성, 바로 예술의 힘이다. 못 고칠 병이 없을 것 같은 첨단의학 시대의 의사들이 "인간의 고통으로부터 멀어진 이유"는 개념적 지식이나 첨단시술을 할 수 있는 손재주가 부족해서가 아니라 미학적 판단력의 결핍 때문이다.*

---

* "이 시대의 의사에게 부족한 것은 질병을 찾아내는 능력"이 아니라 "임상의학에서 관계의 미학을 이해하는 것이 절대적으로 필요"하다. (에릭 J. 카셀, 『고통받는 환자와 인간에게서 멀어진 의사를 위하여』, 강신익 옮김, 2002, 들녘, 429쪽.)

> 인식과 윤리, 자연과 인간, 총체(사회)와 개체를 소통시키는 데 있어… (중략). 필요한 것은 미학뿐이다. 진선미에서 미는 진과 선의 통일이며, 진과 선의 상호작용을 통해 형성된 역사적 성과다. 미는 예술 감상이나 예술 창작의 문제에 불과한 것이 아니라 근본적으로 자연의 인간화라는 철학적, 예술적 문제다. 미학이 예술원리나 예술 심리학에 그치지 않는 이치가 바로 여기에 있다.*

우리는 지금 기계가 인간을 지배하고, 인간은 기계의 원활한 작동을 위해 봉사하는 존재로 전락하고 있는 시대를 살고 있다. 만약 기계의 작동에 역행하거나 명령을 거부하는 인간이 있다면 기계는 한 치의 머뭇거림도 없이 가혹하게 응징한다. 김용균 씨처럼… 대신 그 기계를 도입하고 가동시킨 사업주는 기계의 가혹한 복수에 대해 아무런 책임도 지지 않고 법은 사업주를 보호한다.** 기계와 기계를 위해 봉사하는 인간 사이에서 벌어진 문제이기 때문에….

그래서 발상의 전환이 필요하다. 보다 덜 실용적이고 보다 덜 효율적이면서, 보다 덜 생산적인 한편, 보다 더 윤리적인 삶의 태도와 방식을 되찾는 일이다. 이것은 막연한 주문이라기보다는 구체적이고 절박한 시대의 과제이기도 하다. 근대라는 시대전환이 일어난 이후 실용적이고 효율적이면서도 생산적인 기술에 현혹되어 온 탓에 인간이 인간으로서 살아갈 수 있는 유일한 터전인 지구가 이제는 점점 인간이 살기 힘든 불모지로 변해가고 있지 않은가. 이로 말

---

* 리쩌허우, 『비판철학의 비판』, 피경훈 옮김, 문학동네, 2017, 466쪽.
** 「청년단체, "김용균 숨졌는데 원청기업 무죄… 참 잔인한 재판"」, 〈동아일보〉, 2022. 02. 11.

미암아 황폐해져 가는 인간의 삶에 첨단의학기술은 어떤 도움도 되지 않는다. 오히려 상황을 악화시키지만 않으면 다행이다. 온 나라의 병의원에서 매일 헤아릴 수도 없이 쏟아져 나오는 플라스틱 주사기는 플라스틱 빨대와 달리 지구환경에 아무런 해가 없는 것일까.

도스토옙스키는 전깃불로 온 세상이 점점 밝아지고, 기차와 기선의 영향으로 온 세계가 점점 빨리 움직이기 시작한 자신의 시대를 "과학 만능의 시대"요, "과학과 식인이 미쳐 날뛰는 시대"라고 규정한다.* 그리고 지독한 간질병을 앓아 인지기능마저 떨어지고 말투마저 어눌해진 미쉬킨 공작(『백치』 주인공)을 내세워 "아름다움이 세상을 구원"할 것이라고 예언한다. 개념과 법칙으로만 가동됨으로써 자유가 질식하는 과학의 세계를 벗어나 영혼이 자유로울 수 있는 아름다움의 세계에서 인간성을 되찾으라는 말이다. 사형 집행 바로 직전, 죽음의 언저리를 맴돌다 되살아났고, 또 죽음이나 다를 바 없는 간질대발작을 수도 없이 경험했던 천재 작가의 영혼이 내다보는 미래상이기도 하다.

그런데 아름다움은 도대체 어디에 있는가. 인간의 뇌 속 편도체에 숨어 있는 것인가. 인간의 마음과 생각까지 뇌라는 생물학적 기계에다 헌납한 뇌과학자들은 그렇다고 답한다.

마음은 뇌 속에 있는 것이 아니다. 시간과 같이 흘러가 버린 마음을 도대체 어디서 찾는단 말인가. 저기 저만치 서 있다가 여기까지 한순간에 훌쩍 건너와 있는 내 자신을 되돌아볼 때, 부끄럽고도 서러운 후회와 회한이 뭉쳐져 뚝! 한 방울의 눈물로 떨어질 때 비로소

---

* 김진국, 『어리석음의 미학』, 시간여행, 2017, 302쪽.

시간 따라 흘러가 버린 자신의 마음을 깨닫게 되는 것이다. 예술의 역할은 여기서 생긴다. 인간의 눈물에 연민을 느끼고 눈물을 기록하고 화답할 수 있는 형식은 예술뿐이다. 의술이 과학보다는 예술이어야 하는 이유가 바로 이 때문이다. 과학에는 연민이 없고 칼날 같은 객관성만 있을 뿐이다.

아픔 없는 몸이 어디 있으며, 슬픔 없는 삶이 어디 있을 것이며, 상처 없는 영혼이 어디에 있을 수 있는가. 그런 상처와 슬픔, 아픔은 과학으로 또, 첨단기술로 치유될 수 없다. 그것은 상처와 슬픔을 드러내는 인문정신으로, 아픔과 눈물에 공감하는 예술감정으로 달래고 어루만져질 때 비로소 그 자리에 치유의 딱지가 자라나기 시작한다.

4부

신명

예에 노닐다〔遊於藝〕

예에 노닐다〔遊於藝〕

지난 한 세기 한반도의 역사는 서구 문명과 전통 문화가 충돌하는 역사였고, 그 싸움에서 문화는 처참하게 패배했다. 을화가 넋대를 부여잡고 물에 빠져 숨을 거두듯(김동리, 『무녀도』) 문화는 그렇게 수면 밑으로 가라앉았다. 그 이후 우리는 문명 앞에서 우리 문화는 물론 우리 말과 글에 대해서조차 자부심도 긍지도 가지지 못했고, 우리 자신마저 수치스럽게 여기며 한 세기를 살아왔다고도 할 수 있다. 그런 수치에서 벗어나기 위해 서쪽을 향해 숨을 헐떡거리며 뒤도 돌아보지 않고 달려온 것이 한반도의 근대화 역사다.

지금 우리 눈앞에 펼쳐진 세상은 화려하기 그지없다. 시장에는 사고팔 수 없는 물건이 없고, 총명한 자식을 얻기 위해서 정자·난자까지도 고를 수 있는 세상이다. 그리고 눈에 보이는 세상은 한 세대 전과는 전혀 다른 모습이다. 생김새와 이름만으로는 한국인이라고는 생각조차 하기 힘든 가수들이 안방극장을 장악하고 있는가

하면, 창씨 개명을 친일의 증거로 삼던 나라에서 자발적 창씨 개명을 한 젊은 연예인들이 국격을 높이는 한류스타로 대접받고 있다.

그 대신 반만년 이상을 이어져 온 한민족의 신화와 축제가 사라졌다. 신화와 축제가 사라진 세상은 삭막하고 건조해졌고, 그런 세상을 사는 사람들은 뿌리를 알 수 없는 불안에 떨거나 우울증에 시달리고 있다. 한 해에 한두 번 온 민족의 신명을 북돋우던 명절조차 짜증 나는 의무와 경건함조차 찾기 어려운 의례만 남았을 뿐, 신명이 없다. 명절에 늘 불어오던 신바람도 없다. '365일이 늘 오늘(설, 추석)만 같아라' 며 빌던 사람들이 명절만 없으면 살 만하다고 여기게 될 정도로 명절의 의미가 변질됐다. 신명 없는 명절의 의무와 의례 때문에 가족이 갈라서고 목숨을 잃는 경우까지 생겨날 지경이다.

한국사회의 근대화는 신화를 부정함으로써 자신의 뿌리를 부정하는 방향으로 치달아온 것이기도 하다. 친부를 살해하고 양부(서구)를 추종하며 양부에게 아랫목과 신주자리까지 내주며 얻어낸 문명이다. 그 덕택으로 호사를 누리긴 하지만 왠지 모르게 삶이 불안하고 공허하다. 어디에 정착을 하지 못하고 둥둥 떠다닌다.

우리가 맹목적으로 추종하려 했던 서구 문명은 도대체 어떤 성격의 문명일까. 지상의 극락을 예약한 그런 문명인가. 20세기의 유럽사회의 성격에 대해 지그문트 바우만은 "자유 민주주의와 문명화를 추구했지만 결국 폭력을 시험하는 실험실에 불과했다는 사실이 증명됐다." 면서, 지금도 "그 실험실이 폐쇄됐거나 실험이 중단되었다는 표시 역시 어디에도 없다." 고 했다.(『부수적 피해』 중에서) 그런데도 우리는 저쪽이 가는 길을 계속 따라가야 할 것인가.

해가 바뀌어도 바이러스의 준동은 계속되고, 의기소침한 분위기가 짓누르는 이 우수의 시대가 언제 끝날지 기약도 할 수 없는데, 태평양 건너 미국에서 또 다시 혁신적인 의술이 개발되었다는 소식이 들려온다. 돼지 심장을 사람에게 이식하는 수술이 성공했다는 것이다. 영혼을 담는 그릇이 심장임을 믿고 있는 사람들은 기겁을 할 소식이지만, 언론은 금방 신천지가 새로 열리는 듯 호들갑이다.

돼지 심장을 사람에게 이식한들 코로나 대유행 사태를 진정시키는 데는 어떤 도움도 되지 않는다. 그리고 돼지 심장을 장착한 그 사람이 돼지 심장의 박동으로 얼마나 더 살 수 있을지도 알 수 없는 일이고.(세계최초로 유전자변형 돼지 심장을 이식받았던 환자는 수술 2개월 만에 사망했다. 사망원인은 장기이식에서 흔히 볼 수 있는 이식된 돼지조직과 인체조직 사이의 거부반응 탓이 아니라 돼지 바이러스에 의한 감염증 때문이었다. 「첫 돼지 심장 이식 환자, 사인은 돼지 바이러스」〈조신일보〉 2022. 05. 06.)

지금의 서구문명은 페스트로 황폐해진 중세 유럽의 시민들이 천상으로 향하던 눈을 지상으로 돌림으로써 촉발된 르네상스 문화에 의해 시작된 것이다. 르네상스의 의미가 재생, 부활의 뜻을 가지고 있고, 재생과 부활의 대상이 그리스 로마의 고대문화였음을 기억할 필요가 있다. 과거에서 길을 찾으려 했던 인문정신이 결과적으로 당대의 암흑시대를 넘어 미래로 나아가게 하는 동력이 된 것이다. 그 미래가 오늘의 서구문명이다. 그 문명도 이제 수명이 다한 듯 왠지 숨이 찬 것 같지만….

한반도의 근대는 동아시아의 중심인 중국대륙에 고정되어 있던 눈이 외세의 강압에 의해서 서방세계로 눈을 돌리면서 시작된 것이라고 볼 수 있다. 그래서 얻은 성과는 서구사회보다 더 서구사회 같은 나라가 되어 있지만, 그 속에 사는 사람들의 삶의 질은 형편없다. 오죽했으면 '헬조선' 이란 말이 나돌게 되었을까.

조고각하照顧脚下!

이제는 서쪽으로 향하던 눈을 돌려 정신없이 걸어 온 내 발밑을 한번 살펴볼 때가 되지 않았을까. 코로나19 대유행 이후의 대안을 제시할 지혜도 우리의 발밑에 깊숙이 파묻혀 있을지도 모른다.

지금 한반도뿐 아니라 지구촌 전체를 뒤덮고 있는 위기의 징후는 결코 기술의 결핍이나 후진성 때문에 생긴 위기가 아니다. 부족한 것은 이웃의 눈물과 슬픔에 공감하는 연민과 미안함이요, 넘쳐나는 것은 과학기술이 정복해 버린 자연이 입은 상처에 대한 둔감함이다. 또 과학기술이 주는 실용성과 효율성에 취한 나머지 잃어버린 것은 자신의 삶을 성찰하는 윤리적 태도이다.

이 시대의 진짜 위기는 경쟁과 혁신이라는 무자비한 채찍에 휘둘림으로써 인간과 인간, 인간과 자연이 공존·공생할 수 있게 하는 연대의 마음이 고갈되어 버린 데 그 원인이 있는 것이 아닐까. 쉴 새 없이 패배자와 낙오자만 만들어내는 경쟁과 혁신으로는 절대 더 나은 세상을 만들 수는 없다.

우리 고유의 인문예술 정신에 뿌리를 둔, 즉 우리 민족의 신화와 축제 속에는 인간과 인간, 인간과 자연이 공존·공생하게 하고, 삶에 대한 긍정과 희망을 부추기는 신명과 신바람이 숨어 있다. '하회별신굿탈놀이' 에서 보듯 우리 문화 속의 신명과 신바람은 장애자와 병약한 노파까지 덩실덩실 춤을 추게 만들지만, 문명은 이들을 요양시설에 감금, 격리시켜 버린다. 그래서 문명사회의 겉모습이 한결 더 깨끗하고 깔끔하긴 하지만….

이미 물속 깊이 가라앉아 있는 신명을 건져 올리는 일이나 불지 않은 신바람을 불게 하는 일이 쉽지는 않을 것 같다. 하지만 힘겹고 지난한 그 작업을 하기 위해서는 우리 민족의 삶의 원동력이었던 신명과 신바람과는 상극에 있었던 문명에 대하여, 그 문명을 지탱하는 기술적 합리성과 기계적 효율성에 대하여 '상식과 합리적 의심에 근거한 비판적 읽기' 가 선행되어야 한다.

예술가의 삶이 아니라 예술로서의 삶을 사는 것은 예술정신이 삶 속에 스며드는 것이다. 인문예술의 정신이란 거창한 것이 아니다. 신비한 것들, 거룩한 것들, 숭고한 것들, 장엄한 것들을 과학기술로 정복하려는 마음이 아니라 '나' 라는 인간의 왜소함과 유약함을 인정하고 겸허한 마음으로 기꺼이 무릎을 꿇을 수 있는 자세를 말한다. 그리고 내 몸이 머물고 있는 지금 여기 너머를 상상하고 생명의 유한성에 절망하지 않고 희망을 잃지 않음으로써 자기세계를 오롯이 간직할 수 있게 하는 힘을 말한다.

공자가 "예에 노닐며〔遊於藝〕", 삶을 놀이처럼 살아라 한 것이나, 도스토옙스키가 "아름다움이 세상을 구원" 할 것이라 한 것, 그리고 니체가 "예술을 통해 스스로를 구원하는 것이 삶이라 한 것" 모두가 영혼의 경작을 통해 완성된 인간으로 나아가게 하는, 신명을 살리는 인문예술의 힘을 강조한 선철先哲들의 지혜다.

인간은 자신의 영혼을 경작함으로써 완성된 인간으로 나아간다. 과학기술은 영혼을 경작할 능력이 없다. 영혼에게 자양분을 뿌리고, 상처받은 영혼을 어루만지며 달래고, 그렇게 자란 영혼이 자기를 표현하게 하는 것이 바로 인문예술이 가진 치유의 힘이다. 그 힘에 의해 신명이 살아나고 삶에는 신바람이 불게 된다. 희망과 꿈은 그 신바람을 타고 피어오른다.

하늘을 섬기며 살았던 우리 민족은 정월대보름이면 늘 연을 띄웠다. 그 연에는 삶의 희망과 꿈이 실려 있었다. 희망과 꿈은 신바람을 타고 하늘 저 멀리 끝도 없이 훨훨 날아갔다. 지금도 하늘 어딘가를 날아가고 있을 게다. 단지 우리가 보지 못하고 있을 뿐….

인용된 국내외 소설

· 『가르강튀아/팡타그뤼엘』, 프랑수아 라블레, 유석호 옮김, 문학과 지성사, 2006.

· 『꺼삐딴 리』, 전광용, 을유문화사, 2006.

· 『나는 고백한다』 1·2·3, 자우메 카브레, 권가람 옮김, 민음사, 2020.

· 『나를 보내지 마』, 가즈오 이시구로, 김남주 옮김, 문학과 지성사, 2009.

· 『녹두장군』 12권, 송기숙, 창작과비평사, 1994.

· 『눈뜬 자들의 도시』, 주제 사라마구, 정영목 옮김, 해냄, 2007.

· 『데카메론』 1·2·3, 조반니 보카치오, 박상진 옮김, 민음사, 2016.

· 『마의 산』 상·하, 토마스 만, 홍성광 옮김, 을유문화사, 2008.

· 『멋진 신세계』, 올더스 헉슬리, 안정효 옮김, 소담출판사, 2016.

· 『노신선집』 1, 노신회 편역, 여강출판사, 2003.

· 『몽실 언니』, 권정생, 창비, 2007.

· 『무녀도』, 김동리, 열림원, 2006.

· 『바리데기』, 황석영, 창비, 2007.

· 『백치』 상 · 하, 도스토옙스키, 김근식 옮김, 열린책들, 2007.
· 『뻬쩨르부르그 이야기』-코, 고골, 조주관 옮김, 민음사, 2002.
· 『삼국유사』, 일연, 김원중 옮김, 민음사, 2008.
· 『소립자』, 미셸 우엘벡, 이세욱 옮김, 열린책들, 2011.
· 『소설, 동의보감』 상 · 중 · 하, 이은성, 창작과비평사, 1990.
· 『슬픈 미나마타』, 이시무레 미치코, 김경인 옮김, 달팽이, 2007.
· 『암흑의 핵심』, 조셉 콘래드, 이상옥 옮김, 민음사, 2008.
· 『유리알 유희』 1 · 2, 헤르만 헤세, 이영임 옮김, 민음사, 2016.
· 『잃어버린 시간을 찾아서』 1-스완네 집 쪽으로, 마르셀 프루스트, 김희영 옮김, 민음사, 2015.
· 『장길산』 10권, 황석영, 현암사, 1993.
· 『젊은 예술가의 초상』, 제임스 조이스, 성은애 옮김, 열린책들, 2011.
· 『지상에 숟가락 하나』, 현기영, 실천문학사, 2003.
· 『토지』 2권, 박경리, 솔, 1997.

· 『파우스트』, 요한 볼프강 폰 괴테, 정경석 옮김, 문예출판사, 2003.

· 『프랑켄슈타인』, 메리 W. 셸리, 오숙은 옮김, 열린책들, 2016.

· 『혼불』 1·4·5권, 최명희, 한길사, 1997.